insel taschenbuch 4925
Barbara Abel
Mutterinstinkt

AF217343

Ein Doppelhaus in einer französischen Kleinstadt. Auf der einen Seite wohnen Tiphaine und Sylvain, auf der anderen Laetitia und David. Zwei Paare, Nachbarn, enge Freunde. Ihre Kinder wachsen gemeinsam auf, fast wie Zwillinge. Ein perfektes Familienglück. Bis ein einziger Moment alles verändert: Einer der Jungen stürzt aus dem Fenster und stirbt. Für die Mutter Tiphaine bricht eine Welt zusammen, und Laetitia, die auf der anderen Seite der Hecke das Unglück ansehen musste, ist geplagt von Schuldgefühlen. Die einstige Idylle entpuppt sich – vor allem für die Mütter – immer mehr als Hölle, Vorwürfe und Misstrauen machen sich breit, aus den besten Freundinnen werden Gegnerinnen ...

Barbara Abel, geboren 1969 in Brüssel, schreibt Romane und Theaterstücke. *Mutterinstinkt* wurde zu ihrem bisher größten Erfolg in Frankreich.
Sophie Nieder studierte Literaturwissenschaft in Berlin und Paris. Sie lebt in Berlin, arbeitet als Lektorin und übersetzt aus dem Englischen und dem Französischen.

BARBARA ABEL
MUTTERINSTINKT

ROMAN

Aus dem Französischen von Sophie Nieder

Insel Verlag

Die Originalausgabe erschien 2012 unter dem Titel *Derrière la haine*
bei Fleuve Noir, einem Imprint von Univers Poche.

Erste Auflage 2022
insel taschenbuch 4925
Deutsche Erstausgabe
© der deutschsprachigen Ausgabe
Insel Verlag Anton Kippenberg GmbH & Co. KG, Berlin, 2022
© 2012, Fleuve Noir, département d'Univers Poche
Alle Rechte vorbehalten. Wir behalten uns auch
eine Nutzung des Werks für Text und Data Mining
im Sinne von § 44b UrhG vor.
Umschlagabbildung: Filmplakat zum Film *Duelles*
von Oliver Masset-Depasse, © TROÏKA, Paris
Umschlaggestaltung: zero-media.net, München
Satz: Satz-Offizin Hümmer GmbH, Waldbüttelbrunn
Druck: CPI books GmbH, Leck
Printed in Germany
ISBN 978-3-458-68225-7

www.insel-verlag.de

MUTTERINSTINKT

Tausend Dank an Jean-Paul,
der mir vom anderen Ende der Welt aus
eine wertvolle Hilfe gewesen ist.

Laetitia war es gelungen, perfekt einzuparken. Beim ersten Versuch. Ihre Stimmung verbesserte das jedoch nicht.

»Mach den Gameboy aus, Milo, wir sind da«, sagte sie mechanisch.

Der Junge auf der Rückbank war in sein Spiel vertieft.

Die junge Frau stieg mit ihrer Aktenmappe, Milos Schulranzen und zwei Einkaufstaschen aus dem Auto ... und hatte keine Hand mehr frei, um dem Kind die Autotür zu öffnen. Sie klopfte mit dem Ellenbogen ans Fenster:

»Beeil dich, Milo, ich bin beladen wie ein Packesel!«

»Warte, ich muss noch speichern.«

Die unbequeme Haltung und ihr trödelnder Sohn brachten das Fass ihrer aufkommenden Wut endgültig zum Überlaufen.

»Milo!«, wiederholte Laetitia scharf, weil an jenem Tag außer dem Einparken rein gar nichts reibungslos verlaufen war. »Du steigst jetzt sofort aus, sonst gibt es eine Woche Gameboy-Verbot.«

»Ich komm ja schon!«, stöhnte er, ohne den Blick von der Konsole abzuwenden.

Er rutschte bis an den Rand der Rückbank, schob erst ein Bein und dann den Rest seines Körpers schleppend aus dem Wagen.

»Und wenn das nicht zu viel verlangt ist, kannst du auch noch die Tür zumachen!«

»Laetitia!«, rief jemand hinter ihr, und sie erstarrte. »Können wir kurz reden?«

Sie drehte sich um. Es war Tiphaine, die im Jogging-Outfit nur wenige Meter hinter ihr stand. Sie war verschwitzt von der Anstrengung, ihr Gesicht glänzte, und einige Haarsträhnen klebten an ihrer Stirn. Völlig außer

Atem wartete sie auf eine Antwort, als diese ausblieb, ging sie zu Milo und wuschelte ihm durchs Haar.

»Na, mein Großer, wie geht es dir?«, fragte sie freundlich.

»Hallo Tante Tiph!«, antwortete der Junge und strahlte sie an.

Mit den Nerven am Ende ging Laetitia zwei große Schritte auf sie zu, packte ihren Sohn verärgert am Arm und stellte sich zwischen die beiden.

»Ich verbiete dir, mit ihm zu sprechen«, zischte sie zwischen den Zähnen hervor.

Tiphaine nahm diesen Angriff hin, ohne mit der Wimper zu zucken.

»Laetitia, bitte ... Ich möchte mit dir reden.«

»Milo, geh ins Haus!«, wies ihn seine Mutter an.

»Mama ...«

»Du gehst jetzt rein, habe ich gesagt!«, befahl sie in einem Ton, der keinen Widerspruch duldete.

Milo zögerte und ging dann schmollend ins Haus. Sobald er drinnen war, wandte sie sich wieder Tiphaine zu:

»Ich warne dich, du geistesgestörtes Miststück, wenn ich dich noch einmal in seiner Nähe erwische, kratze ich dir die Augen aus!«

»Laetitia, wenn du nicht verstehst, dass ich niemals ...«

»Halt den Mund!«, zischte sie. »Spar dir deine billigen Ausreden, ich glaube dir kein Wort!«

»Ach nein? Und was glaubst du?«

Laetitia warf ihr einen eisigen Blick zu.

»Ich weiß genau, was du vorhast, Tiphaine. Aber ich warne dich: Das nächste Mal, wenn Milo etwas passiert, egal was, rufe ich die Polizei!«

Tiphaine schien ehrlich erstaunt. Sie sah Laetitia fragend an, während sie versuchte, den Sinn ihrer Worte zu begreifen. Als sie verstand, dass Laetitia ihre Meinung nicht ändern würde, stieß sie einen tiefen Seufzer aus, um zu zeigen, welchen Schmerz das Gebaren ihres Gegenübers in ihr auslöste:

»Ich weiß nicht, was das für ein paranoides Delirium ist, in das du dich da gerade verrennst, aber eins ist sicher, du liegst völlig daneben. Bitte versuch wenigstens, mir ein bisschen zu glauben. Wenn nicht für mich, dann tu es für Milo. Du bist gerade dabei, ihn langsam aber sicher zugrunde zu richten ...«

Laetitia zog spöttisch eine Augenbraue hoch, und für einen Moment erschien ein grausamer Glanz in ihren Augen, wie ein Blitz, der die grauen Gewitterwolken durchbricht.

»Natürlich! Du weißt schließlich genau, wie man ein Kind zugrunde richtet«, sagte sie in einem nahezu sanften Ton.

Die Ohrfeige traf Laetitia unerwartet. Kaum hatte sie den Satz beendet, landete Tiphaines Hand mit einem lauten Knall auf ihrer Wange. Sie starrte Tiphaine mit weit aufgerissenen Augen an. Die Einkaufstüten und Taschen in ihren Händen waren tonnenschwer, sie ließ sie fallen und fasste sich stumm an die Wange.

»Das darfst du nicht!«, rief Tiphaine wutentbrannt und den Tränen nahe, als ob sie ihren Schlag rechtfertigen wollte.

Einen Augenblick lang sahen sich die beiden Frauen an, bereit, aufeinander loszugehen. Das wäre vielleicht auch passiert, wenn nicht ein Ruf der hasserfüllten Konfrontation ein Ende gesetzt hätte.

»Laetitia!«

Auf der Türschwelle des Hauses, in dem Milo kurz zuvor verschwunden war, erschien ein Mann und kam auf sie zu. David fasste Laetitia sofort bei den Schultern und stellte sich schützend vor sie.

»Sie hat mich geohrfeigt!«, schrie sie auf, noch unter dem Schock des Angriffs.

»Manchmal tun Worte mehr weh als eine Ohrfeige«, stammelte Tiphaine, selbst erschrocken über die Richtung, die diese Auseinandersetzung genommen hatte.

David bedachte sie mit einem harten Blick, suchte nach den passenden Worten und zeigte drohend mit dem Finger in ihre Richtung.

»Diesmal bist du zu weit gegangen, Tiphaine! Wir werden Anzeige erstatten.«

Tiphaine biss die Zähne zusammen, doch es gelang ihr nicht, die Gefühle, die in diesem Moment in ihr tobten, zu verbergen. Es dauerte ein paar Sekunden, bis sie sich wieder unter Kontrolle und die Tränen hinuntergeschluckt hatte, dann nickte sie vielsagend.

»Wie du willst, David. Der große Unterschied zwischen euch und mir ist nämlich, dass ich nichts mehr zu verlieren habe.«

Nachdem er die auf dem Bürgersteig verstreuten Taschen aufgesammelt hatte, zog David Laetitia mit sich ins Haus und knallte die Tür hinter ihnen zu. Tiphaine zitterte am ganzen Körper und brauchte noch einen Augenblick, um sich zu beruhigen.

Dann ging auch sie zur Tür ihrer Doppelhaushälfte und zog die Schlüssel aus der Tasche ihrer Jogginghose.

Sieben Jahre zuvor

Kapitel 1

»Prost!«

Drei erhobene Gläser, zwei davon mit Champagner und eines mit Wasser, stießen klirrend aneinander. David und Sylvain tranken in kleinen Schlucken, der Champagner prickelte in ihren Kehlen. Laetitia hingegen stellte ihr Glas ohne weitere Umstände gleich wieder ab und streichelte ihren Bauch, der schon verdächtig rund war.

»Hast du gar keinen Alkohol getrunken, seit du schwanger bist?«, fragte Sylvain.

»Keinen Tropfen!«, antwortete Laetitia stolz.

»Meine Frau ist eine Heilige«, neckte David sie liebevoll. »Du kannst dir gar nicht vorstellen, was sie sich alles antut, um unserem Sohn den besten Start ins Leben zu bieten: keinen Alkohol, kein Salz, kein Fett, kaum Zucker, gedämpftes Gemüse, tonnenweise Obst, kein rotes Fleisch, viel Fisch, Yoga, Schwimmen, klassische Musik, früh ins Bett gehen ...«

Er seufzte und fuhr fort:

»Seit sechs Monaten führen wir ein unglaublich langweiliges Leben!«

»Ich bin keine Heilige, sondern schwanger, das ist nicht das Gleiche!«, erwiderte Laetitia und bestrafte die scherzhafte Bemerkung ihres Mannes mit einem Klaps auf seinen Schenkel.

»Und dann liegt sie mir auch noch mit ihren pädagogischen Prinzipien in den Ohren ... Der arme Junge! Er wird nicht viel zu lachen haben!«

»Ihr sprecht schon über seine Erziehung?«, fragte Sylvain erstaunt.

»Natürlich!«, erwiderte Laetitia ganz ernsthaft. »Wir werden nicht erst anfangen, darüber nachzudenken, wie man die Probleme löst, wenn sie schon im Raum stehen.«

»Und worüber sprecht ihr so?«

»Über alles Mögliche: als Team agieren, sich niemals vor dem Kind widersprechen, keine Süßigkeiten vor dem vierten Lebensjahr, keine Cola vor dem siebten Lebensjahr, kein Gameboy vor dem elften Lebensjahr …«

»Ich glaube, wir werden ihm bald anbieten, dass er zu uns kommen kann, wenn er es bei euch zu schwer hat!«

David schaute auf die Uhr.

»Wir hätten mit dem Anstoßen auf deine bessere Hälfte warten sollen«, sagte er zu Sylvain. »Sie wird enttäuscht sein, dass wir ohne sie angefangen haben.«

»Aber nein, erstens hasst sie Champagner, und zweitens hat sie selbst gesagt, dass sie sich nicht hetzen will und dass wir nicht auf sie warten sollen. Sie ist zurzeit ein bisschen … erschöpft.«

»Warum trinken wir eigentlich Champagner?«, wollte Laetitia wissen. »Ein Gläschen Wein hätte es auch getan.«

Die Frage brachte Sylvain in Verlegenheit. Er stammelte »naja …«, »also …«, »wir haben uns gedacht …«, während er offensichtlich nach einer plausiblen Begründung suchte.

»Was? Was habt ihr euch gedacht?«, hakte Laetitia nach, die sich darüber amüsierte, dass die Situation für ihren Freund so peinlich zu sein schien.

Seine Verlegenheit ließ sie Verdacht schöpfen: Um Champagner zu verschenken, braucht man eigentlich keinen Vorwand, und um Champagner zu trinken erst recht nicht … oder doch, eigentlich schon! Man bringt eine Flasche Champagner mit, wenn es gute Neuigkeiten gibt!

Laetitia schaute Sylvain misstrauisch an, sie spürte, dass da etwas im Busch war, und sie wollte dieses Etwas gerade aus dem Blattwerk hervorlocken, da begriff sie es plötzlich:

»Sie ist schwanger!«, schrie sie und richtete sich in ihrem Sessel auf.

»W... Was?«, stotterte Sylvain, dem die Situation immer unangenehmer wurde.

»Ihr bekommt ein Kind?«, rief David strahlend.

»Nein ... naja ... eigentlich ...«

Ein Klingeln an der Haustür half ihm aus der Patsche, in die er sich immer tiefer hineinritt. Laetitia sprang auf und eilte in Richtung Hausflur.

Sie rief »Herzlichen Glückwunsch!« und war verschwunden.

»Sag ihr nichts!«, rief ihr Sylvain hinterher. »Ich habe ihr versprochen, euch nichts zu verraten, bevor sie da ist.«

Er sah David betroffen an:

»Sie wird mich umbringen!«

David lachte und stand ebenfalls auf, um Sylvain zu umarmen.

»Willkommen im Club! Wie weit ist sie?«

»Im dritten Monat.«

Als Laetitia die Tür öffnete, strahlte sie vor Glück übers ganze Gesicht.

»Meine Liebe!«, platzte sie lachend heraus. »Unsere Kinder werden zusammen aufwachsen, wie wunderbar!«

Und sie warf sich in Tiphaines Arme, ohne ihr Zeit zu lassen, etwas zu erwidern.

Kapitel 2

Wenn er später an diesen Abend zurückdachte, erinnerte sich David zuerst daran, wie perfekt alles gewesen war, in jedem Blick, jeder Geste, jedem Wort lag so unglaublich viel Glück. Die Zukunftspläne, die Versprechen, das Lachen und das klare Gefühl, dass eine Familie keine Bürde ist, sondern etwas, für das man sich bewusst entscheidet – und dass er, David, das Waisenkind, das haltlos und ohne Anker aufgewachsen war, endlich seinen Heimathafen gefunden hatte. Er, der verlassene kleine Junge, der durch mehrere Pflegefamilien und Heime geschleift worden war, in einem permanenten Balanceakt zwischen Gut und Böse, bei dem er hundert Mal das Gleichgewicht verloren hatte und sich hundert Mal knapp wieder gefangen hatte, um am Ende vorbestraft wieder von vorne zu beginnen.

Zurück zum Anfang.

Und sein Anfangspunkt war sie, Laetitia. Und das Küken, das in ihrem Bauch heranwuchs. Sein kleiner Spatz. Der Sohn, dem er alles geben würde, was ihm verwehrt gewesen war, den er an die Hand nehmen und auf einen guten Weg führen würde. Er sagte »auf einen guten Weg«, weil in seinen Augen »der rechte Weg« nicht existierte, das war nur eine Illusion, ein Trugbild, wie man es Kindern zeigte, damit sie ja nicht aus der Reihe tanzen. Nicht anecken. Nicht auffallen. Immer geradeaus, mit gesenktem Blick und Scheuklappen.

Von wegen!

Nichts ist gerecht im Leben. Stattdessen ist das Dasein wie ein riesiges zerklüftetes Gelände, übersät mit Hindernissen, steilen Kurven und Umwegen, eine Art Labyrinth, in dem an jeder Ecke Fallen lauern, in dem es keinen geraden Weg gibt.

Der kürzeste Weg zwischen zwei Punkten?

Der, den man kennt.

Aber egal, was man tut, egal, welche Weichen man stellt, am Ende des Weges kommt immer das Gleiche heraus.

Das dachte David.

Zumindest, bis er Laetitia traf.

Er machte es wie alle anderen, er schlug den einzigen Weg ein, den er vor sich sah, eine Hängebrücke über einem Abgrund ohne Wegweiser, ohne Geländer. Ohne die beiden Leitplanken, die ihn mit Liebe und Geduld bis zum Berg des Erwachsenenalters hätten führen können.

Und so fiel er.

Zuerst beging er kleinere Straftaten. Marihuana mit dreizehn, Kokain mit fünfzehn. Kaum in der Jugend angekommen, saß er schon in den Startlöchern zur ewigen Jagd nach Geld, zu zweifelhaften Plänen, zu schlechtem Umgang. Dann begann die Abwärtsspirale. Aus kleinen Diebstählen wurden ernstere Vergehen: Raubüberfälle, Einbrüche, Gewalt.

Zwei Jahre Erziehungsanstalt.

Endlich draußen, ein erster Versuch, wieder auf die Beine zu kommen und seinen Weg fortzusetzen. David klammerte sich fest, wo er konnte, an ein paar morschen Ästen, die schnell nachgaben, aber vor allem an Strohhalmen. Er geriet aufs Glatteis, kam ins Schleudern, und schon saß er wieder drin, diesmal vier Jahre Gefängnis für bewaffneten Raubüberfall.

Als er zum zweiten Mal aus dem Gefängnis herauskam, schwor er sich, nie wieder dorthin zurückzukehren. Er rappelte sich erneut auf und versuchte weiterzukommen, koste es was es wolle, zuerst kriechend (er arbeitete als Tellerwäscher in einem chinesischen Restaurant, um sich eine Dachkammer für 300 Euro monatlich zu leisten, ohne Warmwasser, mit Toiletten auf dem Flur und Kakerlaken an der Wand), dann auf allen vieren (er wurde Busfahrer, wieder eine Dachkammer, aber diesmal eine größere, mit warmem Wasser; noch immer ohne eigene Toilette, aber dafür auch ohne Kakerlaken). Und dann, nach und nach, richtete er sich wieder auf, prüfte sein Gleichgewicht bei jedem Schritt, setzte vorsichtig einen Fuß vor den anderen. Es dauerte mehrere Jahre.

Mit 27 war er Reinigungskraft in einem Krankenhaus und Mieter einer Einzimmerwohnung mit Bad.

Dort kreuzte sich sein Pfad mit dem Laetitias. Im Krankenhaus, nicht in der Einzimmerwohnung oder in seinem Bad.

Ihr Werdegang war eher eine ebenmäßige, gut asphaltierte Landstraße, die sich durch eine idyllische Landschaft mit viel Grün schlängelte, einige Obstbäume, ein paar zu überquerende Hügel und viele Wiesen und Felder bis zum Horizont. Ein klarer Himmel. Bis ihre beiden Leitplanken von einem Lastwagen niedergemäht wurden.

Es war nachts geschehen, in der Nacht, in welcher der Sonntag auf den Montag trifft. Und »treffen« ist hier in der Tat das passende Wort. Ihre Eltern kehrten von einem Treffen mit Freunden zurück und, ach, es war gar nicht so spät, erst kurz nach Mitternacht …, und es passierte ebendort, auf einer Nationalstraße, um genau zu sein. Es regnete, auch wenn dieses Detail nicht besonders interessant ist … genauso wie der Rest der Geschichte. Es war ein Unfall, wie sie ständig passieren, die beiden waren zur falschen Zeit am falschen Ort, als der Lastwagen sie traf, und fielen dem, was Laetitia später »die drei K« nannte, zum Opfer: Kreuzung, Kraftfahrzeug, Karambolage.

Ihre Mutter starb an Ort und Stelle. Oder besser gesagt, zwanzig Meter daneben. Das Auto machte einen Schlenker zur Seite, sie wurde nach vorn geschleudert, und ihr Körper landete auf dem benachbarten Feld. Sie war sofort tot. Laetitias Vater hingegen überlebte eine Woche. Eine Woche zwischen Leben und Tod, in der sie an seinem Bett saß und das Krankenzimmer nur selten verließ, um einige Stunden zu schlafen, zu duschen oder sich umzuziehen.

Und um David zu begegnen. Als er sie sah, in der Sekunde, als er ihr seine Augen zuwandte … es war Liebe auf den ersten Blick: Sie saß im Flur, während ihr Vater operiert wurde, und trotz ihres vom Kummer gezeichneten Gesichts, trotz ihrer vom Weinen geröteten Augen, trotz ihrer vom vielen Schnäuzen wunden Nase war er verzaubert und gerührt, und er musste ihr unbedingt die Hand reichen, ihr helfen, diesen Schicksalsschlag zu überstehen, und sie vielleicht einige Augenblicke auf dem Weg der Trauer begleiten.

Die folgenden Monate waren seltsam für Laetitia. Ein gnadenloser Kampf zwischen dem bodenlosen Schmerz über den Verlust ihrer Eltern und dem berauschendsten aller Gefühle, unsterblicher Verliebtheit. Da sie Einzelkind war, blieben ihr von der Familie nur noch ein Onkel und zwei Cousins ersten Grades, die sie seit ihrer Kindheit nicht mehr gesehen hatte, und so ergriff sie Davids Hand wie eine Schiffbrüchige einen Rettungsring. Sie wusste anfangs nicht recht, wo das alles hinführen sollte, war von Schuldgefühlen zerfressen, weil sie diesen Mann begehrte, den sie am Sterbebett ihres Vaters getroffen hatte, weil sie an ihn dachte, anstatt um ihre Eltern zu weinen, weil sie sich beim Lächeln, beim Träumen ertappte … Gleichzeitig nahm sie es ihm übel, dass er einfach da war, als ob er darauf aus wäre, sie von ihrem Schmerz abzubringen, und hasste ihn für all die Dinge, die ihr in Wahrheit so guttaten.

Sackgassen, Einbahnstraßen, Umwege und falsche Abzweigungen, sie fuhren sich eine Weile fest, aber dann entschieden sie sich, den Weg fortzusetzen, es zumindest zu versuchen, und ein Stück gemeinsam zu gehen. Eineinhalb Jahre später zogen sie in Laetitias Elternhaus, in dem sie ihre Kindheit verbracht hatte und das zu verkaufen oder zu vermieten sie nicht übers Herz brachte. Es war unvorstellbar, dass Fremde diese Wände in Besitz nehmen können, in denen die meisten ihrer Kindheitserinnerungen schlummerten. Und weil sie keine Familie mehr hatte und er auch nicht, beschlossen sie, zusammen eine zu gründen. Ihre eigene.

David glaubte felsenfest an diesen Neuanfang. Sie waren auf dem richtigen Weg, daran gab es nichts zu rütteln, gemeinsam würden sie Berge erklimmen, und, Hand in Hand, zu ihrer schönsten Reise aufbrechen!

Zum ersten Mal seit Langem sah David der Zukunft zuversichtlich entgegen, allerdings vergaß er dabei ein kleines Detail: Egal, was man tut, egal, welche Weichen man stellt, am Ende kommt immer das Gleiche heraus.

Kapitel 3

David und Laetitia Brunelle machten bald Bekanntschaft mit Tiphaine und Sylvain Geniot. Sie waren etwa im gleichen Alter, entspannte Mittdreißiger, sie waren Nachbarn, und zwischen ihren Gärten lag nur eine einfache Hecke. David stellte schnell fest, dass Sylvain King Crimson, Pink Floyd und Archive hörte, Bands, die er selbst auch mochte, während Laetitia Tiphaine im wahrsten Sinne des Wortes vor einer kulinarischen Katastrophe bewahrte, als ihr eines Abends das Olivenöl ausging. Laetitia gab ihr also ihre Flasche kaltgepresstes natives Olivenöl mit, und Tiphaine brachte sie am nächsten Morgen zurück. Laetitia bot ihr einen Kaffee an, Tiphaine nahm an, und so entstand ein Ritual, auf das die beiden schon bald um keinen Preis mehr verzichten wollten.

Die zwei Paare beschnupperten sich einige Wochen lang, zunächst vorsichtig, dann fassten sie allmählich Vertrauen. Und schließlich wurden sie Freunde.

Ihre Doppelhaushälften waren identisch, sowohl von außen als auch in der Aufteilung der Zimmer: Von der Straße aus sah man jeweils eine weiße Fassade, eine Tür aus lackiertem Holz, ein großes Fenster im Erdgeschoss und zwei schmälere im ersten Stock, ein geneigtes Dach mit Luke. Und einen Schornstein, der auf der einen wie auf der anderen Seite nicht mehr in Betrieb war. Beide Häuser hatten auf der Rückseite eine Terrasse, die direkt auf den schmalen, fast zwanzig Meter langen Garten hinausging. Jener der Brunelles bestand aus einer einfachen Rasenfläche, die David hin und wieder mähte. Den Garten der Geniots hingegen hatte Tiphaine, die Gärtnerin war und in der städtischen Baumschule arbeitete, sehr sorgfältig und geschmackvoll geplant und angelegt: Blumen, Kräuter und

Kletterpflanzen, Büsche und Sträucher teilten sich den Platz, sodass er zu jeder Jahreszeit voller Farben und Düfte war. Ganz unten gab es sogar ein kleines Gemüsebeet, Tiphaines ganzer Stolz.

Nach einigen Monaten wurden die beiden Paare unzertrennlich. Ihre Freundschaft, die sie alle zu schätzen wussten, wurde durch die Tatsache, dass sie Nachbarn waren, noch verstärkt. Es war so einfach, auf der Türschwelle miteinander zu plaudern oder sich abends zum Essen, Trinken, Lachen, Diskutieren, Musikhören oder Pläneschmieden zu treffen ...

Und als dann Laetitia und Tiphaine im Abstand von drei Monaten schwanger wurden, war ihr Glück vollkommen.

Milo Brunelle stieß an einem späten Dienstagnachmittag seinen ersten Schrei aus und löste eine regelrechte Sturzflut von Gefühlen aus, die sich in die Herzen und das Leben seiner Eltern ergoss. Gleich am nächsten Morgen kamen Tiphaine und Sylvain vorbei, um das Neugeborene zu bewundern. Laetitia legte Tiphaine ihr winziges Baby vorsichtig in den Arm ...

»Er ist so klein!«

Tiphaine hielt das Kind sanft an sich gedrückt. Unten, mit seinem »dreimonatigen Rückstand«, strampelte unmittelbar nach dem Kontakt mit Milo plötzlich der Fötus, der sich immer noch bequem zusammengerollt im Bauch seiner Mutter befand. Es war, als wollte er schon jetzt mit diesem Freund kommunizieren, der ihm bald näherstehen würde als ein Bruder.

Dann wurde Maxime Geniot geboren. Tiphaine hatte seit dreizehn Stunden in den Wehen gelegen. Ein rasender Schmerz zerriss ihren ganzen Körper, wurde von Sekunde zu Sekunde stärker, und auch das Schreien verschaffte ihr keine Erleichterung. »Ich kann nicht mehr, macht, dass es aufhört, bitte!«, und man versprach ihr, es würde gleich vorbei sein, sie müsse nur noch ein bisschen durchhalten ...

Das Kind kam mit der Morgendämmerung zur Welt. Die Mutter schwieg und der Vater auch, während sie langsam wieder zu sich kamen und wie gebannt das Kind betrachteten, gerührt, erfüllt, entzückt. Es war ein anstrengender Tag. Die Familien der jungen Eltern, alle wollten das Baby zuerst sehen, eilten nach Papas Anruf sofort herbei: Eltern, Brüder, Schwestern, samt Partnerinnen und Partnern und Kindern, drängten sich um das Bett der Mama und bedachten sie mit Ratschlägen, Kommentaren und Glückwünschen.

David und Laetitia waren diskreter. Sie erkundigten sich am Telefon nach Tiphaines Befinden, bevor sie am nächsten Morgen selbst im kleinen Krankenhauszimmer vorbeikamen, um das Baby zu bewundern.

Sie waren echte Freunde.

Und vor allem hatten sie das alles auch vor Kurzem durchlebt.

Am selben Abend lud David Sylvain ein, mit ihm um die Häuser zu ziehen. Während die beiden Frauen sich um die Kleinen kümmerten, die eine im Krankenhaus und die andere zu Hause, stießen die frischgebackenen Väter auf Maxime an, dann auf Milo, auf ihre Frauen, auf die Freundschaft, auf die Zukunft und, wo sie schon einmal dabei waren, auf die ganze Welt, auf die schöne Zeit, die gerade anbrach, auf die wunderbaren Väter, die sie ganz sicher werden würden ... Sie tranken reichlich und lang und redeten mindestens genauso viel.

War es der Alkohol, die Müdigkeit, das Übermaß an Emotionen? Trunken von alledem schüttete Sylvain David sein Herz aus: Er vertraute ihm seine Ansichten über seine Beziehung an, über das Familienleben, über die Kindererziehung, erzählte ihm, wie er es mit Maxime machen würde, dass er als Vater eine überaus wichtige Rolle einnehmen würde. Er würde Präsenz zeigen, zuhören, aufmerksam, verständnisvoll und wohlwollend sein, nicht wie sein eigener Vater, der zwar da gewesen war, aber immer über alles geschimpft hatte: über Kinder, Lärm, Musik, Fastfood, Videospiele, Freunde ... über das Leben eben! Er war nicht in der Lage zu leben, das war sein Problem, und kommunizieren konnte er auch nicht! Er war unfähig, seine Meinung zu sagen, ohne andere zu kritisieren. Weil früher alles besser war. Zu seiner Zeit.

»Zu seiner Zeit war alles genauso wie heute, nur beschissener!«, rief Sylvain stockend.

»Und verstehst du dich heute besser mit deinem Vater?«, fragte David, für den es immer noch eine heikle Sache war, an seine eigenen Eltern zu denken, vor allem seit Milo geboren war und er festgestellt hatte, wie verletzlich, zart und hilflos Babys waren.

Die schmerzhafte Frage, die er sich schon als kleiner Junge gestellt hatte, ließ ihm nun, wo er selbst Vater war, keine Ruhe mehr: Wie kann man nur sein Kind verlassen?

Sylvain, der von Davids quälenden Gedanken nichts ahnte, zuckte mit den Schultern und starrte ins Leere.

»Ich habe meine Hoffnung, auf väterliches Verständnis zu stoßen, endgültig begraben, und er hat es aufgegeben, aus mir den perfekten Sohn machen zu wollen. Wir arrangieren uns mit der Situation. Und wir beklagen uns nicht.«

David nickte nachdenklich. Auch er hatte sich zum Ziel gesetzt, der beste aller Väter zu werden, auch wenn ihm, im Gegensatz zu Sylvain, der Vergleich fehlte.

Beide schwiegen einen Augenblick. Und als sie merkten, dass sie in düsteren Grübeleien zu versinken drohten, gab David eine weitere Runde aus und wechselte das Thema:

»Wie habt ihr euch eigentlich kennengelernt, du und Tiphaine? Ihr habt immer ein Geheimnis daraus gemacht ...«

Sylvain war von der Frage überrumpelt. Einige Sekunden lang starrte er David entsetzt an, als habe dieser etwas ausgesprochen Indiskretes gefragt.

»Das ist eine üble Geschichte«, murmelte er.

»Was?«

David dachte, er hätte sich verhört. Er musste lachen und sah Sylvain perplex und neugierig an, versuchte an dessen Gestik und Mimik abzulesen, ob es ein Scherz gewesen war.

Mit finsterem Blick drehte Sylvain sein Glas in der Hand und starrte in die dunkelrote Flüssigkeit, als spielte sich dort etwas höchst Dramatisches ab.

»Vergiss es«, knurrte er schließlich.

David insistierte nicht. Gespalten zwischen der brennenden Neugier über Sylvains merkwürdige Reaktion und dem Gefühl der Verlegenheit, das nun im Raum stand, zog er es vor zu schweigen. Durch den Alkohol schien sich die Zeit auszudehnen, und das verlieh dem Moment eine seltsame Stimmung, irgendetwas zwischen Peinlichkeit und Unverständnis. Sylvain rührte sich nicht. David, der sich immer unwohler fühlte, schaute auf die Uhr.

»Drei Uhr! Wir sollten nach Hause gehen …«

Er erhob sich von seinem Stuhl, verlor das Gleichgewicht, fing sich aber wieder, indem er sich an der Rückenlehne abstützte, ergriff dabei seine Jacke, die er dort hingehängt hatte, und machte sich daran, sie anzuziehen.

»Es war vor fünf Jahren«, brummte Sylvain, der immer noch reglos dasaß. »Tiphaine war damals Apothekerin.«

»Hmm?«

David hielt verwirrt inne. Sylvain sah mit verkrampftem Kiefer und zusammengepressten Lippen zu ihm auf und in seinem Blick lag eine bodenlose Verzweiflung.

David setzte sich langsam wieder hin.

Kapitel 4

»Stéphane war mein bester Freund. Stéphane Legendre. Wir kannten uns seit unserer Kindheit, waren praktisch zusammen aufgewachsen, fast wie Brüder; es war eine Freundschaft auf Gedeih und Verderb. Stéphane hatte sein Medizinstudium mit brillantem Ergebnis abgeschlossen und gerade eine Praxis für Allgemeinmedizin eröffnet. Er war sehr selbstbewusst und von sich eingenommen, ziemlich gutaussehend, ein Typ, der nie an sich zweifelt, und vor allem nicht an seinem eigenen Charme ... Ein Idiot! Aber er war mein Kumpel. Eines Spätnachmittags rief er mich an, völlig panisch. Vor drei Tagen hatte er einer Patientin ein Medikament verschrieben, dessen Wirkstoff in dieser Dosierung eindeutig schädlich für schwangere Frauen war. Nun war seine Patientin aber im dritten Monat, ungefähr. Er hatte ›vergessen‹, sie danach zu fragen. Und sie hatte sich keine Sorgen gemacht und ihm blind vertraut, nach dem Motto, wenn der Arzt das verschreibt, dann muss es schon richtig sein. Die Folge war, dass sie nach zwei Tagen, also am Vorabend des Anrufs, ihr Baby verlor. Die Gynäkologin erkannte gleich den Zusammenhang zwischen der Fehlgeburt und dem Medikament und nahm mit Stéphane Kontakt auf. Überrascht und panisch, leugnete er, ihr diese Menge verschrieben zu haben, und behauptete, dass die angeordnete Dosierung für den Fötus unbedenklich gewesen sei. Die Auseinandersetzung wurde schärfer, es hagelte Drohungen: Anzeige, Schmerzensgeld, das ganze Repertoire. Daraufhin rief er mich sofort an, und ich merkte, dass er ins Schleudern kam, er sah sich schon eines groben Behandlungsfehlers schuldig, zu hohem Schadenersatz, Berufsverbot und vielleicht sogar zu einer Gefängnisstrafe verurteilt ...«

Sylvain hielt kurz inne, kaute auf seiner Unterlippe herum und fuhr dann fort.

»Er erklärt mir, dass der einzige direkte Beweis, der gegen ihn vorliege, das Rezept sei. Und ich frage ihn ganz blöd: ›Also, kein Rezept, kein Beweis?‹ Und er stimmt zu. Es sei ganz einfach. Man müsse sich nur das Rezept beschaffen und es durch eines mit der richtigen Dosierung ersetzen. Man muss einfach nur ... aber das ist leichter gesagt als getan! Und das Duplikat? Stéphane verspricht mir, sich darum zu kümmern. Mithilfe der Adresse der Patientin identifizieren wir Apotheken, in denen sie das Medikament möglicherweise gekauft hat. Es gibt zwei. Ich gehe zur ersten, die sich direkt neben ihrer Wohnung befindet. Ich weiß nicht genau, was ich dort tun soll, wir haben nicht viel Zeit, wenn das Rezept das einzige Beweisstück ist, wird es mit Sicherheit im Zentrum des gesamten Prozesses stehen. Vielleicht ist es sogar schon zu spät ... Ich beschließe zu improvisieren, stelle mich in die Schlange, schaue mir die Räumlichkeiten genau an, beobachte die Apothekerin, ihr Auftreten und was sie tut. Sie nimmt das Rezept des Kunden vor mir entgegen, gibt ihm das Medikament und legt das Rezept in eine Schublade. Jetzt bin ich dran. Ich behaupte Halsschmerzen zu haben und frage sie, was ich tun soll, sie rät mir zum Arzt zu gehen, ich lache spöttisch und erkläre, dass ich ein tiefes Misstrauen gegenüber der gesamten Ärzteschaft hege: ›Alles Scharlatane, man geht wegen Halsschmerzen hin und sie diagnostizieren einem Prostatakrebs.‹ Das bringt sie zum Lachen, und ich denke mir, dass sie hübsch ist, wenn sie lacht ... Sie verkauft mir ein Spray gegen die Halsschmerzen, ich bezahle und gehe raus.«

Sylvain seufzte, zog die Schultern hoch und sprach weiter:

»Es ist kurz vor Ladenschluss. Ich riskiere alles, ich betrete wieder die Apotheke und ich sage, dass es meinem

Hals schon viel besser gehe, vielen Dank, aber dass ich sie jetzt unbedingt auf einen Aperitif in der kleinen Bar gleich nebenan einladen möchte. Sie lacht, sie zögert, und ich sage ›Nur einen Aperitif‹, sie rät mir, lieber einen Kumpel anzurufen, ich erkläre, dass ich ein tiefes Misstrauen gegenüber meinen Kumpels hege: ›Alles Schmarotzer, man lädt sie auf ein Gläschen ein und sie verlangen ein Abendessen‹, das bringt sie noch mehr zum Lachen, und ich sage mir, dass sie wirklich sehr hübsch ist, wenn sie lacht.«

Stille. Bedauern. Oder vielleicht Reue.

David hakte nach:

»Konntest du das Rezept beschaffen?«

Sylvain nickte.

»Während sie sich im Hinterzimmer umzog und ihre Sachen holte. Bevor sie verschwand, sagte sie: ›Ich bin in einer Minute zurück.‹ Alles ging ganz schnell, ich habe nicht nachgedacht, bin hinter den Tresen gerannt und habe die Schublade durchsucht. Ich weiß noch, dass ich im Kopf die Sekunden zählte und dass ich mir bis sechzig Zeit gab. Nach sechzig Sekunden würde ich es aufgeben, zu riskant. Zumal es ja auch nicht sicher war, dass es die richtige Apotheke war, aber ich hatte Glück. Ich fand unter den Rezepten ziemlich rasch das richtige, sie waren nach Datum geordnet, und ich habe sofort Stéphanes Handschrift erkannt. Ich hatte das andere Rezept dabei, das, welches Stéphane der Patientin hätte ausstellen sollen. Ich hatte sogar die Geistesgegenwart, noch den Stempel der Apotheke daraufzusetzen, der auf der Theke neben der Kasse stand. Ich habe es ausgetauscht und alles wieder so hingelegt wie vorher, ohne Spuren zu hinterlassen ... In der Zwischenzeit war Stéphane zu der Patientin gefahren, um nach ihr zu schauen, mit ihr zu sprechen und zu verstehen, was passiert war ... Und um die Duplikate auszutauschen. Die arme Frau hat überhaupt nichts gemerkt, er hat sicher alle Register gezogen, und sie ist ihm voll auf den Leim gegangen.

Als er ihr Haus verließ, gab es keine Beweise mehr gegen ihn.«

»Und dann?«

Sylvain hielt inne. Man spürte, dass sein Gewissen ihm zu schaffen machte. Dass die Worte, die er nun aussprechen würde, selbst wenn sie sich auf fünf Jahre zurückliegende Ereignisse bezogen, auf ihn so verheerend wirkten wie ein starkes Gift.

»Es war die Apothekerin, die wegen eines groben Fehlers verurteilt wurde. Das Rezept entlastete Stéphane, aber nun stimmte die angegebene Dosierung nicht mehr mit dem Medikament überein, das sie der Patientin verkauft hatte. Das Problem war, dass ich sie immer noch traf. Sie gefiel mir immer besser, und ich habe mich in sie verliebt. So richtig. Ich war in einem Teufelskreis gefangen. Am Anfang hatte ich nicht an die Auswirkungen gedacht, die meine Tat auf sie haben würde, und als mir klar wurde, dass ich sie wirklich in Schwierigkeiten gebracht hatte, habe ich Stéphane unter Druck gesetzt, für seinen Fehler geradezustehen. Natürlich hat das Arschloch sich geweigert. Ich habe ihm gedroht, alles auffliegen zu lassen – das hätte mich zwar auch in den Skandal verstrickt, aber, ich schwöre dir, das war mir völlig egal. Ich war bereit zu bezahlen. Doch ich wusste auch, dass ich sie verlieren würde. Und diesen Gedanken konnte ich nicht ertragen. Sie war die Frau meines Lebens. Und je mehr Zeit verging, desto weniger war es mir möglich, ihr zu gestehen, was ich getan habe.«

Überwältigt von den Gefühlen, die der Alkohol wieder aufflammen ließ und verstärkte, versank Sylvain in Schweigen.

»Was ist passiert?«, fragte David leise und legte seinem Freund die Hand auf die Schulter.

Es dauerte einige Sekunden, bis er antworten konnte.

»Das habe ich doch schon erzählt. Sie wurde für einen groben Fehler verurteilt, sie musste der Patientin Schmerzensgeld bezahlen und hat ihre Approbation verloren. Sie hat alles verloren.«

»Und du, was hast du gemacht?«

»Ich bin bei ihr geblieben und habe ihr geholfen, diese schwere Zeit zu überstehen. Zuerst habe ich ihr Geld geliehen, damit sie bezahlen kann, und als sie es mir zurückgeben wollte, habe ich es nicht angenommen. Wir sind zusammengezogen, sie hat eine Ausbildung als Gärtnerin gemacht, die Jahre sind vergangen, sie ist wieder auf die Beine gekommen, wir haben die Stadt verlassen und sind hier gelandet. Das Schlimmste ist, glaube ich, dass sie mir unendlich dankbar ist. Manchmal sagt sie zu mir, dass die ganze Sache mit dem Prozess zwar hart für sie war, die Schuldgefühle und ihre Unfähigkeit, zu verstehen, was damals passiert ist, aber dass ihr Leben ihr heute so viel besser gefällt als das, bevor ...«

Sylvain unterbrach sich wieder und versuchte, das Schluchzen, das in ihm aufstieg, zu unterdrücken ...

»Eines ist sicher: Ich stehe in ihrer Schuld«, sagte er, als er sich wieder gefasst hatte. »Eine Schuld, die ich niemals begleichen kann. Egal, was ich tue. Sie kann alles von mir verlangen. Wirklich alles.«

David lächelte traurig.

»Und dein Kumpel Stéphane?«, wollte er wissen.

Sylvain schüttelte den Kopf und antwortete:

»Wir haben endgültig den Kontakt abgebrochen. Wir haben beide das Schicksal des anderen in der Hand. Er kann mein Leben zerstören, und ich kann seines vernichten. Wir sind unser gegenseitiges Verhängnis.«

»Und Tiphaine? Weiß sie immer noch nichts?«

»Wenn wir noch zusammen sind, dann nur deshalb, weil sie es nicht weiß.«

»Glaubst du wirklich, dass sie dich verlassen würde, wenn sie es wüsste?«

Sylvain musterte David mit einem schmerzerfüllten Blick.

»Ich bin mir sicher, dass sie mich verlassen würde, mir den Umgang mit meinem Sohn verbieten und den Rest ihres Lebens versuchen würde, das meine zu zerstören.«

David verzog das Gesicht, um zu verstehen zu geben, dass ihm diese Befürchtungen übertrieben schienen. Sylvain erwiderte sofort in einem harten Ton:

»Was würdest du an ihrer Stelle tun?«

Anstelle einer Antwort versuchte David, es sich vorzustellen und kam dann sehr schnell zum gleichen Schluss oder zumindest zu einem ähnlichen Ergebnis. Weit davon entfernt, sich über diese stille Zustimmung zu freuen, stürzte Sylvain in eine tiefe Verzweiflung.

Diesmal schwiegen sie beide.

Während die Geschichte David vollkommen ausgenüchtert hatte, schien Sylvain noch tiefer im Nebel des Alkohols zu versinken. David bemerkte es und entschied, diesen Abend der erschütternden Enthüllungen zu beenden. Er stand auf, ging um den Tisch und packte dann seinen Freund bei der Taille, legte dessen Arm um seine Schultern und brachte ihn zum Auto.

Als sie beide saßen, und er sich und Sylvain angeschnallt hatte, brach David die Stille, wobei er einen gewissen Groll gegen Sylvain nicht verbergen konnte:

»Warum hast du mir das alles erzählt?«

Der zuckte nur mit den Schultern, als ginge ihn diese Geschichte nichts mehr an.

»Vielleicht, um das Risiko einzugehen, dass sie es eines Tages durch jemand anderen erfährt ... Ich habe schon versucht, es ihr zu sagen, aber ich habe es nicht geschafft.«

Davids Stimmung verdüsterte sich. Er steckte den Schlüssel ins Zündschloss und drehte sich zu Sylvain um:

»Tut mir leid, Alter, ich denke gar nicht daran, mich in diese Sache einzumischen. Wenn du willst, dass sie es erfährt, musst du selbst mit ihr darüber sprechen!«

Als David am Morgen nach dieser merkwürdigen Nacht,

in der Glück und Tragik so eng aufeinandergefolgt waren, zur Arbeit aufbrach, fing ihn Sylvain auf der Türschwelle ab:

»Hast du Zeit für einen Kaffee?«

David zögerte, sah auf die Uhr und betrat schließlich das Nachbarhaus. Sie sprachen das Thema erst an, als sie am Tisch saßen:

»Ich wollte mich für gestern Abend entschuldigen«, setzte Sylvain sofort an, »ich ... ich war betrunken, mir war nicht bewusst, in was für eine unangenehme Situation ich dich bringe, indem ich dir das alles erzähle ...«

»Mach dir keine Gedanken«, beruhigte ihn David mit einem verständnisvollen Lächeln. »Wir haben getrunken. Viel zu viel. Wenn man trinkt, tut man idiotische Dinge.«

»Nicht nur, wenn man trinkt«, brummte Sylvain leise.

David lächelte ihm vielsagend zu.

»Bezüglich der Sache, die ich dir im Auto gesagt habe ...«, fuhr Sylvain mit lauter Stimme fort. »Bitte ... beachte es nicht.«

»Was meinst du?«

»Versprich mir, dass du es ihr niemals sagst! Das alles muss unter uns bleiben. Ich weiß nicht, warum ich es dir erzählt habe, wahrscheinlich ist das alles wegen Maximes Geburt wieder hochgekommen, und dann noch der Alkohol, ich musste mich aussprechen ... Ich habe die ganze Nacht kein Auge zugetan und ...«

»Ich habe es dir doch gesagt«, unterbrach ihn David, »ich habe nicht die geringste Absicht, mich da einzumischen. Wir sind doch Freunde, oder?«

Sylvain konnte sich ein bitteres Lachen nicht verkneifen.

»Eben, als ich das letzte Mal einen Freund hatte, hat es kein gutes Ende genommen ...«

»Hör zu, Sylvain. Es wäre mir tatsächlich lieber gewesen, nichts darüber zu wissen. Aber jetzt ist es zu spät. Also lass uns nicht mehr darüber reden, in Ordnung?«

Sylvain nickte.

»Und Laetitia?«, fragte er dann.

»Was ist mit Laetitia?«

»Hast du ...«

»Natürlich nicht!«

»Danke!«

1. Lebensjahr: 6.-7. Monat

Ab welchem Alter konnte ihr Kind ein Spielzeug von einer Hand in die andere überführen?
4 ½ Monate

Ab welchem Alter hat ihr Kind versucht, sich mit Ihrer Hilfe aufzusetzen?
5 Monate

Dreht ihr Kind den Kopf, um die Quelle eines Geräusches zu lokalisieren?
Ja.

Wenn Kinder müde sind, zeigen sie das. Was sind die Anzeichen für Müdigkeit bei Ihrem Kind?
M. strampelt viel und fängt bei jeder Kleinigkeit an zu weinen.

M. ist seit dem 6. Monat in der Kita. Leichter Schnupfen, gelegentlicher Husten.

Auszufüllen durch den Kinderarzt:
Gewicht: 9,580 kg   **Größe:** 74,5 cm
Notizen:
Soor: Dektarin Mundgel 4 x/Tag nach den Mahlzeiten auftragen
Einfacher Schnupfen: Kind mit erhöhtem Kopf schlafen lassen; gründlich Nase putzen mit Nasensauger; Nasivin Baby Nasentropfen; 1 Tropfen in jedes Nasenloch 3×/Tag für max. 5 Tage

Kapitel 5

In den folgenden Monaten waren die Babys das einzige Gesprächsthema. Die Mütter vertrauten sich ihre Sorgen, ihre Zweifel und ihre Freuden an ...

»Sein Popo ist ganz rot, und er hat die ganze Nacht geweint. Meinst du, dass ich mit ihm zum Kinderarzt gehen sollte?«

»Hat er Fieber?«

»37,6.«

»Ganz sicher zahnt er.«

... während die Väter sich gegenseitig unterstützten, um diese schwere Zeit der Vernachlässigung und der erzwungenen Keuschheit zu überstehen.

»Hast du Lust auf eine Partie Billard bei Simon heute Abend?«

»Und ob ich Lust habe! Soll ich dich um acht abholen?«

»Abgemacht!«

Man traf sich zum Füttern und Fläschchengeben auf der einen Seite und auf der anderen, um ein Gläschen zu trinken, auf andere Gedanken zu kommen und sich über die allzu kurzen Nächte zu beklagen. Man half sich gegenseitig mit Windeln und Zäpfchen aus, vertraute den anderen das Baby an, während man eine Runde laufen ging oder – ein unübertreffliches Vergnügen – während man sich eine kurze Siesta gönnte. Das Leben war von einem atemlosen Rhythmus aus täglichem Entzücken und uneingestandener Sehnsucht nach jener Freiheit geprägt, die nun der Vergangenheit angehörte.

Es war Milos erster Geburtstag, als David und Laetitia den großen Schritt wagten:

»Wir werden Milo wahrscheinlich taufen lassen.«

»Ihr seid katholisch?«, fragte Sylvain erstaunt.

»Ich schon, David nicht«, bekannte Laetitia.

Sylvain sah David ratlos an, woraufhin dieser nur die Schultern hochzog und mit den Augen rollte.

»Es ist ja so, dass wir beide keine Familie mehr haben«, erklärte Laetitia. »Ich gehe schon lange nicht mehr in die Kirche, und ich gebe zu, dass ich mich in den letzten Jahren nicht viel mit meinem Glauben beschäftigt habe. Aber ...«

Sie unterbrach sich und seufzte.

»Ich will niemandem etwas aufzwingen, schon gar nicht meine religiösen Ansichten«, fuhr sie verlegen fort. »Aber ich weiß, dass meine Eltern gewollt hätten, dass ihr Enkelkind getauft wird, und auch wenn sie nicht mehr da sind, möchte ich ihren Wunsch respektieren. David und ich haben viel darüber gesprochen und ...«

»Ist ja gut!«, rief Tiphaine. »Du musst dich nicht rechtfertigen. Wenn du deinen Sohn taufen lassen willst, dann tu es doch! Ich verstehe nicht, wo das Problem liegt.«

Laetitia warf ihrer Freundin einen dankbaren Blick zu.

»Ich ... ehm ... Bist du eigentlich getauft?«, fragte sie.

»Nein, warum?«

Laetitia schien von dieser Antwort enttäuscht.

»Und ... wärst du bereit, dich taufen zu lassen, wenn ich dich darum bitten würde?«

»Natürlich nicht!«, rief Tiphaine. »Ich glaube kein bisschen an Gott! Was ist das für eine Frage?«

»Du übertreibst, Laetitia ... Lass es gut sein!«, mischte sich David ein.

Für einige Augenblicke hing eine peinliche Stille im Raum.

»Was ist los?«, fragte Sylvain. »Wo ist das Problem?«

»Ich glaube, ich verstehe ...«, murmelte Tiphaine und sah ihrer Freundin in die Augen.

Diese hielt ihrem Blick stand und erwiderte ihn so gespannt und voller Hoffnung, dass sie dabei die Luft anhielt.

»Kann mir jemand erklären, worum es überhaupt geht?«, hakte Sylvain nach, der keinen Schimmer hatte, was hier vor sich ging.

Tiphaine seufzte.

»In Ordnung«, sagte sie, ohne den Blick von Laetitia abzuwenden.

Die strahlte über das ganze Gesicht, jauchzte vor Freude und fiel Tiphaine um den Hals. Sylvain wandte sich David zu:

»Verstehst du irgendetwas? Falls ja, kann mich bitte jemand aufklären?«

»Deine Frau hat gerade offiziell zugestimmt, Milos Taufpatin zu werden«, sagte David entschuldigend. »Das Problem ist, dass sie sich selbst taufen lassen muss, um Patin werden zu können.«

Kapitel 6

Erst am nächsten Tag wurden Tiphaine die Folgen ihrer Einwilligung bewusst.

»Eineinhalb Jahre? Soll das ein Witz sein?«

»Ich weiß, dass es sich lang anhört«, beschwichtigte sie Laetitia, »aber es wird im Alltag wirklich nicht viel Zeit in Anspruch nehmen und ...«

»Laetitia! Ich habe dich echt gern und Gott weiß, wie gern ich Milos Patin werden möchte (das kann man wirklich sagen ...). Aber bitte zwing mich nicht, den Katechismus und all diese Ammenmärchen zu lernen! Eineinhalb Jahre spirituelle Vorbereitung, und das alles nur, um drei Tropfen Wasser auf den Kopf zu bekommen ...«

»Oh, es sind nicht nur drei Tropfen!«, rief Laetitia mit entwaffnender Ehrlichkeit. »Erwachsene werden mit dem ganzen Körper ins Wasser getaucht.«

»Ein Grund mehr, es nicht zu tun! Das übersteigt meine Kräfte. Und außerdem glaube ich kein bisschen daran!«

Laetitia schwieg.

»Ich habe mit dieser Möglichkeit gerechnet!«, seufzte sie schließlich. »Gestern, nachdem du zugestimmt hast, habe ich recherchiert, was man tun muss, um sich taufen zu lassen und mir ist das Ausmaß der Prozedur klargeworden: Man muss ins Katechumenat aufgenommen werden, man muss die verschiedenen Stufen der christlichen Initiation mit allen Etappen, die dazugehören, durchmachen ... Ich habe mir gedacht, dass du es dir anders überlegst. Deshalb habe ich mich informiert: Du musst nicht getauft sein, wenn der andere Pate getauft ist. Du wärst also seine nichtkirchliche Patin, und der Gerechtigkeit halber werden wir zusätzlich eine zivile Taufe organisieren.«

»Und was macht das für einen Unterschied?«

»Für uns gar keinen.«

»Wo liegt dann das Problem?«

»Es gibt kein Problem.«

Tiphaine nickte zufrieden. Und dann fragte sie, als sei ihr nun die ganze Bedeutung von Laetitias Worten aufgegangen:

»Und wer ist der Pate?«

»Ernest«

Jetzt, wo Tiphaine darüber nachdachte, überraschte es sie nicht, diesen Namen zu hören. Sie war vielmehr erstaunt, dass sie nicht schon vorher an ihn gedacht hatte. Ernest war Davids Bewährungshelfer, er war ihm nach seiner Entlassung aus dem Gefängnis zugeteilt worden und hatte ihm maßgeblich bei der Resozialisierung geholfen. Ernest war ein Mann von 65 Jahren mit vom Leben gezeichneten Gesichtszügen, dessen Menschenscheue ebenso ausgeprägt war wie seine unverblümte Ehrlichkeit. Er rauchte wie ein Schlot, fluchte wie ein Kesselflicker, und seine Standpunkte waren ebenso starr wie sein Gang: Bei einer Geiselnahme durch einen seiner »Klienten« am Anfang seiner Karriere hatte er aus nächster Nähe eine Kugel ins Schienbein bekommen, wovon er eine Behinderung und eine unnachgiebige Strenge gegenüber allen ihm anvertrauten Exhäftlingen zurückbehalten hatte. Eine Standfestigkeit, die David geholfen hatte, weil sie für ihn wie eine Leitplanke war, die verhinderte, dass er wieder in die Drogensucht und Kriminalität abrutschte.

David hatte ihm viel zu verdanken.

Im Lauf der Jahre war aus ihrer Beziehung eine Freundschaft geworden, geprägt von Vertrauen und gegenseitigem Respekt. Heute war Ernest für David das, was einer Vaterfigur am nächsten kam. Der ältere Mann hatte seinerseits weder Frau noch Kinder. Er lebte allein in einer gemieteten Einzimmerwohnung im 20. Arrondissement von Paris und hütete seine Einsamkeit wie seinen Augapfel.

Tiphaine, die nun neugierig wurde, fragte weiter:

»Ernest ist getauft?«

Laetitia bestätigte es.

Tiphaine runzelte die Stirn.

»Das hätte ich nicht gedacht.«

Die religiöse Taufe wurde drei Monate später gefeiert. Es war eine ganz einfache und bescheidene Zeremonie. Abgesehen von David und Laetitia waren nur drei weitere Personen anwesend: Tiphaine, Sylvain und natürlich der Pate, Ernest. Dieser hatte sich für den Anlass in Schale geworfen, ein großer Kontrast zu seiner üblichen Kleidung: Mit seinem Dreiteiler, den er offensichtlich seit einigen Jahren nicht mehr getragen hatte und der nicht mehr seinen wirklichen Körpermaßen entsprach, hatte er das Gefühl, für die Fastnacht verkleidet zu sein. Eingeengt durch seinen zu kleinen Anzug, drückte seine Haltung eine gewisse Unbeholfenheit aus, die durch die Umstände noch verstärkt wurde. Man merkte, dass er angespannt und verlegen war und sich fehl am Platz fühlte.

Dabei hatte es sein abgehärtetes Junggesellen-Herz berührt, dass David ihn zum Taufpaten seines Sohnes machen wollte:

»Weißt du, Blagen sind nicht so mein Ding«, antwortete er David, als dieser ihm seinen Wunsch mitteilte. »Windeln, Fläschchen, Babygebrabbel ... davon verstehe ich nichts.«

»Dann ist das die Gelegenheit.«

Der alte Mann deutete ein Nicken an und erbat sich einige Tage Bedenkzeit. Zwei Wochen lang gab er kein Lebenszeichen von sich. Und dann, eines Mittwochnachmittags, kam er spontan bei den Brunelles vorbei, in der einen Hand eine Flasche Wein, in der anderen einen Teddybären.

»Ich bin einverstanden«, erklärte er, als hätte er sich auf

eine gefährliche Mission eingelassen. »Aber ich warne euch, ihr braucht nicht zu erwarten, dass ich mit ihm in den Park gehe, Babysitter spiele oder ihm alberne Kindergeschichten vorlese. Ich bin zu alt, um mit solchen Dummheiten anzufangen!«

Trotzdem: Seine neue Rolle als Pate veränderte seinen Blick auf den kleinen Jungen. Seine Besuche bei den Brunelles wurden unmerklich immer regelmäßiger, und während er bei ihnen war, schenkte er dem Kind, ohne es eigentlich zu wollen, immer mehr Aufmerksamkeit und Zuneigung. Und als ihm Milo eines Tages wortlos ein Buch reichte, *Abenteuer auf dem Bauernhof*, schickte ihn der Alte nicht zum Teufel: Er nahm das Buch und half dem Kleinen, auf seinen Schoß zu klettern. Dann las er ihm mit seiner derben und rauen Stimme die etwas alberne Geschichte vor, ohne dass es ihm ganz gelang, seine Freude über diesen ungezwungenen Moment mit seinem Patenkind zu verbergen.

Die Stimme des Priesters hallte in der Kirche wider, von deren circa zwanzig Stuhlreihen lediglich eine von Tiphaine und Sylvain besetzt war. Direkt vor dem Altar hatten David und Laetitia Ernest, der seinerseits Milo auf dem Arm hielt, in ihre Mitte genommen.

»Jetzt wende ich mich an Sie, die Eltern und den Paten. Durch das Sakrament der Taufe wird dem hier anwesenden Kind aus dem Wasser und dem Heiligen Geist ein neues Leben geschenkt. In diesem Leben mit Gott wird es viele Hindernisse geben. Um den Verlockungen des Bösen zu widerstehen und in seinem Glauben zu wachsen, braucht das Kind Sie. Wenn Sie sich von Ihrem Glauben leiten lassen und die Verantwortung übernehmen, dieses Kind zu unterstützen, lade ich Sie dazu ein, der Sünde zu widersagen und Ihren Glauben an Jesus Christus zu bekennen, und sich dabei Ihre eigene Taufe in Erinnerung zu rufen.«

Es folgte der protokollarisch festgelegte Dialog zwischen Priester, Eltern und Taufpaten, in dem sie einstimmig der Sünde, dem Bösen und Satan widersagten, um dann ihren Glauben an Gott, Jesus Christus, den Heiligen Geist, die Vergebung der Sünden, die Auferstehung der Toten und das ewige Leben zu bekennen.

Schließlich wurde Milo getauft, nicht ohne seinen Unmut kundzutun: Das Wasser war kalt und die Kirche ungeheizt.

Die zivile Taufe war deutlich weniger weihevoll. Sie fand in der folgenden Woche im Rathaus direkt nach den Hochzeiten statt und wurde von einem Bürgermeister erledigt, der schnell in die Mittagspause wollte. Genau wie Ernest zuvor, hatte auch Tiphaine sich für die Gelegenheit herausgeputzt, aber im Gegensatz zu ihm stand ihr die Aufmachung ganz hinreißend. Anwesend waren, abgesehen von den Eltern, die Patin, Sylvain, Maxime in seinem Kinderwagen, Ernest, der Standesbeamte sowie, natürlich, der Bürgermeister, der die Urkunde verlesen musste.

In dieser waren verschiedene Verpflichtungen aufgeführt, darunter jene, das Kind zu schützen, sicherzustellen, dass es eine Ausbildung frei von gesellschaftlichen, philosophischen und religiösen Vorurteilen erhielt. Es im Respekt vor demokratischen Institutionen zu erziehen. In ihm die moralischen, menschlichen und staatsbürgerlichen Qualitäten zu fördern, wie sie für einen für das Allgemeinwohl und den Schutz der Freiheit eintretenden Bürger unabdingbar sind, und dafür zu sorgen, dass er gegenüber seinen Mitmenschen Verständnis, Brüderlichkeit und Solidarität an den Tag legt.

Tiphaine nahm die Verpflichtung mit einer Ernsthaftigkeit an, die sie selbst überraschte. In ihrem Herzen und ihrem Geiste fand sie diese Zeremonie vollkommen unnötig: In dem Augenblick, als Milo seinen ersten Schrei ausgestoßen hatte, war sie zu seiner Patin geworden, und kein offizielles Dokument würde das rückgängig machen oder etwas daran ändern. Als sie jedoch die Worte des Bürgermeisters hörte, bewegte sie das Feierliche daran mehr, als sie geglaubt hätte. Mit leicht zitternder Hand unterschrieb sie die Urkunde der zivilen Patenschaft.

Am Tisch sagt Maxime, dreieinhalb Jahre alt, dass er Grenadine trinken will.

Tiphaine verbessert ihn:

»Und das Zauberwort?«

»Bitte.«

Während sie ihm Sirup einschenkt, erklärt seine Mama ihm:

»Siehst du, wenn du ›bitte‹ sagst, schenke ich dir mit Vergnügen ein.«

»Und mit Wasser!«, stellt Maxime klar.

Kapitel 7

Der Sonntag ist der Familie gewidmet. Die einen müssen das Sonntagsessen ertragen, vor dem sich jeder am liebsten drücken würde, das aber trotzdem pflichtergeben wiederholt wird. Um den Eltern eine Freude zu machen. Und weil es eben so ist, und man sich sonst nicht sehen würde. Derartige Überlegungen stellt man auch an, wenn man um 16 Uhr endlich dem Absprung schafft, weil morgen Schule ist, und du weißt ja, bis wir dann zu Hause sind …, und wir müssen noch den Kleinen für seinen Test abfragen …

Warum sieht man sich überhaupt? Und, vor allem, warum jeden Sonntag? Man hat sich nichts mehr zu sagen und ist sich über nichts einig, man hat andere Lebensentscheidungen getroffen. Warum tut man sich das also an?

Bohrende Frage, die man immer wieder auf dem Rückweg durchkaut, gespickt mit Bemerkungen über die Kleidung der Schwägerin, die dubiosen Aussagen des pubertierenden Neffen, der auf die schiefe Bahn geraten ist, und als wäre das alles nicht genug, die zunehmende Taubheit der Mutter, man kann nicht gerade sagen, dass sich die Sache bessert, und ich kann ja verstehen, dass Salz ungesund ist, aber nur, weil sie verstopfte Arterien hat, heißt das noch lange nicht, dass wir alle fade Gerichte essen müssen!

Es wird geseufzt, geschimpft und oft sogar gestritten …

Die Rückfahrt im Auto vom Sonntagsessen bei den (Schwieger-)Eltern garantiert Geschrei, Beleidigtsein bis zum frühen Abend und das Versprechen, dass es das letzte Mal ist, das nächste Mal ohne mich!

Und am nächsten Sonntag geht man wieder hin.

Weil es eben so ist.

Die anderen, diejenigen, die keine Familie haben, oder

zumindest keine, die man irgendwo mit dem Auto besuchen könnte, bleiben zu Hause und kümmern sich um die Familie, die sie selbst gründen. Zug spielen. Malen. Oder Kneten, je nachdem. Einen Zeichentrickfilm gucken, immer den gleichen, bis man die Dialoge auswendig kennt und den Soundtrack, der sich jeden Sonntag wiederholt. Am Anfang muss man schmunzeln, am Ende hat man die Nase voll, weil SpongeBob Schwammkopf eben eine beknackte Stimme hat!

Man könnte meinen, dass Sonntage erfunden worden sind, damit Paare sich streiten. Paare mit Kindern, versteht sich. Vorher, als noch keine Kinder da waren, war der Sonntag der Tag im Bett, um zwölf Uhr mittags aufwachen, Frühstück um eins und dann zurück ins Bett, um eine Runde in den Laken zu turnen. Und dann kam es darauf an. Aufs Wetter. Spaziergang oder Terrasse bei Sonne, DVD-Abend an Regentagen.

Aber das war vorher.

Vergessen wir es.

Das ist vielleicht der Grund, weshalb Tiphaine und Sylvain jeden Sonntag gegen 17 Uhr mit mürrischen Gesichtern und einem ihnen nachhängenden Geruch von Streit bei Laetitia und David einfielen. Die Brunelles empfingen sie erleichtert, denn einen ganzen Nachmittag das Baby hätscheln, mit dem Kapla-Baukasten Schlösser errichten und Billy Biber spielen, das stiftet Zwietracht, vor allem, wenn nicht alle gleichermaßen mitmachen. Die Großen und Kleinen trafen sich also, um einen langen Tag voller aktiver Passivität und zahlreicher Blicke auf die scheinbar stehen gebliebene Uhr abzuschließen und zusammen einen späten Nachmittagstee oder frühen Aperitif einzunehmen.

Und weil an diesem Sonntag das Wetter schön war, öffneten sie das Stressventil auf der Terrasse der Brunelles.

»Nächsten Samstag organisieren wir ein kleines Kuchenessen für Milos Geburtstag«, verkündete Laetitia, während sie die Gläser aus dem Schrank holte. »Habt ihr da schon Pläne?«

»Schon nächste Woche!«, rief Tiphaine. »Vier Jahre ... Die Zeit vergeht so schnell! Haben wir da schon etwas vor, Sylvain?«

»Glaub nicht ...«, brummte Sylvain, ohne sie auch nur anzuschauen.

Dann ging er hinaus auf die Terrasse und machte es sich bequem.

»Habt ihr euch wieder im Auto gestritten?«, fragte Laetitia diskret, während sie die Schubladen in der Küche durchwühlte.

Tiphaine seufzte und verdrehte die Augen.

»Pfff ... Nächsten Sonntag gehe ich nicht mit!«

»Das sagst du jede Woche!«, sagte ihre Freundin kichernd.

Dann rief sie in Richtung Terrasse: »David, ich finde den Korkenzieher nicht!«

»In der Schublade, an seinem üblichen Platz.«

»Wenn er an seinem üblichen Platz wäre, würde ich dich nicht fragen, wo er ist!«, erwiderte sie patzig.

»Es sieht so aus, als wäre es bei euch auch nicht entspannter«, bemerkte Tiphaine im Flüsterton.

»Lass uns nicht darüber reden!«, seufzte Laetitia, ohne ihre Gereiztheit zu verbergen. Dann in Richtung Terrasse:

»David, wenn du Rotwein willst, musst du dich selbst drum kümmern, ich finde den Korkenzieher nicht!«

David stampfte genervt in die Küche und begann seinerseits zu suchen. Ohne Erfolg.

»Ich wette, Milo hat wieder damit gespielt.«

»Keine Panik!«, sagte Tiphaine.

Sie steckte den Kopf aus dem Küchenfenster, das auf die Terrasse hinausging, und rief ihrem Mann zu:

»Sylvain, gehst du nach Hause unseren Korkenzieher holen?«

»Warum holst du ihn nicht selber?«

»Sylvain!«

Sylvain stand widerstrebend auf, kramte in den Taschen seiner Jacke, fand seinen Schlüssel und verschwand im Hausflur. Während er vorbeiging, tauschten die beiden Frauen komplizenhafte missbilligende Blicke aus. Dann brachten sie alles Andere, was für den Aperitif benötigt wurde, auf die Terrasse.

Als Sylvain wieder da war, entkorkte David die Flasche und schenkte sich und Tiphaine ein Glas ein, dann stießen sie an, Laetitia mit Pastis und Sylvain mit Portwein. Erst dann entspannte sich die Atmosphäre, es fielen einige scherzhafte Bemerkungen und der Ärger war vergessen.

»Wo sind die Jungs?«, fragte Laetitia plötzlich, da ihr auffiel, dass die beiden schon lange nicht mehr das Gespräch unterbrochen hatten.

»Dort, ganz hinten im Garten.«

Tiphaine spähte in die Richtung, in die ihr Mann gezeigt hatte. Die Kinder liefen geschäftig bei der Hecke herum, die die beiden Gärten trennte.

»Was machen sie da?«

»Einen Geheimgang«, erklärte David. »Milo hat mir gestern Abend erzählt, dass sie einen Durchgang durch die Hecke schlagen wollen, damit sie direkt von einem Garten in den anderen gehen können.«

»Meine Hecke!«, stöhnte Laetitia.

»Deine Hecke, deine Hecke ... Sie gehört uns genauso wie euch«, witzelte Tiphaine.

Mit ihren Gläsern in der Hand durchquerten die vier Erwachsenen den Garten, um die Fortschritte der Baustelle zu begutachten.

Auf der Höhe der Jungen angekommen, gab jeder seinen Kommentar ab:

»Das ist vielleicht nicht der beste Ort, um ein Loch in die Hecke zu schlagen ...«

»Im Gegenteil! Wenn sie unbedingt die Hecke zerstören müssen, dann wenigstens ganz hinten, wo es nicht so auffällt.«

»Wenn ihr so weitermacht, werdet ihr aber nicht vorm Winter fertig!«

»Doch, guck mal!«, rief Maxime. »Man kann schon durchgehen.«

Und um das zu beweisen, schlüpfte er in die Öffnung, die Milo und er schon freigelegt hatten, er drehte und wand sich, um sich in den Gang zu zwängen, der offensichtlich noch zu eng war.

»Hör auf, Maxime!«, rief Tiphaine, »Du machst Laetitias Hecke kaputt!«

»Es ist genauso deine Hecke wie meine«, scherzte Laetitia, indem sie ihre Freundin imitierte.

»Ja, aber es ist deine Seite!«

»Trotzdem ist es keine schlechte Idee«, bemerkte Sylvain nachdenklich.

»Was?«

»Ein Durchgang, um von einem Garten in den anderen zu gelangen.«

Sylvains Vorschlag ließ eine versonnene Stille entstehen, was ihm erlaubte, seinen Gedanken näher auszuführen:

»Wir könnten einen Weg durch die Hecke von einem Garten in den anderen anlegen. Wir hocken doch sowieso die ganze Zeit beieinander. Und außerdem wäre es praktischer, als den Umweg über die Straße zu machen, wenn man den Korkenzieher nicht findet ...«

Alle starrten auf die Hecke und stellten sich ihre eigene Version eines direkten Zugangs zum Nachbargarten vor. In Laetitias Vorstellung war es ein einfacher weißer Zaun mit einer Schwingtür. Tiphaine malte sich ein richtiges Gartentor mit Torpfosten aus, an denen sie Kletterpflanzen hochziehen könnte, vielleicht sogar mit einem kleinen roten Ziegeldach. Sylvain schwebte eher ein schmiedeeisernes Tor vor und David stelle sich gar nichts vor, weil er sich nicht sicher war, ob die Idee ihm gefiel.

»Das Problem ist, dass ich nicht weiß, ob Madame Coustenoble einverstanden wäre«, wandte Tiphaine ein, zur großen Erleichterung Davids, der somit nicht die Spaßbremse spielen musste.

Madame Coustenoble war Sylvains und Tiphaines Vermieterin. Als Witwe eines Mannes namens Gilbert, den sie nicht besonders zu vermissen schien, war sie das Klischee der scheinbar wohlwollenden Vermieterin, deren Toleranz und Verständnis aber bei allem, was ihren Status als Vermieterin betraf, aufhörte. Sie war eine kleine, magere Frau in ihren Sechzigern, im Allgemeinen diskret, aber besonders misstrauisch gegenüber jeglichem Umbau an ihrem Besitz, auch wenn dieser den Wert steigern sollte. Sylvain, der von Beruf Architekt war, hatte ihr schon verschiedene Möglichkeiten vorgeschlagen, die Raumaufteilung zu verändern und dafür auch selbst einen Teil der Kosten zu übernehmen, was das Haus zum einen komfortabler für die Bewohner machen und zum anderen seinen Wert steigern würde. Das hatte sie stets abgelehnt. Die Erwähnung von Madame Coustenoble warf folglich jedes Mal einen düsteren Schatten auf die Renovierungsträume der Geniots, wenn sie ihrem Haus eine persönliche Note geben wollten, was bei den Brunelles nicht der Fall war, da ihre Hälfte des Hauses ihnen gehörte.

Dieser Unterschied im Wohnstatus der beiden Familien war der Gegenstand zahlreicher Scherze und freundschaftlicher Neckereien. Die finanzielle Situation war bei Tiphaine und Sylvain deutlich entspannter als bei David und Laetitia, deren berufliche Tätigkeiten, Taxifahrer und Sozialarbeiterin, ihnen gerade genug einbrachte, um am Ende des Monats ohne größere Schwierigkeiten über die Runden zu kommen. Tiphaine und Sylvain hingegen schwammen zwar nicht im Geld, hatten aber ein sehr viel komfortableres Einkommen. Andererseits wohnten sie nur zur Miete, was das Gleichgewicht wieder herstellte. Nicht, dass es jemals irgendwelche Prahlereien gegeben hätte, aber während die Geniots sich längere und sonnigere Urlaube als die Brunelles gönnten, wurden ihre Bestrebungen nach heimischem Luxus oft durch Madame Coustenobles Kleinlichkeit ausgebremst.

»Es kostet ja nichts, sie zu fragen«, klinkte sich Sylvain ein.

»Vergiss es!«, seufzte Tiphaine. »Diese alte Ziege wird alles sofort ablehnen, ohne uns auch nur Zeit zu lassen, den Satz zu beenden.«

»Wir werden sehen ... Wenn sie es ablehnt, haben wir Pech gehabt, aber wir können sie wenigstens darauf ansprechen!«

Und so überließen sie die Kinder ihrer Arbeit und diskutierten auf dem Weg zurück zur Terrasse die verschiedenen Tor-Modelle, die Kosten der Bauarbeiten und den besten Ort für den Übergang.

David hingegen hoffte inständig, dass Tiphaines Befürchtungen begründet waren.

Kapitel 8

Laetitia hielt einen prächtigen, mit vier Kerzen geschmückten Schokoladenkuchen in den Händen, stimmte das Geburtstagslied an und alle anderen Gäste fielen gleich mit ein. Sie stellte den Kuchen vor Milo, der vor Stolz und Vergnügen ganz rot war. Der kleine Junge holte tief Luft, bevor er die Kerzen laut auspustete. Im Zimmer ertönte donnernder Applaus.

Außer Maxime, Tiphaine und Sylvain waren sechs Freunde aus der Grundschule eingeladen worden, um den Tag zu feiern, manche waren mit ihren Müttern da, manche mit beiden Eltern, nicht zu vergessen die großen Brüder und kleinen Schwestern. Bei den Brunelles herrschte eine fröhliche Festtagsstimmung. Da alles voll mit Leuten war, wussten David und Laetitia bald nicht mehr, wo ihnen der Kopf stand: Kuchen servieren, Getränke einschenken, aufpassen, dass nichts danebenging, »Die Löffel sind in der zweiten Schublade in der Küche«, die Kinderspiele organisieren, mit den Eltern plaudern, »Ach, Sie sind Journalistin, das ist ja interessant, noch eine Tasse Kaffee?«

Ernest tauchte ebenfalls auf, um seinem Patensohn zum Geburtstag zu gratulieren. Er schenkte ihm ein prachtvolles Paar Boxhandschuhe, das früher einem obskuren Boxer gehört hatte, der nicht weiter in die Geschichte dieses Sports eingegangen war. Das Geschenk löste Bewunderung und Neid bei Milos Kameraden aus und bei Laetitia Missfallen.

»Mensch, Ernest, man kann doch einem Vierjährigen keine Boxhandschuhe schenken!«

»Ach wirklich? Und warum nicht?«

Laetitia wollte gerade antworten, aber da ertönte Geschrei und hielt sie davon ab: Milo hatte gerade einen der

Handschuhe angezogen und ihn an einem seiner Gäste ausprobiert.

»Darum«, antwortete sie und stürzte zu dem in Tränen aufgelösten Kleinen.

Sie tröstete das Kind und beschlagnahmte das Geschenk, Milo empörte sich, Laetitia erhob ihre Stimme, ein paar andere Kinder wollten sich die Handschuhe schnappen, es drohte eine Rebellion ...

»Wer will ›Reise nach Jerusalem‹ spielen?«, rief David laut genug, um von allen gehört zu werden.

Die Rebellen in kurzen Hosen ließen sofort von ihrem Aufstand ab und tappten in die Falle, die David ihnen gestellt hatte. Zehn Sekunden später war wieder Ordnung eingekehrt und Laetitia bot Ernest einen Kaffee an.

Am Ende des Tages, als die letzten Gäste durch die Haustür verschwunden waren, ließen Laetitia, David, Tiphaine und Sylvain sich im Wohnzimmer auf das Sofa und die Sessel fallen, nicht ohne dabei Kuchenkrümel und Süßigkeiten zu zerquetschen.

»Seinen nächsten Kindergeburtstag kann er haben, wenn er zwanzig ist – und ihn selber organisieren«, stöhnte Laetitia, während sie das unbeschreibliche Chaos betrachtete, das im Raum herrschte.

»Du hast Milos Zimmer noch nicht gesehen!«, murmelte David und massierte sich den Nacken.

»Sollen wir Milo bis morgen mit zu uns nehmen?«, bot Tiphaine an. »Dann habt ihr Zeit zum Aufräumen, ohne dass er hier herumwuselt.«

»Ihr könnt ihn auch gern die ganze Woche behalten! Ich kann jetzt erst mal für eine Weile keine Gören mehr sehen.«

Sie lachten über diesen Scherz und kommentierten den Geburtstag: »Es ist verrückt, wie sehr Grégoire seinem Vater gleicht, man könnte meinen, er sei ein Klon!«. »Firmins

Mutter scheint ja nicht gerade angenehm zu sein«, »Welcher war nochmal Firmin? Ach ja, der kleine Blonde, der schielt ...«

Plötzlich richtete sich Sylvain in seinem Sessel auf.

»Bei all dem Aufruhr haben wir ganz vergessen, euch die gute Neuigkeit zu erzählen. Madame Coustenoble ist einverstanden. Mit dem Durchgang.«

Laetitia freute sich mit all der Energie, die sie noch übrighatte. Sie sprachen über das Tor, Laetitia beschrieb ihre Idee mit dem weißen Türchen, wie auf dem Land, ganz einfach ist es am schönsten ... Ein Zaun aus Gusseisen? Ja, das ist auch hübsch. Aber das wäre teurer, oder?

»Über die Kosten der Bauarbeiten braucht ihr euch keine Sorgen zu machen, die übernehme ich«, argumentierte Sylvain.

»Wie viel wird das wohl kosten, ein Zaun aus Gusseisen?«

»Es wäre kein besonders großer Zaun ... Ehm ... Man muss mit ungefähr tausend Euro rechnen.«

»Tausend Euro!«, rief Laetitia, »Das können wir uns nicht leisten.«

»Geteilt durch zwei«, stellte Tiphaine klar.

»Trotzdem!«

»Was meinst du, David?«, fragte Sylvain.

David setzte ein verlegenes Grinsen auf, seufzte und wagte dann den Sprung ins kalte Wasser.

»Ich weiß nicht genau, ob das eine gute Idee ist«, verkündete er in einem ernsthaften Ton, der in starkem Kontrast zur Munterkeit der Fürsprecher stand.

»Was?«

»Der direkte Zugang von einem Garten zum anderen.«

»Warum denn nicht?«

»Der Grund, weshalb unsere Freundschaft funktioniert, liegt genau darin, dass wir jeweils unseren eigenen Bereich haben. Wir kommen uns nicht ins Gehege, wir drängen uns nicht auf. Wenn wir bei euch klingeln und ihr keine Lust habt, die Tür aufzumachen, dann lasst ihr es bleiben. Und wir genauso. Und das ist gut so.«

»Wir haben noch nie so getan, als ob wir nicht zu Hause wären, weil wir keine Lust hatten, euch zu sehen, wenn ihr geklingelt habt«, erwiderte Sylvain ganz langsam und klang befremdet.

»Wir auch nicht!«, versicherte Laetitia entschuldigend.

»Was ist dann das Problem?«

»Das war ein schlechtes Beispiel«, seufzte David. »Ihr versteht schon, was ich meine.«

Seine Vorbehalte ließen die Stimmung abkühlen und einige Sekunden lang sahen ihn Laetitia, Tiphaine und Sylvain überrascht und verständnislos an.

»Und das sagst du erst jetzt?«, fragte Laetitia, die erstaunt die Meinung ihres Mannes zur Kenntnis nahm.

»Ich verstehe nicht, was ein Tor zwischen unseren Gärten daran ändern würde«, widersprach Tiphaine niedergeschlagen.

»Theoretisch wahrscheinlich so gut wie nichts. Aber in der Praxis ... werden wir öfter in Versuchung kommen, rüberzugehen, weil es einfacher ist.«

Dieses Argument bestätigte den drei anderen, dass die Diskussion über die Preise und Tor-Modelle definitiv zu Ende war. Erneute Stille verriet ihre Enttäuschung. Sylvain brach das Schweigen mit einem Witz, um die Atmosphäre zu entspannen:

»Sag doch einfach, dass Laetitia und du gern auf dem Sofa im Wohnzimmer herumschäkert und dass man vom Garten aus durchs Fenster ...«

»Das auch«, antwortete David ernsthaft.

»Das ist ein guter Grund«, kommentierte Sylvain und zwinkerte Laetitia zu.

Tiphaine, die auf genau diesem Sofa zusammengesunken war, stand plötzlich auf und schenkte sich eine Tasse Kaffee ein.

»Okay«, räumte sie mit Bedauern ein. »Du hättest es uns nur sagen können, bevor wir unsere Zeit verschwendet haben, um Madame Coustenoble zu überzeugen.«

Dann holte sie sich einen Stuhl, rückte ihn zu den drei Freunden heran und setzte sich.

David nickte.

»Es tut mir leid. Du schienst dir so sicher zu sein, dass eure Vermieterin nicht zustimmt, und ich wollte nicht der Spielverderber sein.«

Sie schauten sich einen Augenblick verstohlen an, und man merkte, dass Tiphaine erwog, noch einen Versuch zu machen, David zu überzeugen ... Dann lächelte sie schicksalsergeben und zuckte mit den Schultern.

»Dann eben nicht!«

4-5 Jahre

Beginnt ihr Kind, sich selbst anzukleiden?
Ja, mit etwas Hilfe

Können Menschen, die Ihr Kind nicht kennen, es verstehen, wenn es spricht?
M. kann sich sehr gut ausdrücken und redet viel.

Nimmt Ihr Kind aktiv an Schulaktivitäten teil?
Je nach Laune ... M. scheint psychomotorische Spiele nicht besonders zu mögen ... Aber er liebt es, Dinge zu bauen, und er malt und singt gern.

Auszufüllen durch den Kinderarzt:
Gewicht: 18,3 kg   **Größe:** 110 cm
Notizen:
Eitrige Angina, Temperatur: 39,6° C
Antibiotikum: Augmentin, eine Woche lang 3×5 ml/Tag zu den Mahlzeiten
5 ml Nurofen Junior Fieber- und Schmerzsaft bei 38,5° C oder höher
Pfropfen im linken Ohr

Kapitel 9

In diesem Jahr kündigte sich der Herbst mit andauerndem trübem Wetter an. Es war kaum Anfang Oktober, und schon waren die Terrassen leergeräumt, die Liegestühle im Schuppen verstaut und die Tische mit einer Plane bedeckt. Das schlechte Wetter hatte die Sache mit der Hecke endgültig begraben. Man klingelte also weiterhin bei den Nachbarn, traf sich bei den einen oder bei den anderen.

An einem frühen Dienstagnachmittag las David in seinem Taxi, direkt vorm Bahnhof, die letzten Seiten der Zeitung und hoffte, dass der Zug aus Paris um 14:09 Uhr ihm vielleicht ein paar Kunden bringen würde. Am Ende des Sportteils angekommen, faltete er die Tageszeitung zusammen und steckte sie ins Handschuhfach. Dann, nachdem er auf die Uhr geschaut hatte, richtete er seine Aufmerksamkeit auf den Haupteingang des Bahnhofs, aus dem bald ein dünner Strom Reisender tröpfelte. Eine Mutter mit Tochter ging zielstrebig auf die Bushaltestelle zu. Zwei junge Männer stiegen in einen Wagen ein, der direkt vor Davids Taxi geparkt war, während eine Dame Mitte fünfzig gemächlich den Bürgersteig entlangging und sich dabei eine Zigarette anzündete. Nachdem sie einmal tief inhaliert und genüsslich auf den Boden gespuckt hatte, sah sie nach links, nach rechts und wartete. David entschied, dass er sich gedulden würde, bis sie ihre Zigarette zu Ende geraucht hatte und ihr dann seine Dienste anbieten würde, wenn bis dahin niemand anderes gekommen war. Er fand aber nie heraus, ob jemand sie abgeholt hatte, weil wenige Augenblicke später ein Mann die Hintertür öffnete und ins Taxi einstieg.

»Rue Edmond-Petit«, verkündete er sofort.

David nickte, schaltete den Zähler ein und fuhr los. Er

kannte die Rue Edmond-Petit genau: Es war seine Straße, was er aber für sich behielt, um kein Gespräch mit seinem Kunden zu beginnen.

In seinem Taxi war David nicht gesprächig. Sinnlose Diskussionen, deren einziger Zweck darin bestand, die Stille zu füllen, gingen ihm auf die Nerven. Er war der Meinung, dass es nichts brachte, Beziehungen zu Wildfremden zu knüpfen, die nach Ende der Fahrt auch ebenso fremd bleiben würden. Und vor allem wurde er nicht fürs Reden bezahlt.

Andererseits mochte David es, die Gesichter der Kunden zu studieren, die er auf seiner Rückbank mitnahm. Die Straße fixierend, musste er seinen Blick nur einige Zentimeter nach rechts gleiten lassen, um die Gesichter seiner Kunden im Rückspiegel zu erhaschen, ihre Mimik, die Art und Weise, wie sie, neugierig oder nachdenklich, aus dem Fenster sahen, ihre Telefongespräche, in denen sie ihr Berufsleben oder sogar Privates ohne die geringste Scham zur Sprache brachten, so als existiere er, David, gar nicht. Er fand es immer schon erstaunlich, wie sehr die meisten Leute überzeugt schienen, dass ein Taxifahrer weder Ohren noch eine Meinung hatte, als dienten ihm seine Augen nur zur Orientierung, seine Hände nur zum Festhalten des Lenkrads, seine Füße nur zum Anfahren, Beschleunigen, Bremsen.

David war recht begabt darin, seine Kunden heimlich zu betrachten. Wenn er ihr Spiegelbild ansah, wusste er genau, in welchem Moment sie sich beobachtet fühlen und selbst ihre Augen auf den rechteckigen Spiegel richten würden. Noch bevor der Blick des Passagiers sich auf den Rückspiegel fokussierte, hatte David den seinen schon abgewendet und schaute nach vorn auf die Straße. Die Misstrauischsten überprüften den Spiegel mehrmals, David war immer schneller als sie. Er konnte die Mikrosekunde erkennen, wenn das Auge blinzelte, bevor es sich dem Spiegel zuwandte. Im nächsten Augenblick fuhr er ganz unbeteiligt weiter.

Auch dieser Kunde konnte seiner Beobachtungslust nicht entkommen. Es war ein Mann in seinem Alter, ungefähr 35 Jahre alt, mit eleganter Kleidung, ein schicker Anzug, der perfekt saß. Gefestigte Weltanschauung und finanzielle Sicherheit. Er war ein ziemlich gutaussehender Mann, trotz des von extremer Müdigkeit gezeichneten Gesichts: blasse Haut, dunkle Schatten unter den Augen, hohle Wangen. Sein Blick war unstet, schnelle Kopfbewegungen nach links und rechts, um die Straßen genau zu beobachten, den Ort zu erkunden, sich den Weg einzuprägen. Nervös und gehetzt. Und sonst? Sonst nichts.

Nachdem die Erforschung abgeschlossen war, konzentrierte sich David ganz auf die Straße.

»Wir sind da«, informierte er den Passagier, als er nach einer Rechtskurve in die Rue Edmond-Petit einbog.

»Nummer 26«, präzisierte der Mann.

Das amüsierte David, weil es sich um Tiphaines und Sylvains Haus handelte. Er sah seinen Kunden noch einmal genau an und fragte sich, welchen seiner beiden Freunde er wohl besuchen wollte. Er tippte auf Sylvain, der regelmäßig beruflich Architektenkollegen aus der Hauptstadt traf.

Einen Augenblick lang war er kurz davor, dem Mann zu erzählen, dass er Sylvain Geniot persönlich kannte, dass er sogar ein guter Freund war, dass er selbst im Nachbarhaus wohnte, weil es ein merkwürdiger Zufall war oder zumindest lustig ... Aber er tat es nicht. Wozu auch, und was sollte das bringen?

David hielt mit dem Taxi direkt vor der Haustür der Geniots an. Er nannte den Preis für die Fahrt, steckte das Geld ein und wartete darauf, dass der Kunde ausstieg. Einige Sekunden lang war er in Versuchung, für fünf Minuten nach Hause zu gehen, um einen Kaffee zu trinken, er sah

auf die digitale Uhr auf dem Armaturenbrett und ver-
schob seine Pause auf später.

Als er wieder anfuhr, sah er im Rückspiegel, wie der
Mann bei Tiphaine und Sylvain klingelte.

Kapitel 10

David erzählte Sylvain nichts von der Taxifahrt, die er, indirekt, für ihn erledigt hatte. Zumindest nicht sofort. Nicht dass er die Anekdote hätte verschweigen wollen, und er hatte sie auch nicht vergessen ... Es ergab sich einfach keine Gelegenheit, über die Kleinigkeiten des Alltags zu sprechen, das war alles. Im Übrigen traf er Sylvain auch erst am folgenden Freitag beim gemeinsamen Aperitif.

Am Abend zuvor hatte ihn beim Zeitunglesen ein tiefes Unbehagen erfasst.

Als er mit dem Taxi vor dem Bahnhof stand und auf mögliche Kunden wartete, wollte David gerade zu den Sportseiten blättern, als ein Foto seine Aufmerksamkeit auf sich zog. Er betrachtete das Gesicht auf dem Bild und erkannte zu seiner Überraschung den Kunden vom vergangenen Dienstag wieder, genau den, den er vor der Tür seiner Freunde abgesetzt hatte. Aber es war vor allem die Bildunterschrift, die ihn verstörte. Man hatte den Mann, einen Pariser Allgemeinmediziner namens Stéphane Legendre, der an tödlichem Bauchspeicheldrüsenkrebs erkrankt war, am Mittwochmorgen tot in seiner Praxis aufgefunden, in seinem Arm steckte eine Spritze mit Zyanid. Heimtückischer Mord war schnell ausgeschlossen worden, da nichts auf einen Einbruch oder Gewalt hinwies und auch nichts gestohlen worden war. Außerdem hatte die Polizei keine verdächtigen Fingerabdrücke am Tatort gefunden. Die Ermittler tendierten deshalb zur Hypothese ›Suizid‹, für die auch der unheilbare Krebs sprach.

Der Mann hatte offensichtlich entschieden, sich den langen, schmerzhaften Todeskampf zu ersparen, der ihn erwartete.

Der Artikel berichtete über die Zeugenaussage der Sekretärin: Auch wenn sie nichts von der Krankheit ihres Chefs gewusst hatte, erzählte sie, dass der Arzt in letzter Zeit einen etwas deprimierten Eindruck auf sie gemacht habe. Weil sie ein rein berufliches Verhältnis zu ihm hatte, war es der armen Frau nicht einen Augenblick in den Sinn gekommen, dass er so niedergeschlagen sein könnte, dass er vorhatte, sich das Leben zu nehmen. Sie machte sich große Vorwürfe!

Stéphane Legendre, Allgemeinmediziner in Paris.

David fiel wieder ein, was Sylvain ihm darüber anvertraut hatte, wie Tiphaine und er sich kennengelernt hatten: Der beste Freund, der zu sehr von sich eingenommen war, um Verantwortung für seine Fehler zu übernehmen, das war Stéphane Legendre. Er, der die Tragödie einer Fehlgeburt auf dem Gewissen hatte. Er, der Tiphaine für einen Fehler hatte verurteilen lassen, den sie nicht begangen hatte. Daran gab es keinen Zweifel.

In Gedanken versunken legte David die Zeitung zur Seite, während in seinem Kopf Sylvains Worte widerhallten:

»Wir haben beide das Schicksal des anderen in der Hand. Er kann mein Leben zerstören, und ich kann seines vernichten. Wir sind unser gegenseitiges Verhängnis.«

Er durchforstete seine Erinnerungen und versuchte, sich das Verhalten seines Kunden vor zwei Tagen genauer in Erinnerung zu rufen und stützte sich dabei auf seine Beobachtungsgabe ... Der Mann war ihm tatsächlich besorgt, düster und verschlossen vorgekommen, und das, was er für extreme Müdigkeit gehalten hatte, waren in Wirklichkeit die Anzeichen der Krankheit gewesen ...

»Zur Avenue Victor Hugo, bitte«, sagte eine junge Frau, während sie sich auf dem Rücksitz niederließ.

Die Tür schlug zu und riss David aus seinen Gedanken. Er nickte, schaltete den Zähler ein und fuhr sofort los.

Am nächsten Tag trafen sich die vier Freunde wie jeden Freitag zum Aperitif. Eine wöchentliche Verabredung, die niemand mehr bestätigen musste und die sie »den Freitags-Apéro« getauft hatten. Das Wochenende läutete die Entspannung ein, Maxime und Milo durften länger fernsehen als sonst, eine großzügige Erlaubnis, die ihre Eltern ihnen vor allem gaben, weil sie ungestört ihren Aperitif trinken wollten. Alle kamen auf ihre Kosten und genossen eine wohlverdiente Atempause.

Eine Nacht war vergangen, seit er den Zeitungsartikel gelesen hatte. Die Verblüffung über die Entdeckung war verblasst. Zunächst entschied David, sich nicht in fremde Angelegenheiten einzumischen, doch dann siegte die Neugier. Er nutzte einen Moment, als Tiphaine und Laetitia sich in der Küche unterhielten und nahm seinen Freund beiseite:

»Ich habe dir versprochen, das Thema nicht mehr anzuschneiden«, setzte er sofort leise an, »aber ich habe deinen Kumpel, den Arzt, letzten Dienstag in meinem Taxi mitgenommen und ihn zu dir gefahren.«

»Wovon redest du?«, fragte Sylvain und starrte David perplex an.

Und er schien tatsächlich nicht zu verstehen, wovon David sprach. Dieser ließ sich nicht lange bitten und half ihm auf die Sprünge:

»Stéphane Legendre, dein alter Freund, der ...«

Als der Name fiel, wurde Sylvain ganz bleich. Mit einer panischen Geste gab er David zu verstehen, dass er still sein sollte und spähte mit einem ängstlichen Blick in Richtung Küche.

»Ist ja gut, sie hört nichts«, flüsterte David.

Nachdem er sich dessen versichert hatte, wandte Sylvain seine ganze Aufmerksamkeit wieder seinem Freund zu.

»Was ist mit Stéphane Legendre?«, fragte er nervös.

»Ich habe ihn letzten Freitag zu dir gefahren.«

»Verflucht noch mal David!«, stieß Sylvain verärgert aus, »Was willst du damit sagen?«

»Nichts!«, antwortete dieser empört. »Ich will sagen ... ich will nicht so tun, als ob ich von nichts wüsste. Dienstag steigt er in mein Taxi ein, und ich fahre ihn bis vor deine Tür, und Mittwochmorgen wird er tot in seiner Praxis aufgefunden.«

»Was?«

Sylvains Gesicht änderte seine Farbe von blass zu grünlich. Er stützte sich auf den Tisch, der neben ihm stand, und sah David entsetzt an.

»Was ... was ist das für eine Geschichte?«, flüsterte er kaum hörbar.

David verbarg seine Überraschung nicht: Offensichtlich wusste Sylvain weder etwas von dem Besuch seines alten Komplizen noch von dessen so brutalem wie frühem Tod.

»Du ... du hast dich nicht Dienstag mit ihm bei dir zu Hause verabredet, so gegen halb drei?«

»Dienstag? Ich ...«

Sylvain schien zu erschüttert, um nachzudenken. Immer noch starrte er David ungläubig und mit offenem Mund an, und man merkte, dass sein Gehirn unter dem Ansturm von Gedanken, von denen einer explosiver war als der andere, förmlich implodierte. David, hilfloser Zeuge der Ohnmacht, gegen die sein Freund mit wirr im Raum umhergleitenden Blicken anzukämpfen schien, wusste nicht genau, was er sagen sollte, also schwieg er.

Plötzlich zog Sylvain die Augenbrauen zusammen.

»Ich war Dienstagnachmittag nicht zu Hause«, sagte er mit tonloser Stimme.

Dann drehte er sich in Richtung Küche und beobachtete mit aschfahlem Gesicht die Silhouette von Tiphaine, deren argloses Lachen in abgehackten Wellen herüberwehte.

David verstand Sylvains Angst und fasste sie in einer Frage zusammen:

»Tiphaine?«

Sylvain schüttelte den Kopf.

»Nicht dass ich wüsste«, fügte er hinzu.

David zog die Schultern hoch.

»Dann sehe ich nur eine Erklärung: Da er wusste, dass er bald sterben würde, wollte dich dein alter Kumpel ein letztes Mal besuchen. Vielleicht, um dich um Entschuldigung zu bitten. Um sein Gewissen zu erleichtern und in Frieden zu gehen. Da niemand da war, ist er wieder zurück nach Hause gefahren und hat sich umgebracht.«

»Er hat sich umgebracht?«

»Das ist jedenfalls die Hypothese der Ermittler. Eine Spritze mit Zyanid.«

Sylvain verzog voller Abscheu das Gesicht.

»Es tut mir leid«, murmelte David, »Ich dachte du wüsstest es.«

»Ihr zieht ja ein langes Gesicht«, rief Laetitia, als sie das Wohnzimmer betrat. »Schatz, Tiphaine hat angeboten, uns Tomatenpflanzen und Salat zu geben. Wir könnten mit Milo ein kleines Gemüsebeet hinten im Garten anlegen, um ihn an die biologische Landwirtschaft heranzuführen. Wenn schon Öko-Spießer, denn auch richtig!«

David wurde bewusst, dass Sylvain einen Moment brauchen würde, um sich wieder zu fassen, und er reagierte schnell. Er ging auf seine Frau zu und setzte ein breites Grinsen auf.

»Ausgezeichnete Idee! Und danach schaffen wir uns Hühner an und Hasen und erklären unsere Unabhängigkeit!«

Und dann, als Tiphaine ebenfalls das Wohnzimmer betrat, fragte er sie:

»Täusche ich mich oder ist es gerade nicht die richtige Jahreszeit, um Gemüse anzupflanzen?«

Sie gab ihm recht.

»Mit den Tomaten müssen wir noch bis nächsten März

warten, aber auf der Arbeit werfen wir alle möglichen Pflanzen und Samen weg, und mit dem Salat könnt ihr schon im Januar anfangen, ihr könnt die Samen bis dahin einfach im Schuppen lagern.«

»Gut, das machen wir!«, sagte David beschwingt.

»Über was habt ihr gesprochen?«, wollte Laetitia wissen und betrachtete ihren Mann neugierig.

»Über nichts Besonderes, warum?«

»Ich dachte nur nicht, dass die Idee, einen Garten anzulegen dich so begeistern würde ...«

»Was hat das damit zu tun?«

Laetitia lächelte ihn sanft an.

»Gar nichts.«

Sie küsste ihn auf den Mund und wandte sich Sylvain zu.

»Habt ihr Lust mit uns zu Abend zu essen?«

Sylvain hatte sich wieder gefangen. Er nahm die Einladung mit leicht gezwungen wirkendem Enthusiasmus an, was seiner Frau nicht entging.

»Wolltest du lieber nach Hause gehen?«

»Nein, überhaupt nicht!«, verteidigte sich Sylvain unbeholfen.

Tiphaine beäugte ihn misstrauisch.

»Geht es dir nicht gut?«

Da er wusste, dass er ein grässlicher Schauspieler war, stimmte er sofort zu.

»Ich glaube mein Blutdruck ist gerade ein bisschen zu niedrig ...«

»Oh, mein armes Schäfchen!«, rief Tiphaine beunruhigt.

»Du arbeitest zu viel, das habe ich dir letztens schon gesagt, setz dich auf die Couch, und Laetitia und ich kümmern uns um das Essen.«

»David, kannst du die Jungs vom Fernseher weglocken?«, bat Laetitia, als sie noch einmal ins Wohnzimmer zurückkam. »Sie hocken schon seit mehr als einer Stunde davor.«

Wenn sie und Tiphaine den Küchendienst übernahmen,

gab es keinen guten Grund, warum die Männer nicht die Kinder hüten sollten.

David gab ihr mit einem Nicken zu verstehen, dass er sich darum kümmern würde. Er wartete aber, bis die Frauen wieder in der Küche waren, und setzte sich dann zu Sylvain auf die Couch.

»Alles in Ordnung?«

Von Tiphaines Anwesenheit befreit, verbarg dieser nicht mehr seine Qual.

»Das sieht ihm gar nicht ähnlich!«

»Was sieht ihm gar nicht ähnlich?«

Sylvain, in Gedanken verloren, antwortete nicht sofort. Dann hob er den Kopf und sah David aufgewühlt an.

»Mich um Verzeihung zu bitten und sich dann umzubringen ... Es muss einen anderen Grund gegeben haben, weshalb er mich sehen wollte ...«

»Was für einen Grund?«

»Keine Ahnung ... Aber sicherlich nicht, um mir alles Gute zu wünschen.«

Im Schwimmbad.

Tiphaine und Laetitia sitzen plaudernd am Rand, während Maxime und Milo im Plantschbecken baden.

Milo, fast fünf Jahre alt, steigt aus dem Becken und zieht gleich seine Badehose aus.

Laetitia fragt erstaunt:

»Milo, warum ziehst du denn deine Badehose aus?«

»Weil sie ganz nass ist, Mama!«

Kapitel 11

»Es reicht!«, schimpfte Laetitia, als sie Milos Zimmer betrat.

Sie wollte gerade ihrer Verärgerung freien Lauf lassen und ihnen sagen, dass sie leiser sein sollten.

»Man hört euch bis in die Küche, also ein bisschen ruhiger, bitte ...«

Doch der Anblick, der sich ihr bot, verschlug ihr den Atem.

Das Spieleregal war leer. Vollkommen leer. Sein ganzer Inhalt lag verstreut auf dem Teppich, dessen Farbe man darunter kaum noch erkennen konnte. Das wäre ja nicht so schlimm gewesen, wenn die betreffenden Spiele in ihrer Schachtel geblieben wären, aber Maxime und Milo fanden es wohl lustig, alles auf dem Boden auszuleeren und, noch lustiger, alle Spiele zu vermischen, sodass eine bunte, unförmige Masse entstand, in der man auf den ersten Blick die Teile verschiedener Puzzles, Vier-Gewinnt-Steine, Lottokärtchen, alle Playmobilmännchen mitsamt Zubehör, Kapla-Bauklötze, Dominosteine, Mikadostäbchen, die zu diesem Anlass komplett zerlegte Holzeisenbahn, Filz- und Buntstifte und, nicht zu vergessen, die Kartenspiele, die Milo so gern mochte, wie Uno, Quartett oder, ganz klassisch, Mau-Mau ...

Die zwei Jungen, überrascht von Laetitias plötzlicher Ankunft, erstarrten mitten im Spiel. Maxime saß mit dem Rücken zur Tür, aber es bestand kein Zweifel, dass er rittlings auf Milo hockte, um ganz bequem das Gesicht seines Freundes bemalen zu können; mit einem Filzstift, selbstverständlich wasserfest, zeichnete er ihm einen großen Schnurrbart, eine Brille im Siebzigerjahre-Stil, einen Vollbart und zu guter Letzt Striche, die vielleicht Narben darstellen sollten.

Laetitia warf einen Blick auf das Chaos, das den ganzen Boden von Milos Zimmer bedeckte, ging auf das Bett zu, auf dem sich die beiden Kinder befanden und entdeckte den neuen Look ihres Sohnes, was Maxime Zeit ließ, sich umzudrehen und ihr ebenfalls sein Gesicht zuzuwenden, welches noch stärker beschmiert war, als das von Milo im aktuellen Stadium der Verunstaltung.

»Seid ihr verrückt geworden?«

Das war alles, was ihr dazu einfiel.

Die zwei Kinder brachen in Gelächter aus.

»Hast du gesehen, wie schön wir sind, Mama?«, rief Milo und setzte sich auf, damit seine Mutter seine Schminke besser bewundern konnte.

»Milo! Maxime! Was ... was macht ihr da?«

»Wir verkleiden uns als alte Leute«, antwortete Maxime mit einem gewissen Stolz.

Laetitia verstand in diesem Moment, dass die Linien auf dem Gesicht ihres Sohnes keine Narben sein sollten, sondern Falten.

»Ihr spinnt wohl! Maxime, gib mir sofort den Filzstift!«

Sie ging auf die Jungen zu, stolperte über das Spielzeug und verdrehte sich dabei fast den Knöchel und versuchte dann, sich einen Weg durch das Chaos zu bahnen. Bei ihnen angekommen, packte sie die beiden, einen nach dem anderen, und schleifte sie durch den Raum. Dann zog sie sie ins Badezimmer, wo sie ihnen die Gesichter einseifte und unter fließendem Wasser abspülte, was den Schaden nur teilweise behob.

»Deine Mutter wird mich umbringen!«, murmelte sie, während sie resigniert Maximes Gesichtchen betrachtete.

»Gefällt es dir nicht?«, fragte Milo und sah seine Mutter mit einer Mischung aus Überraschung und Enttäuschung an.

»Nein, es gefällt mir nicht!«, wetterte Laetitia los. »Es gefällt mir nicht, wenn ihr Dummheiten macht, es gefällt mir nicht, wenn ihr alles unordentlich macht, es gefällt mir nicht, wenn ihr euch wie zwei kleine, unkontrollierbare Teufel benehmt! Mensch, Milo! Was habt ihr euch dabei gedacht? Hast du gesehen, wie dein Zimmer aussieht? Wenn ihr so weiter macht, werdet ihr bestraft!«

»Wie werden wir bestraft?«, wollte Maxime wissen.

Laetitia dachte kurz nach.

»Indem ihr später, wenn ihr groß seid, Kinder haben werdet, die genauso schwierig sind wie ihr.«

»Woher weißt du das?«

»Weil ich, als ich klein war, ganz viele Dummheiten gemacht habe. Meine Mutter hat immer zu mir gesagt, dass ich eines Tages ein Kind haben würde, das genauso schwierig ist, wie ich es bin, und dass ich es dann endlich verstehen würde. Und dass das meine Strafe ist. Und genauso ist es: Ich habe einen unerträglichen kleinen Jungen bekommen.«

»Deine Geschichte ist unlogisch«, behauptete Milo.

»Ach ja, und warum?«

»Weil, wenn ich brav bin, um als Erwachsener kein schwieriges Kind zu bekommen, dann bedeutet das, dass du niemals für die Dummheiten bestraft wirst, die du als kleines Mädchen gemacht hast.«

Laetitia warf ihm einen etwas ermatteten Blick zu und war sich nicht sicher, ob sie ihm lieber eine schlagfertige Antwort geben sollte, die es ihm austreiben würde, den Schlaumeier zu spielen, oder ob sie die Debatte beenden sollte.

Zunächst entschied sie sich für die erste Option und grübelte noch einige lange Sekunden über eine Argumentation nach, die diesem Frechdachs das Maul stopfen würde. Letztendlich begnügte sie sich mit der zweiten Option und machte den beiden einen Zeichentrickfilm an, um weitere Schäden zu vermeiden.

»Und um sie zu belohnen, dass sie alles auf den Kopf gestellt haben und sich die Gesichter beschmiert haben, hast du ihnen erlaubt fernzusehen?«, fragte Tiphaine erstaunt, als sie Maxime abholen kam. »Das ist ja ein originelles pädagogisches Prinzip.«

»Ich werde sie wohl kaum zur Strafe auspeitschen«, verteidigte sich Laetitia, »Sie sind ja erst fünf, da ist es normal, dass sie ab und zu Dummheiten machen ...«

»Und es ist normal, dass sie für ihre Dummheiten bestraft werden«, antwortete Tiphaine brüsk. »Sie spielen ihre Rolle und wir unsere.«

Laetitia seufzte.

»Du gehst mir auf die Nerven, Tiphaine. Was willst du mir damit sagen? Dass ich meinen Sohn schlecht erziehe?«

Tiphaine zögerte und entschied dann, Klartext zu reden.

»Ich finde, dass ihr ihm nicht genug Grenzen setzt. Es stimmt doch! Jedes Mal, wenn Maxime zu euch kommt, machen sie Unfug! Und jedes Mal ist deine einzige Reaktion, sie vor dem Fernseher zu parken.«

»Ich habe sie ›vor dem Fernseher geparkt‹, wie du sagst, weil ich wusste, dass du in einer halben Stunde kommen würdest!«

»Und außerdem, ich weiß auch nicht ... Es würde mir nie in den Sinn kommen, die beiden allein und unbeaufsichtigt in Maximes Zimmer zu lassen.«

»Was soll denn schon passieren?«

»Das!«, antwortete Tiphaine und zeigte auf das Gesicht ihres Sohnes.

»Ja, okay ... aber es ist nicht so, als ob sie in Gefahr gewesen wären. Du badest ihn heute Abend gründlich und damit hat's sich.«

Tiphaine seufzte tief, ließ sich auf einen Küchenstuhl fallen und zündete sich eine Zigarette an.

»Entschuldige bitte, ich bin im Moment ein bisschen gereizt.«

»Was ist los?«, fragte Laetitia und setzte sich neben sie.

»Nichts. Alles. Die Arbeit. Meine Mutter. Sylvain.«

»Hmmm … Jetzt erzähl doch mal von Anfang an.«

»Ich will nicht darüber reden. Machst du mir einen Kaffee?«

Laetitia stand auf, nahm zwei Tassen aus dem Schrank und stellte sie unter die Espressomaschine. Dann kippte sie das Fenster, um zu lüften. Tiphaine hatte den Hinweis verstanden und warf ihr von der Seite einen Blick zu, ohne jedoch die Zigarette auszudrücken.

»Du bist gestresst«, bemerkte Laetitia und stellte die beiden Tassen auf den Tisch.

»Bin müde. Brauche Ferien.«

»Fahrt ihr dieses Jahr in den Urlaub?«

Tiphaine verdrehte die Augen.

»Sylvains Eltern wollen unbedingt, dass wir mit ihnen in die Normandie fahren.«

»Und?«

»Nicht gerade tolle Aussichten!«

»Es sieht Sylvain gar nicht ähnlich, mit seiner Familie die Ferien verbringen zu wollen, oder?«

»Weil es seinem Vater nicht gut geht, ist er bereit, die Einladung anzunehmen. Er sagt, dass es vielleicht das letzte Mal ist …«

»Wenn es dich so belastet, warum lässt du ihn dann nicht mit Maxime einige Tage zu seinen Eltern fahren? Und anschließend könnt ihr zu dritt richtigen Urlaub machen. Dann sind alle zufrieden.«

Tiphaine lachte spöttisch.

»Denkst du! Du kannst dir nicht vorstellen, was es für eine diplomatische Krise auslösen würde, wenn ich nicht mitkäme. In zehn Jahren würden sie noch darüber reden! Und Sylvain hat verkündet, dass er sich meine Eltern nicht an Weihnachten antun wird, wenn ich seine nicht diesen Sommer in der Normandie ertrage. Und weil wir letztes

Jahr Weihnachten mit seiner Familie gefeiert haben, wird meine Mutter einen Aufstand machen, wenn wir die Feiertage nicht mit ihr verbringen. Also stecke ich in einer Zwickmühle.«

Tiphaine zog die Schultern hoch und starrte in ihre Tasse, als läge dort die Lösung zu all ihren Sorgen.

»Das Problem ist, dass Sylvain seine Familie nicht mag. Sogar als er noch klein war, hatte er kein gutes Verhältnis zu ihnen, weder zu seinen Eltern noch zu seinen Brüdern oder zu seiner Schwester. Das Ende vom Lied ist, dass er meint, ›Familienbande‹ reimt sich auf ›Schimpf und Schande‹. Du kannst dir nicht vorstellen, was das für eine Stimmung ist, wenn sie zusammen sind, sie keifen sich ununterbrochen an, sie werfen sich gegenseitig alles Mögliche an den Kopf. Da ist keine Zärtlichkeit, kein Zusammenhalt, keine Gemeinsamkeit. Die permanenten Spannungen, ich hasse das.«

»Und hast du mit ihm darüber geredet?«

»Das ist nicht das Problem ...«

»Was ist es dann?«

»Sylvain hat das gleiche unangenehme und konfliktgeladene Verhältnis zu meiner Familie, und zwar genau deshalb, weil es meine ›Seite‹ ist. Er kann sich nicht vorstellen, dass wir miteinander klarkommen und dass es mir Freude macht, mit ihnen Zeit zu verbringen.«

»Verstehe ich nicht.«

»Sylvain kann weder meine Mutter noch meinen Vater, noch meinen Bruder ausstehen. Nicht, weil er sich nicht gut mit ihnen versteht ... Also doch, er versteht sich wirklich nicht gut mit ihnen, aber eben nur, weil es Mitglieder meiner Familie sind. Ich bin mir sicher, dass er sie mögen würde, wenn er sie woanders, in einem anderen Rahmen kennengelernt hätte.«

Sie dachte einen Augenblick nach, über das, was sie gerade gesagt hatte, und korrigierte sich:

»Jedenfalls würde er sie nicht so sehr hassen.«

Laetitia nickte verständnisvoll.

Tiphaine fuhr fort.

»Ich glaube sogar langsam, dass er eifersüchtig ist auf das Einverständnis zwischen meinen Eltern, meinem Bruder und mir. Und dass er es mir unbewusst übelnimmt. Ein bisschen so, als dürfte ich nicht mit meiner Familie glücklich sein, weil er nicht mit seiner glücklich ist. Und das regt mich auf! Sonst freue ich mich so, wenn ich meine Eltern sehe, Zeit mit ihnen verbringe, mich mit ihnen unterhalte, Dinge mit ihnen teile ... Und jetzt werde ich immer gleich defensiv, wenn wir bei ihnen eingeladen sind, weil ich weiß, dass Sylvain alles auf die Nerven geht, dass bei ihm nichts auf Gegenliebe stößt, noch nicht einmal das Essen meiner Mutter, auch nicht die Geschichten meines Vaters und erst recht nicht die Ansichten meines Bruders. Und natürlich tut er sich keinen Zwang an und lässt sie das spüren. Und ich weiß genau, dass er mir über alles, was sie sagen, alles, was sie tun, sofort Vorwürfe machen wird, wenn wir wieder zu Hause sind. Und außerdem gibt er jedes Mal, wirklich jedes Mal, irgendeine Gemeinheit von sich, sodass sich alle unwohl fühlen. Er verdirbt mir den Spaß. Und deshalb halte ich mich zurück und besuche sie nicht so oft, wie ich es gern tun würde, und werde deshalb sauer auf ihn.«

Tiphaine seufzte und fügte grummelnd hinzu:

»Du weißt gar nicht, wie viel Glück du hast! Was die Familie betrifft, hast du deine Ruhe!«

Diese Worte, die Tiphaine offensichtlich geäußert hatte, ohne sich etwas Böses dabei zu denken, ließen Laetitia erstarren, sie drehte ihrer Freundin ein aschfahles Gesicht zu. Diese bemerkte, zu spät, was sie gerade Ungeheuerliches gesagt hatte.

Laetitia regte sich nicht, sah Tiphaine wie versteinert mit einer Mischung aus Schmerz und Unverständnis an ...

»Schau mich nicht so an!«, flehte ihre Freundin sie an. »Ich habe geredet, ohne nachzudenken, es hatte keine Bedeutung, es waren nur Worte.«

Zu erschüttert, um zu antworten, stand Laetitia auf und ging zur Spüle, um sich dort mit dem Rücken zu Tiphaine abzustützen.

»Lass mich bitte allein«, flüsterte sie schließlich zwischen den Zähnen.

»Wie bitte?«

»Hol Maxime und geh nach Hause«, sagte sie im gleichen Ton.

Tiphaine erhob sich ebenfalls und ging auf Laetitia zu. Als sie direkt hinter ihr stand, fasste sie sie bei den Schultern und drehte sie sanft zu sich herum. Die Wangen der jungen Frau waren tränenüberströmt.

»Sie fehlen mir so, wenn du nur wüsstest!«, stammelte sie und ließ ihren Schluchzern freien Lauf.

Am Boden zerstört, zog Tiphaine sie an sich, während sie sie weiter um Verzeihung bat.

»Du kannst nicht wissen, wie es ist, sich so allein zu fühlen«, fuhr Laetitia fort und schluchzte weiter, »ohne Familie, die dir hilft, die dich unterstützt, mit der du dein Glück, deine Zweifel oder die Herausforderungen des Lebens teilen kannst. Jedes Mal, wenn ich an meine Eltern denke, ist es, als ob mir eine eiserne Faust das Herz herausreißt ... Dass sie David nie kennengelernt haben, und noch nicht einmal ihren Enkel. Sie hätten die beiden so sehr geliebt.«

»Ich weiß, ich weiß«, murmelte Tiphaine, kam jedoch nicht umhin, zu denken, dass es sicher Probleme oder Meinungsverschiedenheiten in Laetitias Beziehung zu ihren Eltern gäbe wie in allen Familien, wenn die beiden noch am Leben wären.

Mehr noch. Während Laetitia ihr von ihren Eltern erzählte, war sich Tiphaine nicht sicher, ob diese an David tatsächlich Gefallen gefunden hätten: Ein vorbestrafter Ex-

Häftling und Ex-Junkie ohne Berufsausbildung war weit entfernt von dem idealen Schwiegersohn, den sich das katholische und eher konservative Paar erträumt hätte. Tatsächlich war sie, je länger sie darüber nachdachte, mehr und mehr überzeugt, dass Laetitias Eltern, wenn sie noch leben würden, es niemals akzeptiert hätten, dass David ihre Tochter auch nur ansah.

Da sie bereits ins Fettnäpfchen getreten war, hielt sich Tiphaine mit ihrer Meinung zurück.

»Wir wären so glücklich gewesen«, sagte Laetitia abschließend, während sie sich in das Taschentuch schnäuzte, das ihre Freundin ihr hinhielt.

Diese nickte nachdenklich und rief in einer letzten Anstrengung, um Laetitia zu trösten:

»Ihr seid doch glücklich! Das ist alles, was zählt, Laetitia! David und du, ihr liebt euch, ihr habt einen wunderbaren kleinen Sohn, ein schönes Haus ... Und wir sind für euch da! Sylvain, Maxime und ich, wir sind so etwas wie eure Familie. Du kannst dich auf uns verlassen, als wären wir Blutsverwandte.«

Laetitia sah voller Dankbarkeit zu Tiphaine auf. Dann umarmten sich die beiden Frauen.

Kapitel 12

Freundschaft ist eine Macht, von der niemand behaupten würde, dass er auf sie verzichten kann. Man braucht Freunde, wie man es braucht, zu essen, zu trinken und zu schlafen. Freundschaft ist gewissermaßen die Nahrung der Seele: Sie versorgt das Herz, sie stärkt den Geist, sie erfüllt uns mit Freude, Hoffnung und Frieden. Sie ist der Reichtum des Lebens. Und die Garantie für eine bestimmte Art von Glück.

Am folgenden Freitag, während alle beim Aperitif die Atempause des kommenden Wochenendes genossen, wurde Laetitia von einem so unerwarteten wie unerklärlichen Gefühl überwältigt. Einer dieser banalen Momente, die plötzlich einen unschätzbaren Wert bekommen, ohne dass man weiß, warum. Vielleicht auch einfach, weil sie perfekt sind. Tiphaine hatte gerade die Jungen gerufen, die oben in Milos Zimmer spielten. Das Abendessen war fertig, auf dem Tisch thronten zwei Teller der traditionellen Spaghetti mit Käse und Schinken, die beide Kinder liebten, ein Essen ohne Gemüse und folglich ohne Streit oder Drohungen. David und Sylvain nippten im Wohnzimmer an ihren Gläsern und trieben sich gegenseitig von irgendeinem Gesprächsthema zum nächsten, wie sie es so oft taten.

Als die Jungen, nachdem Tiphaine sie dreimal gerufen hatte, endlich herunterkamen, stürmten sie vergnügt lachend ins Esszimmer.

»Warum lacht ihr denn so?«, fragte sie neugierig.

Diese einfache Frage brachte Maxime und Milo noch mehr zum Lachen, der Anblick des jeweils anderen nährte ihre verschwörerische, geteilte Heiterkeit. Jedes Mal, wenn sie sich anschauten, prusteten sie wieder los und konnten nicht aufhören, jeder Blick schien den Lachanfall weiter anzufachen. Von dem schallenden Gelächter angezogen, befragten die Väter die beiden ebenfalls. Vergeblich, die Jungen lachten so sehr, dass sie nicht antworten konnten.

»Was sind sie albern!«, bemerkte Sylvain und begann ebenfalls zu lachen.

Es war tatsächlich lustig, sie so zu sehen, wie sie sich vor Lachen krümmten. Sie antworteten sich gegenseitig, ihr Lachen platzte ohne Unterlass in Schwallen aus ihnen heraus. Obwohl sie nicht wussten, was diesen freudigen Aufruhr hervorgerufen hatte, konnten die vier Erwachsenen bald nicht anders, als zu lächeln, und dann prusteten sie los, imitierten die Kinder und lachten sich schief, ohne zu wissen weshalb.

Nun, wo sie sahen, dass sich die Großen mit ihnen amüsierten, mussten die Kleinen noch mehr lachen.

Laetitia empfand plötzlich ein starkes Gefühl, das Gefühl, glücklich zu sein und es bewusst wahrzunehmen. Was machte es schon, dass David und sie keine Familie mehr hatten, dass das grausame Schicksal hart zu ihnen gewesen war? War ihre Familie nicht hier, vor ihren Augen, und teilte mit ihr und David eine Fröhlichkeit, die einfach ohne ersichtlichen Grund existierte? Zwei Kinder, die sich ohne Worte verstanden und die Sorglosigkeit ihres Alters in vollen Zügen genossen. Milo war glücklich, und das Bild dieses kindlichen Glücks ließ ihr Tränen in die Augen steigen – Tränen, die alle für Folgen des allgemeinen Lachkrampfs hielten. Was gab ihr das Recht, sich zu beklagen und zu behaupten, sie wäre isoliert? Tiphaine und Sylvain hatten beide eine Familie, was sie aber nicht glücklicher zu machen schien ...

Laetitia dachte an den Groll, den sie gegen Tiphaine gehegt hatte, als diese am vorigen Wochenende einen Fauxpas bezüglich ihrer Familie begangen hatte. Sie machte sich deswegen Vorwürfe. Sie bedauerte ihre Unnachgiebigkeit gegenüber dieser jungen Frau, mit der sie alles außer einer

Blutsverwandtschaft verband, und die für sie mit der Zeit mehr als eine Schwester geworden war.

Es wurde ruhiger und der Abend nahm wieder seinen gewöhnlichen Lauf. Später, als sie die Jungen ins Bett brachte, nahm Laetitia einen Zettel, auf den sie zwei Wörter schrieb, bevor sie sich wieder zu ihren Freunden gesellte: *Vergib mir.* Erst gegen Mitternacht, als Tiphaine und Sylvain sich anschickten zu gehen, und als die Freundin ihr half, den Tisch abzuräumen, fand sie die Gelegenheit – und den Mut – ihr den Brief zu übergeben. Tiphaine faltete neugierig das Papier auseinander und las die Nachricht.

Überrascht hob Tiphaine den Kopf:

»Dir vergeben? Wofür?«

»Ich weiß, es ist dumm«, entschuldigte sich Laetitia sofort. »Es ist wegen dem, was letztes Wochenende passiert ist, es tut mir leid, dass ich sauer auf dich war ...«

»Bist du verrückt geworden?«

Laetitia lächelte.

»Man muss erkennen, wenn man einen Fehler gemacht hat.«

»Ich habe einen Fehler gemacht, ich muss mich bei dir entschuldigen.«

»So werden wir die Sache nie hinter uns bringen!«

Sie brachen beide in Gelächter aus. Dann faltete Tiphaine vorsichtig die Nachricht ihrer Freundin und steckte sie sorgsam in ihren Geldbeutel, ohne dass es ihr ganz gelang, ihre Gefühle zu verbergen.

Kapitel 13

Am nächsten Sonntag wurde Laetitia weder vom fahlen Licht geweckt, das sich durch die transparenten Vorhänge kämpfte, noch von ihrem Handywecker, der gewöhnlich auf 6:45 Uhr gestellt war. Aus dem Schlaf gerissen mit dem unangenehmen Gefühl, dass es noch zu früh war, um die Augen zu öffnen, tastete sie nach ihrem Mobiltelefon, fand es und nahm es in die Hand. 7:10 Uhr. Eine Sekunde lang hatte sie den Impuls, aus dem Bett zu springen und ins Bad zu rennen, doch dann fragte sie sich, aus welchem Grund der Wecker nicht geklingelt hatte ...

Da fiel ihr ein, dass Sonntag war.

Durch einen dumpfen Knall auf der anderen Seite der Wand wurde ihr klar, warum sie ausgerechnet heute, an dem Tag, an dem sie länger als sonst schlafen könnte, um diese Uhrzeit aufgewacht war. Laetitia stöhnte verärgert und steckte den Kopf unter ihr Kissen, während auf der anderen Seite der Wand ein weiterer Knall ertönte. Es war schon schwer genug zu ertragen, dass Milo sie sonntags um sieben Uhr morgens aus Morpheus' Armen riss. Aber dass es sich ein anderes Kind, für das sie weder Sorgerecht noch Verantwortung trug, erlaubte, ihren Schlaf massiv zu stören, das war einfach zum Verzweifeln.

Der Schuldige war niemand anderes als Maxime, dessen Zimmer an das ihre grenzte. Der Kleine hatte nicht nur die ärgerliche Angewohnheit, jeden Sonntag im Morgengrauen aufzuwachen, sondern beschäftigte sich außerdem auf ebenso laute wie aufdringliche Art und Weise. Sie hatte seine Eltern schon freundlich und verständnisvoll darauf hingewiesen, und die hatten versprochen, dass es nicht mehr vorkommen würde.

Trotzdem wurde Laetitia jeden Sonntag von Maximes

morgendlichen Aktivitäten abrupt aus dem Schlaf gerissen.

Heute hatte er beschlossen, ein Fußballspiel auszurichten, bei dem die gemeinsame Wand das gegnerische Tor darstellte. Da sie die Einrichtung des Zimmers kannte, verstand Laetitia, dass der kleine Junge mit großer Wahrscheinlichkeit nicht gegen eine der anderen Wände schießen würde, weil diese mit einem Bücherregal, einem Fenster oder einer Heizung bedeckt waren.

Neben ihr schlief David den Schlaf des Gerechten, sein Atem ging regelmäßig, unterbrochen von einem leichten Schnarchen, was Laetitia noch mehr aufregte.

Einen Moment lang war sie versucht, gegen die Wand zu trommeln, es war jedoch keineswegs sicher, ob die Botschaft ankommen würde, und erst recht nicht, ob die Aktion zu dem erhofften Ergebnis führen würde. Eine Abfolge von Toren, begleitet von entferntem Siegesgeschrei, brachte sie so sehr zur Weißglut, dass die Möglichkeit, wieder einzuschlafen, in immer weitere Ferne rückte. Inzwischen hellwach, stand Laetitia auf, ging ins Wohnzimmer und hob den Telefonhörer ab. Beim achten Klingeln antwortete eine verschlafene Stimme.

»Entschuldige, dass ich dich wecke, Sylvain«, verkündete sie ohne Umschweife. »Maxime spielt in seinem Zimmer Fußball, und ich kann nicht schlafen.«

Ein kurzes Zögern, die Zeit, die es braucht, bis die Information bis zu den verschlafenen Neuronen durchdringt.

»Ah? Okay ... Entschuldigung ... Ich werde ihm sagen, dass er aufhören soll.«

»Danke!«

Sie legte auf, ging, wo sie schon einmal auf den Beinen war, zur Toilette, bevor sie sich wieder hinlegte. Durch die Wand hörte sie die schroffe und autoritäre Stimme von Sylvain, der Maxime den Ball wegnahm, woraufhin dieser energisch protestierte, was Sylvains Ärger nur noch verstärkte. Einige empörte Schreie von Maxime, Drohungen von Sylvain, dann wurde es still.

Mit einem Seufzer der Erleichterung entspannte Laetitia sich endlich.

Milo, sechs Jahre alt, betrachtet begeistert die Zeichnung einer Sternschnuppe:

»Oh! Ein Rennstern!«

Kapitel 14

Wenn nach einigen langen Wintermonaten die schönen Tage wieder beginnen, kommt man sich vor wie am Ende eines langen Tunnels, der ins strahlende Licht führt: Der Horizont klart auf, die Herzen erwärmen sich, Sehnsüchte keimen, und bald sind wir hin- und hergerissen, wollen tausend Dinge auf einmal und gleichzeitig gar nichts tun. Das war auf jeden Fall Laetitias Programm für diesen Nachmittag. Sie klappte den gerade aus dem Schuppen geholten Liegestuhl auf und drehte ihn Richtung Sonne. Sie nahm sich ein Kissen aus dem Wohnzimmer, ging dann in die Küche, um sich ein kaltes Getränk einzuschenken, und holte ihr Buch aus dem Schlafzimmer, einen unerträglich spannenden Thriller. Als sie sich auf den Liegestuhl gesetzt hatte, seufzte sie wohlig: Ihre Uhr zeigte 13:15 Uhr an, sie hatte noch gut drei Stunden, bevor sie Milo von der Schule abholen musste. Drei Stunden pure Entspannung, in denen sie ausschließlich wegen ihrer Lektüre zittern würde.

Doch eine Viertelstunde später ließ Laetitia ihr Buch schon auf den Rasen fallen, während sie in einen genüsslichen, durch die warme Frühlingssonne verstärkten Dämmerzustand hinabglitt. In dieser reglosen Glückseligkeit stand die Zeit still.

Plötzlich schreckte sie aus ihrem Zustand der Trägheit auf. Kein ungewöhnliches Geräusch, keine Bewegung, nur das Gefühl einer undefinierbaren Unruhe ließ sie die Augen öffnen. Es dauerte einige Sekunden, bis sie wieder zu sich kam, sich an den Ort, den Tag, die Uhrzeit erinnerte, sie setzte sich kraftlos auf, stützte sich auf die Ellbogen und sah sich um. Der Garten war immer noch so leer, wie er gewesen war, als sie sich dort niedergelassen hatte, und obwohl das Haus leer schien, rief sie, um ganz sicherzugehen:

»David? Bist du das?«

Sie lauschte und wartete.

Da er die Tagesschicht fuhr, sollte David erst gegen 17 Uhr nach Hause kommen.

Laetitia runzelte die Stirn.

Nachdem sie den Kopf in alle Richtungen gedreht hatte, mehr um zu hören als um sich umzuschauen, wollte sie sich gerade wieder ihrem Sonnenbad hingeben.

Erst als sie sich zum zweiten Mal auf den Klappstuhl legte, sah sie ihn. Aus dem Augenwinkel. Eine ungewöhnliche Erscheinung, deren kleine Silhouette, umrahmt vom Fenster, sofort ihren Blick auf sich zog. Von dort, wo sie im Garten lag, konnte sie die rückseitigen Fassaden der beiden Häuser sehen. Zwar verbarg die Hecke die Terrasse und die Fenster im Erdgeschoss ihrer Nachbarn, aber Laetitia hatte einen ungehinderten Blick auf den ersten Stock. Rechts war Tiphaines und Sylvains Zimmer, links Maximes.

Und es war tatsächlich Maxime, der sich gefährlich weit aus dem offenen Fenster seines Zimmers beugte.

Laetitia sprang auf. Einige Sekunden lang fragte sie sich, warum das Kind an einem Schultag zu Hause war, aber dann fiel ihr ein, dass Maxime krank war, Tiphaine hatte sie gestern angerufen und um Hustensaft für ihn gebeten.

»Kehlkopfentzündung hat der Doktor gesagt. Wir müssen nur das Fieber bekämpfen und ihm Hustensaft geben, wenn er in der Nacht hustet ... Sonst nur homöopathische Globuli, Aconitum, Spongia Tosta, Hepar, Sulfur. Ich habe alles, was wir brauchen, zu Hause, außer dem Hustensaft ...«

Tiphaine war eine leidenschaftliche Anhängerin der Homöopathie und verarztete ihren Sohn meistens mit Globuli und selbstgemachten Tees. Sie verwendete oft Heilpflanzen, deren Eigenschaften sie gut kannte, ihr Pharmaziestudium war ihr dabei eine große Hilfe. Laetitia war in dieser Hinsicht eher gemäßigt, aber sie musste zugeben, dass Maxime selten krank war.

Sie ging auf die Hecke zu, damit der Junge sie hörte.

»Maxime!«, rief sie schroff, »Geh sofort wieder rein!«

»Was?«

Verängstigt wurde der jungen Frau klar, dass sie den gegenteiligen Effekt erzielte: Anstatt sich in sein Zimmer zurückzuziehen, beugte sich der Kleine noch weiter hinaus, um besser zu verstehen, was sie sagte.

»Verdammt noch mal, Maxime! Geh sofort vom Fenster weg!«, schrie sie und gestikulierte mit den Armen, als ob sie ihn zurückstieße.

»Mir ist heiß«, stöhnte das Kind.

Er war blass, hatte Ringe unter den Augen und schien hin und her zu schwanken. Laetitia verstand, dass er Fieber hatte und sich instinktiv ans Fenster gesetzt hatte, um frische Luft zu bekommen.

»Verdammt noch mal, wo ist deine Mutter? Tiphaine! Tiphaine!«, schrie sie in Richtung des Hauses über die Hecke.

Wenn sie auf den Zehenspitzen stand, konnte sie sehen, dass die Terrassentür offen stand. Einen unendlichen Moment lang hoffte sie, Tiphaine zu erblicken, aber sie tauchte nicht auf. Und als sie wieder nach oben zum Fenster sah, erstickte sie einen Angstschrei, während der Schrecken ihr das Herz zerriss: Maxime lehnte sich nun mit seinem halben Körper aus dem Fenster, als wollte er zu ihr.

»Ich will zu meiner Mama«, stöhnte er und streckte die Arme nach ihr aus.

Sie hatte den Eindruck, dass jegliche Flüssigkeit, die sich in ihrem Körper befand, innerhalb eines Augenblicks zu Eis erstarrt war. In einem Blick der Klarheit, der eine Ewigkeit zu dauern schien, erkannte sie, dass das Irreparable geschehen könnte, wenn in den nächsten Sekunden niemand einschritt. Laetitia warf dem Kind einen flehenden

Blick zu und machte eine sinnlose Geste, tausend Fragen prallten in ihrem Kopf gegeneinander: Sie musste etwas tun, eine Entscheidung treffen, vor allem die richtige ... Sie brüllte noch einmal den Namen ihrer Freundin, verstand, dass Tiphaine sie aus irgendeinem Grund nicht hören konnte.

Im Bruchteil einer Sekunde kehrten ihre Kräfte zu ihr zurück, und sie rannte zum Haus, durchquerte blitzschnell das Wohnzimmer. Als sie in den Hausflur kam, überlegte sie, ob sie ein paar wertvolle Sekunden aufwenden sollte, um den Zweitschlüssel der Geniots zu holen – beide Familien besaßen einen Schlüsselbund des Nachbarhauses, für alle Fälle –, sie wägte die Gründe dafür und dagegen ab und beschloss, dass die Zeit, die sie mit der Suche nach dem Schlüssel verlor, sofort wiedergewonnen wäre, wenn sie das Haus betreten könnte, ohne zu warten, dass man ihr aufmachte, sie hielt vor der Kommode am Eingang an und riss die Schublade heraus. Sofort wühlten ihre Hände in einer Ansammlung nutzloser Dinge, die sich dort seit Ewigkeiten ansammelten, sie suchte mit den Augen nach dem Schlüsselbund, dessen Abwesenheit ihre Angst noch verstärkte. Laetitia unterdrückte einen Fluch, ließ schließlich von der Schublade ab und rannte weiter zur Tür, schoss auf die Straße, als wäre sie aus dem Haus herauskatapultiert worden. Einen Augenblick später drückte sie frenetisch auf den Klingelknopf der Nachbarn.

»Was soll das?«, rief Tiphaine, als sie endlich nach einigen langen Sekunden die Tür öffnete.

Sie war im Bademantel, ihr Haar in ein großes rosafarbenes Handtuch gewickelt, und kam offensichtlich gerade aus der Dusche.

Ihre Wut verwandelte sich in Ratlosigkeit, als sie ihre Nachbarin auf der Türschwelle vorfand. Laetitia stürzte in den Hausflur und rannte zur Treppe.

»Maxime, am offenen Fenster!«, rief sie als Erklärung.

Diese drei Wörter hallten im Geiste Tiphaines wider wie der Auslöser des absoluten Grauens. Sie brüllte den Namen ihres Sohnes und rannte wie der Blitz ihrer Freundin hinterher, stürzte die Treppe hinauf, hielt sich am Geländer fest, um schneller voranzukommen, stieß sich mit den Armen und Beinen vorwärts, bevor sie Laetitia anrempelte, um an ihr vorbeizukommen.

Auf der Etage angekommen, und ohne ihr Tempo zu verlangsamen, erblickten die beiden Frauen die Tür zu Maximes Zimmer, sie war geschlossen, Tiphaine ergriff die Klinke als Erste und warf sich gegen die Tür, die mit einem großen Knall aufflog.

Dann war es still.

Das Zimmer war in Sonnenlicht getaucht, das den Schatten der vom leichten Wind bewegten Vorhänge auf die gegenüberliegende Wand warf. Das Bett war zerwühlt. Leer. Genauso wie das weit geöffnete Fenster, das in die abgrundtiefe Hölle führte, in welcher Tiphaines und Sylvains Existenz gerade untergegangen war.

Und aus dem Maxime gerade in den Tod gestürzt war.

Kapitel 15

Ein Schrei, der nicht mehr aufhörte. Ein Schrei, dessen Echo endlos nachhallte, Sekunden der Ewigkeit, als ob der gnadenlose Kampf, den sich Stille und Lärm lieferten, den Lauf des Schicksals noch aufhalten könnte. Ein Strom aufgewühlten Wassers brach sich an der zu starren Struktur eines Dammes, unregelmäßige Wellen, die ohne Unterlass heran- und wieder zurückrollten, trotz der nachlassenden Strömung, um bald nur noch das schwache Rauschen eines letzten Atems von sich zu geben.

Laetitia beugte sich aus dem Fenster.

Um Gewissheit zu haben.

Das Bild, das sich so schmerzhaft in die Netzhaut ihrer Augen einprägte wie ein mit glühendem Eisen eingebranntes Siegel, setzte sie davon in Kenntnis, dass nichts mehr zu machen war.

Als sie sich umdrehte, streifte sie der verlorene Blick Tiphaines, ihre Augen befragten sie, sie waren verstört, schrien schon, noch bevor aus ihrer Kehle ein Schrei voller Schrecken, Verleugnung und Schmerz drang.

Ein Schrei, der nicht mehr aufhörte.

Und selbst als er endlich erstickte, als der Atem versiegte, brach er in dem Moment, als die Stille beinahe triumphierte, schluchzend in höchster Intensität hervor, ein jähes Erwachen des Bewusstseins ließ die unerträgliche Tatsache wieder aufleben.

Tiphaine lief schwankend zum Fenster. Laetitia packte sie, hielt sie zurück, wollte verhindern, dass sie nach unten sah.

Blaulicht blinkte vor dem Haus, in das Männer in weißer Kleidung eintraten. Weiß auch das Licht, die Stimmen, die

Gesten, die ausgeführt werden, die innehalten und wieder von vorne beginnen. Sich bis ins Unendliche wiederholen. Wörter, die in die Luft gesprochen werden, die ziellos herumirren. Todeszeitpunkt: ungefähr 14 Uhr.

Ungefähr ...

Einsame Zahlen, die in einem Meer des Ungenauen treiben, gegeneinanderstoßen, sich auflösen, um nichts als eine grausame Einsamkeit zu hinterlassen.

Maxime war nicht mehr.

Man trug den kleinen Körper fort, den jetzt nur noch der blaue Schein des Krankenwagens erleuchtete. Die Nachbarn standen reglos vor ihren Türen, mit vor der Brust verschränkten Armen, zitternd und flüsternd. Das Grauen war ganz in der Nähe passiert, der Tod hatte mit seiner zerlumpten Trauerkleidung die Schwelle ihrer Existenz gestreift. Sie schauderten, als wären sie der Gefahr nur knapp entronnen. Geflüster. »Der Kleine von Nummer 26 ist aus dem Fenster gefallen.« – »Der, der immer am Daumen lutscht?« – »Nein, das ist der von der Nummer 28.« – »Genau, du weißt schon, der kleine Blonde, der nie grüßt, mit der blauen Brille ... Die Mutter war anscheinend in der Badewanne ...«

Wenn die Stille ohrenbetäubend wird, verbreitet sich das Gerede und wird zu Gerüchten. Sie gehen um, schleichen sich ein, verbreiten sich in Windeseile, von einem zu geschwätzigen Mund zum nächsten ungnädigen Ohr.

»Welcher der beiden ist gestorben?« – »Der von der Nummer 26, anscheinend ist die Mutter Brot kaufen gegangen. Als der Junge gemerkt hat, dass er ganz allein ist, hat er Angst bekommen und ist aus dem Fenster gesprungen.« – »Es ist nicht gerade eine gute Idee, ein sechsjähriges Kind allein zu lassen.«

Nach den Worten, nach den Zahlen, bleiben die Tränen. Und die Stille. Für immer und ewig. Die brüllende Stille einer Abwesenheit, die im Kopf, im Herzen, ganz tief im Bauch ertönt und die keine Ruhe und keinen Frieden zulässt, nur Tränen und Reue.

»Er war nicht einmal sechs Jahre alt, seine Mutter hat sich nicht um ihn gekümmert, sie hatte ein Alkoholproblem, deshalb hat sie den Bengel auch allein gelassen, um Wein zu holen. Das hat der Kleine nicht ausgehalten, und da hat er sich umgebracht.«

Schlampe!

»Mama, warum weinst du?«

Laetitia zuckte zusammen, als hätte man sie bei etwas Verbotenem erwischt. Sie wusste nicht wie, aber sie hatte irgendwie die Kraft gefunden, Milo von der Schule abzuholen, die alltägliche Routine auszuführen, die unbedeutenden Fragen des Jungen zu beantworten, ihn zu fragen, wie sein Tag gewesen war, ob das Mittagessen in der Kantine geschmeckt hatte, ob er brav gewesen war. Sie bewegte sich wie auf Autopilot und täuschte alle, die nicht genau hinschauten. Nur noch ein bisschen die Illusion aufrechterhalten, denn danach, das wurde ihr allmählich klar, würde nichts mehr wie vorher sein.

Tiphaine und Sylvain waren im Krankenhaus, und Laetitia wusste nicht genau, wann sie wiederkommen würden. Was sollte sie Milo sagen? Erst einmal nichts. Keine Kraft, den Kummer anderer zu lindern, wo der ihre so unermesslich und so schmerzhaft war. Sie hatte auch David nicht angerufen, weil sie fürchtete, dass er im Schock einen Unfall bauen würde. Verängstigt von der Brutalität des Lebens war es ihr lieber, zu warten, bis er nach Hause kam, vielleicht auch, um ihm einen kleinen Aufschub zu gewähren. Bevor für ihn ebenfalls die Welt ins Entsetzen und ins Nichts kippen würde.

In Wahrheit wollte Laetitia noch für einen kurzen Moment am Vorher festhalten, an der Zeit des Glücks und der Sorglosigkeit, in der die einzigen Gründe zur Sorge bezüglich der Kinder ein hartnäckiger Husten, eine mit trotzigem Blick vorgebrachte freche Bemerkung, eine uneingestandene Dummheit waren. In ihrem Geist hallte ein Echo des Gejammers wider: wenn sie und Tiphaine sich über die alltäglichen Ärgernisse beschwerten, eine zu kurze Nacht, alles zehnmal sagen zu müssen, die Sehnsucht nach verschlafenen Sonntagmorgen, der tägliche Kampf, diese gegen jegliche Vitamine allergischen Bengel dazu zu bringen, Obst und Gemüse zu essen …

Sobald er nach Hause kam, hatte Milo gefragt, ob er zum Spielen zu Maxime gehen könne. Er hatte seinen Freund in der Schule vermisst, er wollte ihm erzählen, dass Solenne von der kleinen Mauer auf dem Schulhof gefallen war, sich das Knie aufgeschlagen und sehr viel geweint hatte. Und dass die Lehrerin Leon eine Strafarbeit gegeben hatte, weil er die ganze Zeit im Unterricht geschwätzt hatte.

»He, Mama, kann ich bei Maxime spielen?«

Maxime …

Mit gedankenverlorenem Blick schaute Laetitia Milo an, ohne ihn zu sehen. Da streckten die Folgen von Maximes Tod nach und nach ihre langen gewundenen Tentakeln aus, sie drangen in ihren Geist und in ihre Gedanken ein, schlangen sich um ihr Herz, klammerten sich fest, immer enger wie ein Schraubstock, ohne dass es ihr gelang, sich aus dieser gnadenlosen Umarmung zu befreien, die ihr bald bis zum Ersticken die Luft abschnürte.

»Warum weinst du, Mama?«

Laetitia wischte sich mit dem Handrücken die Tränen von den Wangen. Ihr war bewusst, dass Milo sich nur schwer von dem Verlust Maximes erholen würde. Und dass heute, gegen 14 Uhr, das Ende einer unwiederbringlich verlorenen Zeit hereingebrochen war: der Zeit des Glücks.

Kapitel 16

Als David nach Hause kam, plantschte Milo in der Badewanne. Laetitia nutzte den Umstand und erzählte David alles, ihr Sonnenbad im Garten, Maxime, der sich aus dem Fenster lehnte, ihren verzweifelten Versuch, die Katastrophe abzuwenden und den tödlichen Sturz ... Sie weinten aneinandergeklammert, und es war, als ob der Tod des kleinen Jungen, plötzlich mit Worten versehen, im Lauf der Erzählung Gestalt annahm, konkret und greifbar wurde. Unumkehrbar.

Später am Abend, nachdem er Milo ins Bett gebracht hatte, der noch nichts von dem Schicksal seines Freundes wusste, ging David auf die Terrasse, um einen Blick über die Hecke zu werfen. Das Licht im Nachbarhaus zeigte an, dass Tiphaine und Sylvain zurückgekommen waren. Er reckte sich noch ein wenig, streckte den Hals, damit er ins Haus schauen konnte ... Aus der Anzahl an Silhouetten, die sich dort abzeichneten, schloss er, dass sich die beiden Familien anlässlich der Tragödie versammelt hatten.

»Ich glaube nicht, dass es ein guter Moment ist, um hinzugehen«, sagte er, als er wieder ins Wohnzimmer kam. »Es ist am besten, wenn wir bis morgen warten.«

David konnte nicht anders, als die unfassbare Macht des Unheils zu bemerken, welche die Rangordnung menschlicher Beziehungen wiederherstellte. Seit beinahe zehn Jahren waren Tiphaine und Sylvain ihre engsten Freunde, und diese Verbundenheit beruhte auf Gegenseitigkeit, das wusste er: Abgesehen von den alltäglichen Gesten der Freundschaft und der Sammlung von Anekdoten, die sie immer mehr zusammenschweißten, hatte Sylvain ihm eines Tages gestanden, dass er sich ihnen näher fühlte als seinen eigenen Verwandten. Es brauchte jedoch nur ein »außerordentliches« Ereignis, das den normalen Lauf der Existenz durcheinanderbrachte, damit die biologische Familie wieder die Oberhand über diejenige des Herzens gewann. Die Kraft der Familienzugehörigkeit war furchteinflößend und die Bande der Blutsverwandtschaft unauflöslich, stellte David fest, nicht ohne dabei ein bitteres Bedauern zu verspüren.

Bedauern wegen seiner eigenen Familie, die er nie kennengelernt hatte.

Bedauern außerdem wegen Laetitias Familie, die sie zu früh verloren hatte.

Bedauern schließlich für seinen Sohn Milo, dem diese reichen Familienabenteuer, voller Bande und Fesseln, die uns aufbauen oder zerstören, von denen wir aber immer zehren, verwehrt blieben.

Laetitia tauchte aus ihrer Betäubung auf.

»Ich muss sie sehen«, murmelte sie.

»Ich weiß.«

David nahm sie in die Arme.

»Aber das, was du brauchst, zählt heute nicht. Das Wichtigste sind sie. Und das, was sie brauchen, ist zusammen zu sein und zu weinen.«

»Ich muss Tiphaine sehen«, wimmerte Laetitia wieder.

»Nicht heute Abend ... Die ganze Familie ist da, wir würden denkbar ungelegen kommen.«

Widerwillig kapitulierte Laetitia.

»Was werden wir Milo sagen?«

»Die Wahrheit.«

»Wann?«

»Morgen. Wir werden alles morgen tun. Heute können wir nur weinen.«

Und so weinten sie bis tief in die Nacht.

Am nächsten Morgen taten sie, was sie sich vorgenommen hatten. Obwohl es unter der Woche war und Milo eigentlich in die Schule musste, ließen David und Laetitia ihn zu Hause bleiben. Sie wollten sich Zeit nehmen, um ihm die grausame Nachricht zu überbringen.

Das Kind hörte ihnen aufmerksam zu, schien aber eher verwundert über das Zögern seiner Eltern als über die Abfolge an Sätzen, deren Sinn er nicht ganz verstand.

»Was bedeutet das, in echt tot zu sein?«

David und Laetitia sahen sich ratlos an.

»Das heißt, dass er für immer schläft«, antwortete David sanft.

»Und wann wacht er wieder auf?«

Laetitia unterdrückte ein Schluchzen.

»Er wacht gar nicht mehr auf.«

Der Junge schwieg und versuchte offenbar, sich diese zu abstrakte Tatsache vorzustellen.

»Und wo ist er jetzt?«, fragte er weiter.

»Im Moment ist er noch im Krankenhaus, aber er wird bald auf dem Friedhof beerdigt.«

»Heißt das, dass er auf dem Friedhof schlafen wird?«, rief das Kind und riss verwirrt die Augen auf.

»Ja ... Die Toten kommen auf den Friedhof.«

»Er darf nicht auf den Friedhof kommen! Maxime hasst Friedhöfe, das hat er mir selbst gesagt!«

»Wann hat er dir das gesagt?«

»Irgendwann, als er dort den Opa von seinem Papa besucht hat.«

Er kam wieder auf seine Fragen zurück:

»Hat es ihm weh getan, als er runtergefallen ist?«

»Ja. Ganz doll. Aber jetzt spürt er nichts mehr.«

»Du meinst, dass er wieder gesund ist?«

David konnte einen Seufzer nicht unterdrücken.

»Nein, mein Schatz, er ist nicht gesund. Man kann nur gesund werden, wenn man noch lebt. Aber auf jeden Fall geht es Maxime da, wo er jetzt ist, gut, und er hat keine Schmerzen mehr.«

Milo beobachtete seine Eltern unruhig. Dann entspannte sich sein Gesicht, als hätte er gerade entschieden, dass die Erklärungen seines Vaters ihn zufriedenstellten.

»Darf ich fernsehen?«, fragte er mit beinahe heiterer Stimme.

David und Laetitia schienen besorgt.

»Hast du verstanden, was los ist?«, fragte Laetitia beunruhigt.

Das Kind nickte schnell.

»Darf ich, Mama? Bitte!«

»Wir sollten ihm etwas Zeit geben, um die Nachricht zu verdauen«, schlug David leise vor.

Dann wandte er sich an Milo:

»Welchen Zeichentrickfilm willst du gucken?«

»Ich dachte, dass wir zu dritt zu Tiphaine und Sylvain gehen«, widersprach Laetitia flüsternd.

»Das ist zu viel für ihn!«

Da ihnen bewusst wurde, dass dem Kleinen, der neugierig zwischen ihnen hin und her schaute, kein Wort entging, hielten sie inne und blickten sich schweigend an. David entschied:

»Hör zu, kleiner Mann. Mama und ich gehen für einen Moment zu Tiphaine und Sylvain, aber es wird keinen Spaß machen, weil sie sehr, sehr traurig sind. Hier ist mein Vorschlag: Ich mache dir einen Zeichentrickfilm an, schalte das Babyphone im Wohnzimmer ein, und wenn du irgendetwas brauchst, sprichst du einfach in das Gerät, in Ordnung? Wir hören alles ganz genau und kommen sofort. Einverstanden?«

»Einverstanden«, sagte Milo mit einem breiten Lächeln.

Während David die Lautstärke des Babyphones testete, ging Laetitia nach oben, um sich zu vergewissern, dass alle Fenster geschlossen waren. Dann prüfte sie ihren Gesichtsausdruck und ihre Kleidung im Flurspiegel. Sie wollte nicht zu niedergeschlagen wirken, sie musste stark sein, um ihren Freunden so gut wie möglich zu helfen. Und obwohl sie sich den Tränen gefährlich nahe fühlte, riss sie sich zusammen, um ihre Gefühle zu unterdrücken.

Als David kam, hielt sie ihn einen Augenblick zurück, bevor sie das Haus verließen:

»Findest du nicht, dass er es zu gut aufgenommen hat?«

»Wer? Milo?«

Laetitia nickte.

»Er hat kaum die Stirn gerunzelt«, fügte sie hinzu, um ihren Gedanken zu erklären. »Ich meine ... er war wie ein Bruder für ihn.«

»Milo ist sechs Jahre alt, das Konzept des Todes ist zu abstrakt für ihn. Du hast ihn doch gehört, er wusste nicht mal, was es bedeutet ›tot zu sein‹! Ihm wird erst mit der Zeit bewusst werden, dass Maxime nicht mehr da ist. Aber bis dahin kann er nicht über etwas weinen, das er nicht versteht.«

Laetitia sah David voller Zärtlichkeit und Bewunderung an.

»Manchmal habe ich den Eindruck, dass du einen Doktor in Psychologie hast ... Alles ist so einfach, wenn du da bist«, fügte sie hinzu und nahm ihn in den Arm. »Ich weiß nicht, was ich ohne dich machen würde.«

Sie drückten sich und verließen das Haus. Einen Augenblick später klingelten sie an der Tür der Geniots.

Laetitia konnte nicht anders, als daran zu denken, dass Maxime wahrscheinlich noch lebte, als sie das letzte Mal mit dem Zeigefinger diese Bewegung vollführt und auf die Klingel gedrückt hatte. Auf der Eingangstreppe ihrer Freunde wartend, am gleichen Platz wie am Vortag, wurde ihr übel.

Sylvain öffnete die Tür.

»Mein Gott ...«, murmelte sie, als sie ihren Freund sah, dessen Gesicht von unsäglichem Leid gezeichnet war.

Sylvain war in einer Nacht um zehn Jahre gealtert. Sein

Blick war erloschen und hart geworden, sein Kiefer schien permanent verkrampft, er hatte einen grauen Teint, und die Bartstoppeln, die völlig untypisch für ihn waren, machten ihn ganz unkenntlich.

Als er sie auf der Vortreppe sah, erstarrte er. Er betrachtete sie einen kurzen Moment lang mit finsterem Blick, ohne Anstalten zu machen, sie hereinzubitten.

Laetitia bemerkte das Unbehagen, das ihrer beider Anwesenheit hervorrief, nicht sofort. Bewegt, warf sie sich in Sylvains Arme und ließ ihrer Trauer freien Lauf. Sylvain stand stocksteif da und hob dann ein klein wenig die Arme an, als störe ihn die Berührung der Freundin. Laetitia hingegen ließ sich in die Umarmung fallen. Erst nach einigen, langen Sekunden beunruhigten sie die eisige Starre und Sylvains ausbleibende Reaktion. Sie ließ ihn los, trat zwei Schritte nach hinten und sah ihn erstaunt an.

»Hallo, Alter«, murmelte David. »Wir ... wir sind gekommen, um zu sehen, wie es euch geht.«

»Schlecht«, sagte Sylvain und durchbohrte Laetitia mit einem schmerzvollen Blick.

»Ist Tiphaine da?«, fragte sie, als sie merkte, dass etwas nicht stimmte.

Etwas, das nicht Maximes Tod betraf oder zumindest nicht ausschließlich.

Sylvain ignorierte ihre Frage und wandte sich direkt an David.

»Wir müssen jetzt erst einmal ein wenig allein sein, tut mir leid.«

Dann schloss er ohne ein weiteres Wort die Tür.

Kapitel 17

David und Laetitia blieben lange vor der Tür stehen, reglos, ohne zu sprechen, so sehr quälten sie der Schmerz und das Unverständnis. Dann wandte Laetitia David langsam einen vor Verzweiflung verzerrten Blick zu.

»Was ist los?«, stammelte sie schluchzend. »Warum ... warum wollen sie uns nicht sehen?«

»Komm, wir gehen nach Hause«, murmelte David und nahm sie bei den Schultern.

Nach Hause gehen ... unmöglich! Es zerriss Laetitia das Herz, auch nur darüber nachzudenken, in ihre eigenen vier Wände zurückzukehren, in denen sie seit gestern umherirrte, denn dort, bei ihr zu Hause, fühlte sie sich nutzlos. Sie wollte handeln, etwas tun. Da sein. Präsenz zeigen. Reden, umarmen, ihre Tränen mit denen ihrer Freunde vermischen, über ihren Schmerz wachen und im Rahmen des Unmöglichen ihr Martyrium lindern. Die Sache in die Hand nehmen. Die Worte finden, die beruhigen, jene, die sich im Herzen verbergen oder im Bauch oder vielleicht in den hintersten Ecken ihres eigenen Leids, ein Versteckspiel, dessen Abzählreim genügend Zeit vergehen lässt, um die Salbe ausfindig zu machen, die diese riesige Wunde, wenn auch nur für einen Augenblick, betäuben könnte.

Sie riss sich los.

»Nein! Ich will wissen, warum sie uns nicht sehen wollen!«

»Sylvain hat nicht gesagt, dass sie uns nicht sehen wollen«, antwortete David. »Er hat nur gesagt, dass sie gerade Zeit für sich allein brauchen. Wir müssen diesen Wunsch respektieren. Lass uns jetzt gehen.«

Davids Entschlossenheit setzte sich gegen Laetitias Schmerz durch: Wenige Minuten nachdem sie das Haus verlassen hatten, waren sie wieder zurück, erschüttert von ihrer kurzen Begegnung mit Sylvain.

In der folgenden Stunde drehte und wendete Laetitia unaufhörlich jedes Wort, das sie und David mit ihm gewechselt hatten, rief sich jede Geste, jeden Satz, jeden Blick noch einmal ins Gedächtnis. Je mehr sie darüber nachdachte, desto sicherer war sie, dass Sylvains Schmerz nicht der einzige Grund für seine Kälte war.

Da war noch etwas anderes.

Diese andere Sache durchstreifte ihr Bewusstsein, so verstörend wie die Ahnung eines fürchterlichen Fehlgriffs. Und ihre Unfähigkeit, diese Ahnung in Worte zu fassen, legte ihre Nerven blank. Tausendmal nahm sie das Telefon, um mit Tiphaine zu sprechen, um die Situation zu klären und ihr zu versichern, dass sie weiterhin ihre Freundin war ... Tausendmal brach sie das Gespräch ab, noch bevor sie die Nummer gewählt hatte, da sie begriff, wie lächerlich ihr Gemütszustand im Vergleich zu den heftigen Qualen war, mit denen ihre Freundin zu kämpfen hatte.

Also dachte Laetitia zum ersten Mal seit der Tragödie an das, was tatsächlich geschehen war. Das Erste, was ihr in den Sinn kam, war eine ganz einfache Frage mit ebenso entsetzlicher Antwort: Wie konnte Tiphaine nur ihren sechsjährigen Sohn mit weit offen stehendem Fenster allein in seinem Zimmer lassen?

Erschüttert von dieser Frage, konnte sie gerade noch rechtzeitig zur Toilette rennen, um dort das bisschen Nahrung zu erbrechen, das sie seit gestern hinunterbekommen hatte. Die Leere ihres Magens brachte ihr nur insofern Erleichterung, als dass sie Sylvains Auftreten ihnen gegenüber besser verstand. Wie würde Tiphaine über die unerträgliche Schuld am Tod ihres Sohnes hinwegkommen? Unvorsichtigkeit, Zerstreutheit, Sorglosigkeit? Was auch immer der Ursprung einer solchen Gedankenlosigkeit sein mochte, Laetitia verstand jetzt, dass sie nun in den

Augen ihrer Freundin die einzige Zeugin ihres schuldhaften Versäumnisses war. Und dass sie als solche in Tiphaines Augen die Verkörperung ihres Vergehens darstellte.

Wie konnte man eine solche Prüfung überleben?

Trotz ihres Entsetzens über solche Gedanken beruhigte diese Analyse Laetitia ein wenig. Wenigstens konnte sie jetzt verstehen, warum Tiphaine und Sylvain sie nicht sofort sehen wollten, nicht sehen konnten.

Wieder hatte David es erkannt: Das Einzige, was sie tun konnten, war Tiphaine und Sylvain Zeit zu geben.

»Darf ich bei Maxime spielen?«

Laetitia zuckte zusammen. Sie sah ihren Sohn sprachlos an und wusste im Angesicht der Unschuld ihres Sohnes nicht, wie sie reagieren sollte.

»Milo, ich ... Weißt du noch, was Papa und ich dir heute Morgen über Maxime gesagt haben?«

Der kleine Junge senkte den Kopf und murmelte einige Worte, die Laetitia nicht verstand. Sanft hob sie sein Kinn an und bat ihn, es zu wiederholen.

»Ich habe nicht gesagt, dass ich MIT Maxime spielen will, sondern dass ich BEI Maxime spielen will«, erklärte er beleidigt.

Diese gelinde gesagt überraschende Bitte machte Laetitia noch hilfloser.

»Das geht nicht, mein Herz ...«

»Warum?«

»Weil Tiphaine und Sylvain wegen dem, was gestern passiert ist, so traurig sind, dass sie Zeit für sich allein brauchen. Verstehst du?«

Anstatt zu antworten, brach Milo in Tränen aus. Bestürzt nahm Laetitia ihn in den Arm und versuchte ihn zu trösten, seine Trauer mit einfühlsamen Worten zu besänftigen.

»Weine nur, mein Kleiner«, murmelte sie. »Weine ruhig,

das wird dir guttun. Du darfst deinen Kummer nicht unterdrücken ...«

Sie presste ihren Sohn an sich, sein Schmerz tat ihr weh, aber sie war zugleich erleichtert, dass er endlich zeigte, wie traurig er war. Am Morgen, als sie ihm gesagt hatten, dass Maxime gestorben war, hatte Milos ausbleibende Reaktion sie verwirrt, sie war beinahe enttäuscht darüber, sein Leid nicht lindern zu können.

Endlich hatte sie das Gefühl, zu etwas nutze zu sein.

»Maxime wird uns sehr fehlen«, flüsterte sie und drückte den kleinen schluchzenden Körper weiter an sich. »Und niemand kann ihn jemals ersetzen. Aber ich verspreche dir, mein Liebling, dass der große Kloß in deinem Bauch mit der Zeit leichter werden wird. Und dann eines Tages wird er ganz verschwinden. Und das bedeutet dann nicht, dass du Maxime nicht mehr lieb hast, sondern nur ...«

»Ich hab keinen Kloß im Bauch«, bemerkte der Knirps zwischen zwei Schluchzern.

»Vielleicht keinen richtigen Kloß, aber ich weiß, dass es dir wehtut. Mir tut es auch weh. Und Papa auch. Und das ist ganz normal, mein Herz. Wir haben Maxime alle sehr gern gehabt.«

»Aber ich will nicht deshalb bei Maxime spielen«, erklärte Milo und trocknete sich die Tränen ab.

»Und warum willst du dann bei ihm spielen?«

»Ich muss Hoppeli holen.«

»Hoppeli? Ist Hoppeli bei Maxime?«

Hoppeli war ein Stoffhase mit langen Ohren, der eine Jeans-Latzhose trug und eine Kappe auf dem Kopf hatte, und er nahm einen wichtigen Platz unter Milos Lieblingskuscheltieren ein. Er war nicht Milos wertvollstes oder liebstes Tier, aber der Junge hing so sehr an ihm, dass Laetitia einen Seufzer ausstieß, als er nickte.

Es war keine Seltenheit, dass die Jungen sich Spielzeuge ausliehen oder beim jeweils anderen vergaßen, seit sie alt genug waren, ihre Sachen von einem Ort zum anderen zu schleppen. Daran war nichts Ungewöhnliches. Bis zum heutigen Tag waren diese Leihgaben und diese Leichtfertigkeit nicht weiter schlimm gewesen: Sobald einer von ihnen den Wunsch äußerte, sein Spielzeug oder sein Plüschtier wiederzuhaben, telefonierten die Mütter miteinander und wenige Minuten später bekam der kleine Besitzer sein Eigentum zurück.

»Ich will Hoppeli!«, keuchte Milo.

Laetitia würde wohl kaum Tiphaine anzurufen und sie bitten, Hoppeli aus dem Zimmer ihres verstorbenen Sohnes zu holen und herüberzubringen.

»Hör zu, Milo, wir werden Hoppeli zurückholen, das verspreche ich dir. Aber nicht heute.«

»Aber Hoppeli gehört mir!«, empörte er sich mit dünner, brüchiger Stimme und sah seine Mutter verständnislos an.

»Ich weiß, mein Engel. Aber ich kann ihn dir jetzt wirklich nicht holen. Du musst ein bisschen warten.«

Bei diesen Worten begann das Kinn des Kleinen wieder zu zittern, während so viele Tränen über seine Wangen kullerten, dass es Laetitia das Herz brach und ihren Entschluss ins Wanken brachte. Und wenn sie Tiphaine doch anriefe? Wenn Hoppeli ein Vorwand wäre, um mit ihrer Freundin zu reden, um den Schutzwall zu durchbrechen, den sie um ihr Leid herum aufgebaut hatte, so wie man einen Knochenbruch richtet, ein schmerzhafter, aber notwendiger Eingriff.

»Beruhige dich, mein Herz«, sagte sie und trocknete die Tränen ihres Sohnes. »Ich werde sehen, was ich tun kann.«

Dann wählte sie langsam Tiphaines und Sylvains Nummer. Als es die ersten Male klingelte, erfasste sie eine dumpfe Panik. Was sollte sie ihrer Freundin sagen? Welche Worte wählen? Wie rechtfertigen, dass sie sich aufdrängte mit einer Hartnäckigkeit, die an Besessenheit grenzte?

Das Tuten setzte sich fort, jeder Ton so identisch wie gleichgültig, und verlängerte Laetitias Martyrium. Ihr Herz schlug zum Zerbersten, und ihr wurde schnell klar, dass sie Tiphaines Stimme genauso fürchtete wie ihr Schweigen. Sie waren zu Hause, und diese Gewissheit verstärkte ihre Qual noch.

Nach dem zwölften Klingeln sprang der Anrufbeantworter an.

Kapitel 18

Tiphaine saß reglos vor ihrem Telefon und starrte, ohne etwas zu sehen, den digitalen Schriftzug an, der auf dem Display den Anrufer ankündigte: ›Brunelle‹. Der gellende Ton drang aus dem Apparat und zerriss die im Haus herrschende Stille. Eine Stille, die noch erbarmungsloser war als der schrille Klang des Apparats.

Jedes Klingeln war wie eine scharfe Klinge, die sie gänzlich durchbohrte. Eine Reihe von Elektroschocks, zwischen denen sie kraftlos in sich zusammenfiel. Und jedes Geräusch zog sie tiefer in den Abgrund. Wie sollte sie die Kraft finden, auf dieser Erde zu wandeln, wenn das liebste Wesen sie für immer verlassen hatte?

Sie hatte nie geahnt, dass seelischer Schmerz so körperlich sein konnte.

Nicht denken. Die Worte, Gedanken, Bilder wegscheuchen, die sich endlos im höllischen Tanz der unerbittlichen Verzweiflung drehen. Das Bewusstsein einer nicht hinnehmbaren Wahrheit auf die nächste Sekunde verschieben. Schweigen. Stillhalten. Noch für einige Augenblicke die Illusion aufrechterhalten, als gäbe es noch ein Ziel, das sie erreichen wollte. Und wenn diese Sekunde vergangen ist, das Ganze wieder von vorne beginnen, immer im Kreis.

Schließlich schwieg das Telefon. Und als wäre das Klingeln der Mechanismus gewesen, der die Fäden der Marionette mit ihrem Führungskreuz verbindet, brach Tiphaine auf dem Boden zusammen und weinte, überrascht, dass sie noch Tränen hatte.

Kapitel 19

Noch nie hatte Laetitia so qualvoll das langsame und ereignislose Vergehen der Zeit gespürt. Man hätte meinen können, das Leid habe sich in einer Art zähem Brei materialisiert, der alles verklebte, die Sekunden, die Bewegungen und diese in einer Starre fixierte, aus der auszubrechen schwierig, beinahe schmerzhaft war. Die verschiedenen Abschnitte des Tages hatten jegliche Chronologie verloren, und Laetitia hatte das Gefühl, dazu verdammt zu sein, endlos in einer schwebenden Zelle inmitten eines Zeitvakuums herumzuirren und die leere Zeit mit Gedankengängen und Ablenkungen totzuschlagen. Andererseits war sie aber nicht in der Lage, irgendetwas zu tun oder gar eine kohärente und vernünftige Überlegung zu Ende zu führen.

Sie war von einem einzigen Gedanken besessen: bei Tiphaine zu sein. Der Rest versank in einer ebenso schändlichen wie nervenaufreibenden Belanglosigkeit. Allerdings musste sie sich um Milo kümmern, der die Verwirrung seiner Mutter bemerkte und äußerst einfallsreich ihre Aufmerksamkeit auf sich zu ziehen versuchte: Unfug, Provokationen und Wutausbrüche füllten Laetitias endlosen Tag.

Die Nacht war auch nicht erholsamer. Gefangen in einem unruhigen Schlaf, fand sie sich in Maximes Zimmer unter den gleichen Umständen wie am Nachmittag der Tragödie wieder: das ungemachte Bett, das Sonnenlicht, das mit dem Schatten des Vorhangs im offenen Fenster spielte. Sie stand allein mitten im Zimmer und, ohne dass sie wusste warum, wurde sie von einer Kraft bis ans Fenster getrieben. Dort sah sie sich über den Abgrund gebeugt, überzeugt, Maximes reglosen Körper vorzufinden ... Aber anstelle des kleinen Jungen lag dort auf den Fliesen der Terrasse ein menschengroßer Hoppeli. Ihre erste Reaktion war riesige Erleichterung, bis sie sich umdrehte und Milo entdeckte, zusammengekauert, das Gesicht in den Händen verborgen und von Schluchzern geschüttelt.

Dieser Albtraum verfolgte sie bis zum Morgengrauen, als sie endlich in einen Dämmerschlaf fiel, der kein bisschen erholsam war. Beim Aufwachen zerbrach sie sich ununterbrochen den Kopf über die Bedeutung dieses absurden Traums. Zum Glück verscheuchte der morgendliche Stress bald ihre Dämonen und ersetzte sie durch viel bodenständigere Sorgen: Frühstück machen, Milo aufwecken, der sagte, er habe gut geschlafen, ihn anziehen und zur Schule fahren.

Als Laetitia das Schulgebäude betrat, verschlug es ihr den Atem: Auf einer improvisierten Staffelei war ein mit einem schwarzen Band geschmücktes Foto Maximes ausgestellt. Auf einem Tisch direkt daneben lag ein Heft mit elegantem Einband, das alle, die es wünschten, dazu einlud, einige Worte des Beileids einzutragen. Vor diesem düsteren Arrangement hielten sich einige Eltern auf, stellten Fragen oder erzählten, was sie wussten, was sie gehört hatten. Die Schulleitung hatte ihrerseits alles besonders gut gemacht: Im Lauf des Tages sollte eine Psychologin die Kinder aus Maximes Klasse besuchen, um mit ihnen über den Unfall zu sprechen, bei denen ihr Kamerad ums Leben gekommen war.

Da sie um die enge Freundschaft wusste, die die beiden Kinder verband, empfing die Grundschullehrerin Milo mit besonderer Aufmerksamkeit. Bei Laetitia erkundigte sie sich anschließend darüber, wie er die Nachricht über den Tod seines Freundes aufgenommen hatte. Diese beschrieb kurz, wie alles passiert war und erwähnte auch die Hoppeli-Episode.

»Ich hatte beinahe das Gefühl, dass ihm die Abwesenheit von Hoppeli mehr Kummer bereitet als die Maximes«, schloss sie ihren Bericht niedergeschlagen.

»So dürfen Sie das nicht interpretieren«, beruhigte sie die Grundschullehrerin. »Maximes Verlust ist noch abstrakt für ihn, der von Hoppeli hingegen ist ganz konkret. In diesem Alter ist es ein brutaler Schock, sich bewusst zu werden, dass der beste Freund gestorben ist, und ihr Sohn geht damit um, so gut er kann. Im Moment ersetzt er die Abwesenheit Maximes mit der seines Kuscheltiers. Das ist erträglicher. In jedem Fall müssen wir im Lauf der nächsten Wochen besonders wachsam sein. Wir müssen ihm helfen, um Maxime zu trauern. Und nicht um Hoppeli.«

Laetitia nickte nachdenklich und dachte an ihren Albtraum der letzten Nacht.

»Madame Brunelle«, setzte die Lehrerin wieder an, »ich wollte Sie noch etwas fragen. Mit der Erlaubnis von Maximes Eltern haben wir vor, mit einigen seiner engsten Freunde, zumindest mit denen, die es möchten und deren Eltern einverstanden sind, die Beerdigung zu besuchen. Es werden auch Repräsentanten des Schulpersonals da sein, zu denen auch ich gehöre. Was Milo betrifft ...«

»Maximes Beerdigung?«, fragte Laetitia erstaunt. »Ist sie schon geplant?«

Die Lehrerin blickte sie mit unverhohlener Überraschung an.

»Maxime wird nächsten Montag um zehn Uhr auf dem Stadtfriedhof beigesetzt. Wussten Sie das nicht?«

Laetitia starrte die Grundschullehrerin an. Die Tatsache, dass die ganze Schule über eine so wichtige Sache wie das Datum und die Uhrzeit von Maximes Beerdigung informiert war, von der sie selbst, die sie zum engsten Kreis des Kindes gehörte, nichts wusste, verschlug ihr die Sprache. Ganz verstört von dieser Neuigkeit, nickte sie und wollte sich rasch verabschieden.

»Ich nehme an, dass Sie ebenfalls zur Beerdigung gehen werden«, fuhr die Lehrerin fort, die Laetitias Unbehagen bemerkt hatte und es so schnell wie möglich zerstreuen wollte. »Aber es ist wichtig für mich zu wissen, ob Sie möchten, dass Milo ebenfalls teilnimmt und, ob er mit Ihnen hingehen wird oder mit seinen Schulfreunden.«

Laetitia, die auf diese Frage nicht vorbereitet war, wusste nicht, was sie sagen sollte.

»Aus organisatorischen Gründen müssen wir die Anzahl der Kinder wissen, die mit uns zum Friedhof gehen«, erklärte die Lehrerin nachdrücklich. »Verstehen Sie?«

»Milo wird mit uns hingehen«, antwortete Laetitia schließlich. »Wahrscheinlich wird er an dem Tag nicht in die Schule kommen. Wir werden den ganzen Tag auf ihn aufpassen.«

Mit einem Kopfnicken signalisierte die Lehrerin, dass sie die Information zur Kenntnis genommen hatte. Dann verabschiedete sie sich so diplomatisch wie erleichtert von Laetitia, bevor sie wieder in ihren Klassenraum ging.

Als sie auf der Straße war, stellte sich Laetitia dem Sturm von Fragen, der in ihrem Kopf tobte: Warum hatten Tiphaine und Sylvain sie nicht über die Modalitäten der Trauerfeier informiert? Was hatte das zu bedeuten? Handelte es sich um ein einfaches Versäumnis, bedingt durch Trauer, schmerzerfüllte Benommenheit, Erschöpfung? Oder war es im Gegenteil eine reiflich durchdachte Unterlassung?

Und falls dem so war, warum?

Plötzlich erschien ihr die Tatsache, dass sie den Besuch verweigert hatten und nicht einmal ans Telefon gingen, wie der Ausdruck einer offenen Ablehnung. All ihre Deutungen von Tiphaines und Sylvains Verhalten türmten sich zu einer dunklen Wolke aus Zweifeln auf.

Laetitia lief schneller und wählte auf dem Handy die Nummer ihres Büros: Sie kündigte an, dass sie sich verspäten würde, und eilte unverzüglich zu ihren Nachbarn.

Kapitel 20

Tiphaine öffnete ihr die Tür. Als sie Laetitia sah, verschloss sie sich wie eine Auster. Man hätte meinen können, sie hätte instinktiv eine unsichtbare Rüstung angelegt, wie ein verletztes Tier, das sich unter seinen Panzer zurückzieht.

»Was willst du?«, fragte sie mit kaum hörbarer Stimme.

Dieser defensive Einstieg bestätigte Laetitias Befürchtungen.

»Mein Gott, Tiphaine! Was ist los? Warum ... Warum lehnt ihr uns so ab?«

Die Frage schien eine Wirkung wie ein Elektroschock auf Tiphaine zu haben. Ihr Gesicht verzog sich vor Schmerz. Noch bevor Laetitia bewusst wurde, was geschah, brach Tiphaines Schmerz aus ihr hervor. Und ihre Wut.

»Du fragst mich, was los ist?«, sie formte jedes Wort, als wäre es eine Klinge, die sich langsam und sorgfältig in ihren Körper hineinbohrte. »Mein Sohn ist tot, Laetitia! Mein kleiner Junge, den ich mehr als alles in der Welt liebe, ohne den ich nichts mehr bin, ist so gut wie vor deinen Augen gestorben. Vielleicht hast du ihn fallen sehen? Wie soll ich das wissen? Wo warst du, als er den Halt verloren hat? Was hast du getan, um seinen Tod zu verhindern? Ach ja, richtig: Du hast ein Sonnenbad genommen!«

Das Beben, das den Boden unter ihren Füßen erschütterte, warf Laetitia fast um. Als sie endlich ihr Gleichgewicht wiedergefunden hatte, erfasste sie ein Schwindelgefühl, von dem sie für einige endlos lange Sekunden glaubte, es würde nie wieder aufhören.

»Bist du verrückt geworden?«, rief sie mit verblüfft aufgerissenen Augen, während sie am ganzen Körper zu zittern begann. »Ich verbiete dir, mir die Verantwortung für das, was passiert ist, aufzuhalsen! Ich habe alles getan, was ich konnte, damit er nicht stürzt!«

»Das stimmt nicht, Laetitia! Das Einzige, was du getan hast, war ihn allein zu lassen, ihn vor seinem weit geöffneten Fenster sich selbst zu überlassen! Ein sechsjähriges Kind, allein über einem Abgrund von über vier Metern! Und du? Alles, was dir eingefallen ist, ist an der Tür zu klingeln? Glaubst du wirklich, dass das die richtige Reaktion war?«

Alles Blut wich aus Laetitias Körper, und ihr wurde langsam bewusst, in welche Hölle sie da unweigerlich hinabglitt. Tiphaine bezichtigte sie des Schlimmsten. Ihre teuerste Freundin, ihre treueste Verbündete, ihre Beinahe-Schwester, legte ihr das zur Last, was man nicht einmal seinem schlimmsten Feind wünschen würde.

»Ich musste dich warnen!«, schrie sie in einem Versuch, sich zu verteidigen, der eher wie das Röcheln einer zum Tode Verdammten klang.

»Nein!«, stieß Tiphaine hervor und rollte wie wahnsinnig mit den Augen. »Alles, was du tun musstest, war bei ihm zu bleiben, um zu verhindern, dass er herunterfällt. Mit ihm sprechen, ihn beruhigen, ihn zur Vernunft bringen.«

»Das habe ich versucht!«, widersprach Laetitia in einem Anfall vergeblicher Hoffnung, dass Tiphaine wieder zur Vernunft kommen würde. »Aber das hat es nur schlimmer gemacht, er hat sich weiter hinausgelehnt, um zu hören, was ich sage!«

Sie konnte es nicht glauben. Die Anschuldigungen ihrer Freundin lähmten sie, und ein weiteres Mal machte sie ihr Unverständnis ganz benommen.

»Und im Übrigen ... Wer sagt denn, dass es nicht dein frenetisches Klingeln war, das ihn erschreckt und zum Stürzen gebracht hat?«, fuhr Tiphaine fort, ohne Laetitias Rechtfertigungen auch nur anzuhören.

»Tiphaine, du hast kein Recht, das zu sagen!«

»Jedenfalls hättest du dich niemals von ihm entfernen dürfen, selbst wenn das bedeutet hätte, dass du dich unter das Fenster stellst, um seinen Sturz abzufangen. Wenn du das getan hättest, wenn du richtig reagiert hättest, dann wäre er noch am Leben!«

»Wie hätte ich das denn machen sollen? Wegen der Hecke konnte ich nicht in euren Garten kommen!«

Diese letzte Bemerkung ließ Tiphaines Augen wie wahnsinnig blitzen.

»Das fragst *du* mich?«, schrie sie und gab sich ganz der Hysterie hin. »Genau, wegen der Hecke konntest du nicht in meinen Garten kommen! Aber anstelle dieser verdammten Hecke hätte dort ein Tor sein sollen, erinnerst du dich noch? Ein Tor, das dir ermöglicht hätte, meinen Sohn zu retten!«

Dieses Argument ließ Laetitia erstarren, weil ihr endlich klar wurde, dass es unter diesen Umständen unmöglich war, ein vernünftiges Gespräch mit ihrer Freundin zu führen, und sie nicht wusste, was sie darauf antworten sollte. In diesem stillen Moment ihrer Auseinandersetzung bedachte Tiphaine sie mit einem schmerzerfüllten Blick voller Groll.

»Ich sag ja nicht, dass alles deine Schuld ist«, murmelte Tiphaine und begann zu schluchzen. »Aber ich bin mir sicher, dass du das Schlimmste hättest verhindern können.«

Kapitel 21

Die kurzen fünf Meter, die sie bis nach Hause zurücklegen musste, erschienen Laetitia unüberwindbar. Nachdem Tiphaine Laetitia klar und deutlich bezichtigt hatte, eine Teilschuld am Tod ihres Sohnes zu haben, hatte sie ihr gnadenlos die Tür vor der Nase zugeschlagen und Laetitia allein dort zurückgelassen, verzweifelt und verwirrt. Für einen Augenblick hätte Laetitia fast der Versuchung nachgegeben, an die Tür zu trommeln, in der ohnmächtigen Hoffnung, ihrer Freundin eine Reaktion zu entlocken, zumindest noch einmal mit ihr zu reden, sich zu erklären oder wenigstens um einander abscheuliche Dinge an den Kopf zu werfen, alles war ihr lieber als diese unerträgliche Zurückweisung.

Ein Rest an Würde hielt sie zurück.

Sie schwankte bis zu ihrer Haustür, wollte den Schlüssel ins Schloss stecken, um sie zu öffnen, brauchte mehrere Versuche, so blind war sie vor Tränen. Sobald sie im Hausflur allein war, brach sie zusammen und blieb dort liegen. Sehr lange. Oder vielleicht nur ein paar Minuten. Tiphaines Vorwürfe umkreisten sie, mörderische Worte, deren Echo endlos widerhallte, zunächst prallte es von den Wänden des Flurs ab und dann von den Wänden ihres Schädels, es ließ ihr keine Ruhe.

»Wegen der Hecke konntest du nicht in meinen Garten kommen! Aber anstelle dieser verdammten Hecke hätte dort ein Tor sein sollen, erinnerst du dich noch? Ein Tor, das dir ermöglicht hätte, meinen Sohn zu retten!«

Wenn sie das Tor eingebaut hätten, wie Sylvain und Tiphaine es sich gewünscht hatten, hätte sie Maxime dann retten können? Oder war der Schmerz so groß, dass Tiphaine außerstande war, die Ereignisse realistisch einzuschätzen, dass sie die Schuld auf sie abwälzen musste, um psychisch zu überleben? In einem Anflug von Vernunft versuchte Laetitia sich an dieser Erklärung festzuhalten, aber die heftigen Attacken ihrer Freundin ließen sie nicht los: Langsam setzte sich Tiphaines Vorwurf fest, Laetitia merkte, dass der Wahn sie so stark ergriffen hatte, dass sie bald selbst überzeugt war, zumindest indirekt an der Tragödie beteiligt gewesen zu sein. Am Boden zerstört, schleppte sie sich bis zum Telefonschränkchen und wählte Davids Handynummer. Unter den heftigen Schluchzern, die Laetitias Seele und Worte durcheinanderschüttelten, brauchte David einige Minuten, um die Gründe ihrer tiefen Qual zu verstehen.

»Rühr dich nicht vom Fleck, ich komme!«, befahl er ihr, bevor er auflegte.

Eine Viertelstunde später klingelte er ebenfalls an der Tür der Nachbarn.

Die Auseinandersetzung war so kurz wie schonungslos. Als Tiphaine die Tür öffnete, verlangte David, dass sie ihn hereinließ, um die Sache zu klären.

»Lasst uns in Ruhe«, stöhnte sie und war schon wieder dabei, die Tür zu schließen.

Bevor ihr dies gelungen war, stellte David blitzschnell seinen Fuß in den Spalt und hinderte die Tür so am Zufallen.

»Wir müssen reden«, teilte er ihr in einem Ton mit, der harscher klang, als er es gewollt hatte.

Sein Ton und der Versuch, Einlass zu erzwingen, wurden von Tiphaine als Angriff verstanden. Sofort wurde sie defensiv, verhärtete sich und warf ihm einen grimmigen Blick zu.

»Nimm deinen Fuß da weg, David, oder ich rufe die Polizei!«

»Das würdest du tun?«, antwortete er scharf.

»Ohne auch nur eine Sekunde zu zögern.«

David erkannte die Entschlossenheit seiner Nachbarin und kam zu dem Schluss, dass sie nicht mehr zu zusammenhängenden Überlegungen fähig war.

»Wo ist Sylvain? Ich will mit ihm sprechen!«, versuchte er es weiter.

Zur Antwort steckte Tiphaine nur ihre die Hand in die Hosentasche, zog ihr Handy heraus und hielt es David drohend vor die Nase.

»Wenn du in fünf Sekunden deinen Fuß nicht aus der Tür nimmst, rufe ich die Bullen.«

David sah sie an und konnte seine Ratlosigkeit nicht verbergen.

»Ich weiß, dass Maximes Tod unerträglich ist, Tiphaine, aber ...«

»Vier Sekunden.«

»Aber du hast nicht das Recht, Laetitia für das, was passiert ist, verantwortlich zu machen«, fuhr er unbeirrt fort.

»Drei Sekunden.«

David sah sie schmerzerfüllt an. Tiphaine hielt ihrerseits dem Blick stand, als wäre sie nun nicht mehr sie selbst, sondern nur die Zuschauerin eines kleinen Zwischenfalls, der sie nichts anging. Nach einigen Sekunden seufzte sie und begann auf ihrem Handy zu tippen.

»Lass gut sein, Tiphaine«, murmelte David und zog seinen Fuß aus der Tür.

Seine Nachbarin sah ihn einen kurzen Moment verdrossen an und knallte dann, ohne ihn aus den Augen zu lassen, die Tür zu.

Allein auf dem Bürgersteig, mit einem Gefühl der Ohnmacht, das ihm noch mehr zusetzte als die wahnsinnigen Anschuldigungen Tiphaines, biss David die Zähne zusammen. Sosehr er das Problem auch drehte und wendete, so wusste er doch instinktiv, dass er zum jetzigen Zeitpunkt nichts tun konnte, außer nach Hause zu Laetitia zu gehen, sie zu beruhigen und zu versuchen, ihre Ängste und Schuldgefühle zu zerstreuen.

Mit Bedauern drehte er um.

Trotzdem hob er den Blick zu den Fenstern der ersten Etage der Geniots, bevor er nach Hause ging. Eine reglose, halb durch den Vorhang verborgene Silhouette stand hinter dem linken Fenster. David erkannte Sylvain, dessen Haltung seine Absicht preisgab: Er beobachtete ihn heimlich.

David trat auf dem Bürgersteig einen Schritt zurück, um Sylvain ins Gesicht zu schauen. Für eine Sekunde glaubte er, dass Sylvain das Fenster aufmachen und mit ihm sprechen würde ... aber das geschah nicht.

Sylvain blieb einen langen Augenblick dort stehen, ohne sich zu bewegen, als wäre er in eine Statue verwandelt worden. Die beiden Männer betrachteten einander kurz, dann senkte Sylvain den Blick.

Schließlich machte er einen Schritt nach hinten und zog mit einer brüsken Bewegung den Vorhang zu.

Kapitel 22

Laetitia wurde weder durch das fahle Licht geweckt, das sich durch die transparenten Vorhänge kämpfte, noch durch den Handywecker, der gewöhnlich auf 6:45 Uhr gestellt war. Aus dem Schlaf gerissen mit dem unangenehmen Gefühl, dass es noch zu früh war, um die Augen zu öffnen, tastete sie nach ihrem Mobiltelefon, fand es und nahm es in die Hand. 7:10 Uhr. Eine Sekunde lang hatte sie den Impuls, aus dem Bett zu springen und ins Bad zu rennen, doch dann fragte sie sich, aus welchem Grund der Wecker nicht geklingelt hatte. Da fiel ihr ein, dass Sonntag war.

Laetitia fasste sich stöhnend an den Kopf. Neben ihr schlief David den Schlaf des Gerechten, sein Atem ging regelmäßig, unterbrochen von einem leichten Schnarchen, was Laetitia aufregte. Warum war sie so früh aufgewacht? Alles war ruhig, kein Geräusch störte die friedliche Ruhe dieses Sonntagmorgens ...

Plötzlich verkrampfte sie sich. Ihr wurde klar, was sie geweckt hatte: ebendiese Stille. Das Nichts. Die Leere.

Der Tod.

Normalerweise hätte sie der Lärm von Maximes morgendlichen Aktivitäten aus dem Bett gejagt. An jenem Tag war es seine unerträgliche Abwesenheit, gegen die sie nicht an die Wand klopfen und erst recht nicht Tiphaine und Sylvain anrufen konnte, damit sie ihrem Sohnemann die Leviten lasen.

Sie musste sich damit begnügen, mit weit aufgerissenen Augen dazuliegen und die glückselige Zeit zu vermissen, in der Maxime sonntagmorgens um sieben Uhr in seinem Zimmer Fußball spielte und dabei die gemeinsame Trennwand als Tor benutzte.

Kapitel 23

David und Laetitia waren sich nicht sicher, ob es ange-
bracht war, zu Maximes Beerdigung zu gehen: Einerseits
zeigte Tiphaines und Sylvains Haltung ihnen gegenüber
ganz klar, dass sie nicht willkommen waren, umso mehr,
da sie nicht persönlich eingeladen worden waren. Andererseits könnte ihre Abwesenheit als Beweis für Laetitias
Schuld dienen, was absolut unzutreffend war.

David war dafür, mit erhobenem Kopf hinzugehen, ohne
zu provozieren, aber mit Würde. Laetitia hingegen fürchtete, dass ihre Anwesenheit einen Skandal hervorrufen
könnte; sie hatte jegliche Sicherheit verloren, insbesondere, was die psychische Gesundheit ihrer Freundin betraf.
Die Frage war umso heikler, weil Milo dabei wäre, und weder David noch Laetitia wollten, dass er Zeuge des absurden Wahns seiner Patin wurde. Wie würde er reagieren,
wenn Tiphaine sie hinauswerfen würde? Wie könnten sie
ihm den Streit erklären, der sie, die sie sich einander immer so nah und verbunden gefühlt hatten, entzweite?
Zumal noch die unsägliche Trauer über Maximes Tod hin-
zukäme: Sie hatten ihn zur Welt kommen, wachsen, Fortschritte machen, aufblühen sehen, er war ihnen ans Herz
gewachsen, sie hatten ihn fast so geliebt wie ihr eigenes
Kind ... Nicht zu seiner Beerdigung zu gehen, war schlicht
und einfach undenkbar.

Das letzte Argument überwog: Sie würden zur Beerdigung gehen.

Und das taten sie auch, David defensiv und Laetitia in einem Trancezustand. Sie hatten den Ablauf von der Lehrerin der Jungen erfahren: Die Trauerfeier begann um zehn
Uhr in der Aufbahrungshalle, wo die Eltern, die Familie
und Freunde dem Kind die letzte Ehre erweisen konnten.

Als sie die Trauerhalle betraten, zwang sich Laetitia, nicht Tiphaines Blick zu suchen. Die letzte Beerdigung, an der sie teilgenommen hatte, war die ihrer Eltern gewesen, und die besondere Atmosphäre dieses Ortes schnürte ihr sofort die Kehle zu. Ihr Herz begann so heftig in ihrer Brust zu klopfen, dass sie ungewollt langsamer wurde, während David sie behutsam weiterschob. Sie schritt tapfer voran, wollte schnell in der Masse verschwinden, um keine Aufmerksamkeit zu erregen. Am Rand der Gruppe angekommen, hielt Laetitia inne.

»Geh weiter«, flüsterte ihr David ins Ohr. »Lass uns zum Sarg gehen.«

Instinktiv schüttelte sie den Kopf, sie hatte das Gefühl, keinen einzigen Schritt mehr tun zu können.

»Geh weiter!«, forderte er sie auf.

»Ich kann nicht«, stöhnte sie und warf ihm einen Blick voller verheerender Angst zu.

David nahm sie beim Handgelenk, ging voraus und zog sie hinter sich her. Sie ließ sich führen, dicht gefolgt von Milo. Als sie die vorderen Reihen erreichten, entdeckte David drei freie Stühle, und sie setzten sich.

Der Sarg, dessen an die Größe eines Kindes angepassten Maße alle aufwühlte, die ihn zum ersten Mal sahen, stand in der Mitte. Aber was Laetitia bis ins Innerste ihrer Seele traf, war, dass der Deckel noch offen war und den kleinen, endgültig erstarrten Körper zeigte. In einem dunklen Anzug bekleidet, lag Maxime mit artig über dem Bauch gekreuzten Händen, geschlossenen Augen und entspannten Gesichtszügen da. Man hätte meinen können, dass er schlief.

Als Laetitia ihn so aufgebahrt sah, fühlte sie, wie ihr schwindelig wurde. Sie stützte sich auf Davids Schulter ab, der sie fragend und beunruhigt ansah.

»Es geht, es geht schon«, flüsterte sie, nachdem sie tief geseufzt hatte.

»Das ist kein guter Moment, um zusammenzubrechen«, bat er sie flüsternd.

Sie nickte zustimmend und versuchte sich an einem schmalen Lächeln, bevor sie sich wieder Maxime zuwandte.

Sie hatte ihn seit dem Nachmittag der Tragödie nicht mehr gesehen, und die Tatsache, dass sie nicht über seinen sterblichen Überresten weinen konnte, hatte sein Versterben fast unwirklich erscheinen lassen. Ihn jetzt dort vor sich zu sehen, nur wenige Zentimeter entfernt, blass, steif und leblos, brach ihr das Herz. Plötzlich füllten sich ihre Augen mit Tränen, ohne dass sie den Fluss bezwingen konnte, während ihr Körper von Schluchzern geschüttelt wurde.

Neben ihr weinte still David.

Laetitia konzentrierte sich auf den Sarg, versuchte verzweifelt, ihren Schmerz zu beruhigen. Durch ihre Tränen nahm sie Tiphaines und Sylvains Präsenz in der Nähe des Sargs wahr, wagte aber nicht sie anzuschauen. Doch ihre Silhouetten brannten sich in ihre Netzhaut, zogen ihre Augen an wie ein unerbittlicher Sirenengesang. Laetitia konnte nicht lange widerstehen: Sie drehte leicht den Kopf und kreuzte Tiphaines Blick. Diese starrte sie mit einem solchen Elend an, dass Laetitia an sich halten musste, um nicht nachzugeben. Sie zwang sich, den Blick nicht abzuwenden, obwohl sie der Gedanke, dass ihre Freundin in Hysterie ausbrechen konnte, zu Tode ängstigte.

Aber nichts dergleichen geschah.

Nach einigen endlos langen Sekunden senkte Tiphaine den Blick und erlöste Laetitia von ihren Qualen. Erst dann konnte sie ihren Kummer herauslassen, ohne sich zurückzuhalten.

Die Zeremonie begann. Sylvains Bruder las einen Text, in dem er von dem zu kurzen Leben des Kindes sprach, von der Ungerechtigkeit seines verfrühten Ablebens und vom Schmerz, den sein Fehlen auslöste. Seine Stimme war von unterdrückten Schluchzern durchsetzt, die der Arme vergeblich zurückzuhalten versuchte. Anschließend war die Großmutter väterlicherseits an der Reihe, einige Worte zu sagen, die sie an den leblosen Körper richtete und in denen sie von ihrer Beziehung zu dem kleinen Jungen berichtete, wie sie ihn mit ihren Augen und ihrem Herzen gesehen hatte, sein Charakter, seine Vorlieben, seine Träume ...

»Du, der du Pilot werden wolltest«, erzählte sie, »ich möchte glauben, dass du in Wirklichkeit nicht gestürzt bist, nein! Du bist weggeflogen und ich weiß, dass du in diesem Moment irgendwo durch den Himmel segelst. Dein Traum ist in Erfüllung gegangen.«

»Pilot?«, fragte sich Laetitia, »Maxime wollte nie Pilot werden!« Ihr wurde mit Bitterkeit klar, dass diese alte Frau, die so selbstbewusst über Maxime sprach, ihn in Wirklichkeit kaum kannte.

»Er will nicht Pilot werden, sondern Fußballer!«, erklärte Milo laut.

Seine Großmutter geriet ins Stocken, ein paar verkrampfte Lacher ertönten unter den Anwesenden, Laetitia brachte ihren Sohn zum Schweigen und dachte bei sich, dass er recht hatte. Allerdings bemerkte sie, dass Milo im Präsens gesprochen hatte, als wäre Maxime noch lebendig.

Weitere persönliche Berichte folgten: Tiphaines Mutter, ihre Schwester, die Grundschullehrerin, eine seiner Cousinen, die ein kleines Gitarrenstück zum Besten gab. Dann ertönte auf Wunsch seiner Eltern die Musik aus dem Vorspann von SpongeBob Schwammkopf, Maximes Lieblingssendung. In Anbetracht der heiteren Melodie und des lustigen Refrains war es ein seltsamer Moment. Trotzdem weinten viele der Anwesenden.

Die Traurigkeit erreichte ihren Höhepunkt, als Sylvain das Wort ergriff. Er sagte zuerst, dass er auch im Namen von Tiphaine sprach, die, verständlicherweise, im Moment nicht in der Lage war, sich in der Öffentlichkeit zu äußern.

Nach einer langen Stille, in der man sich fragte, ob er selbst dazu in der Lage war, räusperte er sich und begann zu sprechen. Wie zuvor seine Mutter richtete auch er sich direkt an seinen Sohn, um ihm zu sagen, wie sehr er ihn liebte, wie sehr seine Geburt sein eigenes Leben auf den Kopf gestellt hatte. Dass Maxime in ihm ungeahnte väterliche Stärken zum Vorschein gebracht hatte. Dann erzählte er von der außergewöhnlichen, fabelhaften, seltenen, magischen, intensiven, unersetzlichen Beziehung, die sie alle drei miteinander gehabt hatten, wie sie sich gegenseitig mit ganz einzigartigen Gefühlen entdeckt, gefunden, genährt hatten. Während jeder unter den Versammelten den Atem anhielt, flossen die Tränen in Strömen. Schließlich brach auch Sylvain zusammen: Er ging zum Sarg, streichelte seinem Sohn mit unendlicher Zärtlichkeit den Kopf und flüsterte ihm für einige lange Augenblicke weinend Abschiedsworte zu.

Zu keinem Zeitpunkt wurden die Umstände, unter denen das Kind gestorben war, erwähnt.

Die Zeremonie neigte sich dem Ende zu. Man teilte den Anwesenden mit, dass jetzt der Moment gekommen war, wo diejenigen, die es wünschten, sich ein letztes Mal von dem kleinen Jungen verabschieden konnten. Die Leute standen auf und bewegten sich auf die Mitte des Raumes zu. David, Laetitia und Milo folgten dem Strom und reihten sich in die Schlange ein. Als sie an der Reihe waren, nahm Laetitia Milo auf den Arm, damit er seinen Freund in dessen erhöht aufgestelltem Sarg sehen konnte. Sie hoffte, dass Milo, mit dem leblosen Körper seines Freundes konfrontiert, seinen endgültigen Verlust begreifen würde.

Sie traten zu dritt näher. In dem mit weißer Seide ausgekleideten Sarg ruhte Maxime in Frieden. Um ihn herum hatten seine Eltern sein Lieblingsspielzeug ausgelegt, ein kleiner Lastwagen, ein Auto, eine SpongeBob-Schwammkopf-Figur, zwei Kuscheltiere ...

»Hoppeli«, rief Milo laut und brach die besinnliche Stille, die im Raum herrschte.

Laetitia erzitterte. Ohne nachzudenken, hielt sie ihm den Mund zu und gab ihm mit einem autoritären »Psst!« zu verstehen, dass er still sein sollte. Dann, als ihr schließlich bewusst wurde, warum das Kind so reagiert hatte, betrachtete sie die Gegenstände, die um Maxime drapiert waren.

Hoppeli war tatsächlich darunter.

Überrascht nahm sie ihre Hand weg. Sobald er wieder frei war, verlieh Milo seiner Empörung Ausdruck:

»Das ist Hoppeli! Er gehört mir!«

Er versuchte seine Worte in die Tat umzusetzen, indem er sich hinabbeugte, um ihn zu greifen.

Laetitia, die ihn immer noch fest im Arm hielt, blieb gerade genug Zeit, einen Schritt zurückzutreten, um das äußerste Sakrileg zu verhindern.

»Das ist mein Kuscheltier!«, lehnte sich Milo auf. »Ich will mein Kuscheltier!«

David versuchte, ihn zur Vernunft zu bringen, aber Milo hörte schon nicht mehr zu. Er streckte die Hände nach dem Stoffhasen aus, zappelte in den Armen seiner Mutter und hörte nicht auf, den Namen seines Kuscheltiers zu rufen. In immer größerer Panik entfernte sich Laetitia vom Sarg, auch sie versuchte, ihren Sohn zu beruhigen. Aber je weiter sie sich entfernten, desto lauter wurde das Protestgeschrei, während er mit Fäusten und Füßen nach ihr schlug, um sich loszureißen.

Ringsum murmelten die Leute voller Bestürzung.

Laetitia zögerte und wusste nicht, wie sie reagieren sollte. In ihrer Verwirrung traf ihr Blick Tiphaines, die sich vor den Sarg gestellt hatte, wie um den Zugang zu blockieren. Sie sah sie mit ebenso wilden wie drohenden Augen an. Da lief Laetitia mit starrem Blick schnell auf den Ausgang zu. Milo schrie weiter, streckte seinen Körper mit der Kraft der Verzweiflung dem Sarg entgegen und erschwerte so das Vorankommen seiner Mutter immer mehr, die ihn jetzt immer mühsamer mit ausgestreckten Armen festhielt. Erschöpft ließ sie einige Sekunden lang locker. Milo nutzte das, um sich loszumachen, glitt an Laetitias Körper herunter und rannte sofort zum Sarg.

David fing den Kleinen ab. Er schloss ihn in die Arme, presste ihn fest an seine Schulter, ergriff im Vorbeigehen die Hand seiner Frau und eilte zum Ausgang.

Dann stahlen sie sich davon wie Diebe.

Kapitel 24

Erst als sie im Auto waren, brach Laetitia zusammen. David hatte Milo hinten auf seinem Kindersitz angeschnallt. Als dieser fortfuhr, laut schreiend seinen Protest zum Ausdruck zu bringen, verlor seine Mutter die Beherrschung. Auf dem Beifahrersitz des Autos stieß sie ihrerseits einen Schrei aus, der den kleinen Jungen erstarren ließ. Die Methode war zwar nicht besonders subtil, aber sie funktionierte: Milo war sofort still. Da drehte sie sich zu ihm um wie eine Furie und schrie ihre Wut und Erniedrigung hinaus:

»Verstehst du, was du getan hast?«, wetterte sie und rollte mit den Augen wie eine Wahnsinnige. »Du hast dich auf der Beerdigung deines besten Freundes wie eine verdammte Rotzgöre benommen! Alle haben uns angeschaut! Ich habe mich für dich geschämt, Milo, das werde ich dir nie verzeihen!«

»Beruhige dich, Laetitia!«, verlangte David, entsetzt über die Worte seiner Frau.

»Das war Hoppeli!«, verteidigte sich Milo umso ungehaltener, da er glaubte, sein Vater wäre auf seiner Seite. »Er gehört mir, er ist MEIN Kuscheltier.«

»Na und?«, schrie Laetitia noch lauter, ohne Davids Aufforderung zu beachten. »Dein Kuscheltier ist scheißegal! Maxime ist tot, hörst du? Er ist für immer fortgegangen, das ist das Ende, er wird nie wiederkommen! Hast du das verstanden? Hast du verstanden?«

»Es reicht!«, versuchte David nochmals sie aufzuhalten.

Aber sie schien nichts zu hören.

»Und du brauchst nicht zu denken, dass er irgendwo im Himmel schwebt und uns wohlwollend und liebevoll von oben anschaut! Das ist die Art Mist, an die seine Großmutter glauben möchte, damit sie nicht selbst tot umfällt. Es gibt keinen Maxime mehr, weder in der Luft noch sonst irgendwo!«

»Das stimmt gar nicht«, wimmerte Milo, verängstigt durch das Verhalten seiner Mutter. »Er ist nicht weg, er war da. Er hat nur in einem komischen Bett geschlafen.«

»Nein, er hat nicht geschlafen!«, brüllte Laetitia außer sich vor Wut.

»Laetitia!«, schrie David ebenfalls, um sie zum Schweigen zu bringen. Der Kleine verbarg das Gesicht in den Händen.

»Schau mich an, Milo!«, rief Laetitia erneut. »Schau mich an, wenn ich mit dir rede!«

Widerwillig sah das Kind sie mit zusammengebissenen Zähnen und gerunzelter Stirn streng an.

»Maxime hat nicht geschlafen«, stieß sie hervor und betonte jede einzelne Silbe. »Das komische Bett ist ein Sarg. Und in wenigen Minuten wird er auf dem Friedhof beerdigt. Er wird in der Erde vergraben, und dort bleibt er für immer!«

»Sei still, verdammt noch mal!«, donnerte David. »Bist du verrückt geworden oder was?«

»Er muss es verstehen, David!«, zischte Laetitia und wandte sich ihrem Mann zu. »Er muss wissen, dass er Maxime gerade zum letzten Mal gesehen hat!«

»Er weiß es!«

»Nein, er weiß es nicht. Er redet immer in der Gegenwart von ihm, als wäre nichts passiert.«

»Für einen kleinen Jungen in seinem Alter ist es noch zu schwer, das in Worte zu fassen. Wir müssen ihm etwas Zeit lassen.«

»Ihm Zeit lassen wofür? Damit er sich Sachen einbildet, die es nicht wirklich gibt? Damit er an seine eigenen Lügen glaubt, weil das einfacher ist, als sich der Realität zu stellen? Er hört nicht auf, sich auf Hoppeli zu fixieren, als ob der Hase wichtiger wäre als Maxime!«

»Er versucht, sich zu schützen!«

»Genau, und genau das möchte ich nicht! Es ist an uns, ihn zu schützen, nicht an ihm selbst!«

Dieses Argument verunsicherte David, der nicht wusste, was er darauf antworten sollte. Er dachte still darüber nach und nickte dann kaum merklich.

»Okay. Aber du beschützt ihn nicht, indem du ihn anbrüllst. Du gehst das falsch an. Und jetzt ist nicht der richtige Moment. Wir sind alle mit den Nerven am Ende.«

Sie stimmte mit einem Kopfnicken zu, und es wurde wieder still im Auto. Milo, der während der ganzen Auseinandersetzung seiner Eltern kein Wort gesagt hatte, beobachtete sie misstrauisch. David drehte sich zu ihm um und schenkte ihm ein schwaches Lächeln. Da brach das Kind schluchzend in Tränen aus.

»Warum weinst du?«, fragte Laetitia sanft, überzeugt, dass er endlich begriff, dass Maxime tot war.

»Ich will nicht, dass Hoppeli mit Maxime auf dem Friedhof beerdigt wird!«, wimmerte er.

David und Laetitia schauten sich beunruhigt an. Dann schien David einen Entschluss zu fassen. Er legte den Sitzgurt an, bat Laetitia, es ihm gleich zu tun und überprüfte, dass auch Milo noch auf seinem Kindersitz angeschnallt war ... Er drehte den Schlüssel im Zündschloss und fuhr mit Vollgas los.

»Wo fahren wir hin?«, fragte Laetitia neugierig.

»Einen neuen Hoppeli kaufen!«, verkündete David.

Kapitel 25

Wenige Minuten später parkte er das Auto vor dem größten Spielzeugladen der Stadt. Milo lächelte wieder und
streifte von seinen Eltern begleitet wie ein Eroberer durch
die Gänge. Die Regale quollen nur so über vor Spielzeug
jeglicher Art: entwicklungsfördernde Spiele für die ganz
Kleinen, Holzklötze zum Bauen, Formen zum Ineinander-
stecken, Miniaturbauernhöfe umringt von all ihren Tie-
ren, Puppenhäuser, Marionettentheater, Musikbücher sowie Puzzles. Weiter hinten standen Gesellschaftsspiele,
Elektrobaukästen für die Größeren neben einer Fülle an
Sammelfiguren von Filmen und Zeichentrickserien: Trans-
formers, Pokémon, Star Wars, Dragon Ball oder Wrest-
lingstars für Jungen, Barbie, Emily Erdbeer, Hello Kitty
oder Dora the Explorer für Mädchen.

Beim Plüschtierregal angekommen, drehte sich David
zu Milo um:

»Du darfst dir ein neues Kuscheltier aussuchen. Nimm
das, was dir am besten gefällt.«

Auch hier gab es etwas für jeden Geschmack: runde
Dickbäuche, lange Lulatsche, kleine stämmige, pelzige, ganz
weiche, lustige, bunte, welche mit Haaren ... Einige stellten
Haustiere da, andere seltsame Fantasietiere.

»Auch, wenn es ganz groß ist?«, wollte das Kind wissen,
das sein Glück noch nicht fassen konnte.

»Auch wenn es ganz groß ist! Unter der Bedingung, dass
es ins Auto passt«, fügte David hinzu und wuschelte dem
Kleinen durch die Haare.

Milo konnte es nicht glauben. Er streifte Dutzende aus-
gestellte Plüschtiere mit dem Blick und seufzte wohlig. Seine erste Wahl fiel auf einen mittelgroßen Hasen, der wie
Hoppeli eine Latzhose und eine Kappe trug. Dann überleg-

te er es sich anders, legte den Hasen wieder an seinen Platz zurück und ging, ohne zu zögern, auf einen großen, ganz weichen Teddybären zu, der verschwörerisch lächelte.

»Den da will ich«, verkündete Milo und drehte sich zu seinem Vater um.

»Bist du dir sicher?«

Das Kind nickte entschlossen.

»Einverstanden!«, sagte David. Er griff nach dem Teddy und hielt ihn dem Knirps hin.

Milo nahm ihn mit großen Augen entgegen. Dann gingen sie, David energischen Schrittes und Milo triumphierend, zur Kasse des Geschäfts. Laetitia folgte ihnen mit ein wenig Abstand, hin- und hergerissen zwischen dem trostvollen Anblick ihres Sohnes, der vor Glück strahlte, und der Intuition, dass dieser Kauf mitnichten die gewaltigen Probleme lösen würde, die sie auf sich zukommen sah. Aber die Schuldgefühle, die sie empfand, weil sie ihn angeschrien hatte, waren zu stark. In diesem Augenblick zählten für sie nur Milos Lächeln und das Leuchten in seinen Augen.

Als sie das Geschäft verließen, bemerkte sie lachend:

»Ein großer Teddy namens Hoppeli, das ist lustig, oder?«

»Er heißt nicht Hoppeli«, rief Milo sofort.

»Ach so? Und wie willst du ihn nennen?«

»Maxime«, antwortete der Junge fröhlich und drückte sein neues Stofftier fest an sich.

Kapitel 26

Sie verbrachten den Rest des Tages zu Hause, versuchten sich zu entspannen und eine gewisse Gelassenheit wiederzufinden. Die Gefühle am Morgen waren zu intensiv gewesen, und beide wünschten sich eine Auszeit ohne Angst oder Konflikte. Milo spielte eine gute halbe Stunde in seinem Zimmer mit dem neuen Teddybären, dann erzählte seine Mutter ihm Geschichten und sie zeichneten gemeinsam. Sie mieden es beide, von Maxime und seiner Beerdigung zu sprechen. Dann aßen die drei einen Teller eilig gekochte Nudeln, die der Junge – er war der Einzige, der überhaupt Appetit hatte – hungrig verschlang. Direkt nach dem Mittagessen, während David und Milo im Fernsehen einen Zeichentrickfilm anschauten, setzte sich Laetitia auf die Terrasse. Das Wetter war schön. Die Sonne, die durch eine leichte Brise ganz gut zu ertragen war, strahlte am wolkenlosen Himmel.

Nachdem sie zwanzig Minuten lang gedöst hatte, wurde sie von Stimmen, dem Gepolter von Stühlen, die aufgestellt wurden, und klirrenden Gläsern aus ihrer Lethargie gerissen. Die Geniots waren von der Beerdigung zurückgekommen und empfingen nun die Familie und engsten Freunde zu einem kleinen Traueressen.

Laetitia fühlte sich plötzlich unwohl. Beinahe illegal. Fehl am Platz. Als täte sie heimlich etwas Verbotenes. Sie hörte die Gespräche, sah Bewegungen durch die Hecke, war unfreiwillig Zeugin einer intimen Situation, zu der sie nicht eingeladen war. »Ich bin zu Hause«, murmelte sie, um sich zu überzeugen, dass sie nichts Schlechtes tat. Ihr Standort schien ihr dennoch unangebracht, und sie stand instinktiv leise auf und ging auf Zehenspitzen ins Haus zurück.

Als wollte sie ihre Anwesenheit verbergen.

Der Vorfall hatte sie verstört. Zum ersten Mal, seit sie in diesem Haus lebte, störte sie die Nähe der Nachbarn, und zwar so sehr, dass sie deshalb ihren Garten nicht nutzen konnte. Schweren Herzens musste sie sich eingestehen, dass abgesehen von dem Schmerz über die jüngsten Ereignisse und dem Konflikt, der sie nun mit ihren – ehemaligen? – Freunden entzweite, ihre Nachbarschaft die Dinge nicht einfacher machen würde. Schlimmer noch, sie hatte das Gefühl, dass ihre eigene Intimsphäre verletzt wurde. Wenn sie selbst in der Lage war, alles, was auf der anderen Seite passierte, zu sehen und zu hören, dann traf das auch umgekehrt zu. Und sie fühlte sich von dem Gemurmel angegriffen, das aus dem anderen Garten zu ihr drang, sie hatte den Eindruck, dass sie dem Blick von Menschen ausgesetzt war, die ihr keineswegs nur Gutes wünschten.

Diese Erkenntnis belastete sie noch mehr. Wie würden sie es nun anstellen, nebeneinander zu leben? Sich auf der Straße über den Weg zu laufen, und – wenn auch ungewollt – das Kommen und Gehen der anderen mitzubekommen, sich in den jeweiligen Gärten herumlaufen zu sehen. Ihre Vergangenheit wog zu schwer, um von allem, was sie gemeinsam erlebt hatten, abzusehen: eine intensive und auf Gegenseitigkeit beruhende Freundschaft, so viel geteilte Freuden, und heute diese Wut, die Tiphaine und vielleicht sogar Sylvain gegen sie hegte ... Einen Augenblick lang wünschte sich Laetitia von ganzem Herzen, dass ihre Nachbarn ausziehen würden. Immerhin war es nicht undenkbar: War es denn möglich, dass sie weiterhin in dem Haus lebten, in dem ihr kleiner Sohn umgekommen war? Wären sie in der Lage, jeden Tag an seinem Zimmer vorbeizugehen, dem Raum, in dem sich die unerträglichste Tragödie abgespielt hatte, die Eltern erleben konnten?

»Ruhst du dich nicht mehr aus?«, fragte David erstaunt, der immer noch vor dem Fernseher döste.

»Ich werde jetzt duschen«, antwortete Laetitia, ohne ihm den wahren Grund für ihre Anwesenheit im Haus eingestehen zu wollen. Dann ging sie in den ersten Stock hinauf.

Am späten Nachmittag geschah etwas Unerwartetes. Milo nahm ein Bad, David machte das Abendessen und Laetitia räumte oben auf, als jemand an der Tür klingelte.

»Machst du auf?«, rief David, der nicht vom Herd wegkonnte.

Laetitia stieg hinab zur Diele und öffnete die Tür.

Sie unterdrückte einen Schrei, als sie Tiphaine und Sylvain vor sich sah. Sofort in der Defensive, wich sie zurück und sah sich um, als wollte sie die Entfernung zur Küche abschätzen, wo David sich befand.

»Ist schon gut, Laetitia, wir sind nicht hier, um dir irgendwelche Vorwürfe zu machen«, verkündete Sylvain sofort mit einer beruhigenden Geste.

Noch überraschter, starrte Laetitia sie sprachlos an.

»Können wir einen Moment hereinkommen?«, fügte er fast flehend hinzu.

Und als wollten sie sie überzeugen, dass ihre Absichten friedlich waren, zog Tiphaine einen Gegenstand aus ihrer Tasche, den Laetitia sofort erkannte.

»Wir sind gekommen, um Milo das zurückzugeben«, murmelte sie und hielt Laetitia Hoppeli hin.

Verblüfft nahm die junge Frau das Stofftier mit einer fahrigen Bewegung entgegen. Einen kurzen Augenblick lang standen sie sich stumm gegenüber, dann schien Laetitia aus ihrer Betäubung zu erwachen und trat zur Seite, um sie hereinzulassen.

Als David sie im Salon erblickte, erstarrte er, ließ den Kochlöffel voller Béchamelsoße fallen und riss verblüfft die Augen auf.

»Was habt ihr hier verloren«, sagte er mit einem Ton, der aggressiver war als beabsichtigt.

»Es ist alles in Ordnung«, beruhigte ihn Laetitia sanft. »Sie sind gekommen, um Milo Hoppeli zurückzugeben.«

»Und um uns zu entschuldigen«, fügte Sylvain hinzu.

Laetitia warf ihm einen noch erstaunteren Blick zu als vorhin auf der Türschwelle, woraufhin sich Sylvain zu Tiphaine umdrehte: Offensichtlich war es nun an ihr, etwas zu sagen.

Eine drückende Stille stand im Raum. Tiphaine schien in einem abgrundtiefen Schmerz versunken und reagierte nicht.

»Tiphaine«, murmelte Sylvain und nahm ihre Hand.

Sie erzitterte und schien aus einem Albtraum zu erwachen. Dann sah sie David und Laetitia etwas überrascht an.

»Ist alles in Ordnung, mein Liebling?«, fragte Sylvain beunruhigt.

»Setzt euch doch«, bot David an, um die Stimmung etwas zu entspannen.

»Wollt ihr etwas trinken?«, ergänzte Laetitia eifrig.

Sie war schon auf dem Weg in die Küche, als Tiphaine sie zurückhielt. Sprachlos drehte sich Laetitia zu ihr um, und die beiden Frauen standen sich gegenüber. Dann, als wäre sie am Ende ihrer Kraft, fiel Tiphaine Laetitia in die Arme und weinte alle Tränen, die ihr Körper noch übrig hatte.

»Es tut mir leid«, murmelte sie heftig schluchzend. »Ich war schrecklich ungerecht zu dir. Aber es tut so weh, wenn du nur wüsstest ...«

»Ich weiß«, antwortete Laetitia einfach und schloss ihre Freundin in die Arme.

Kapitel 27

Sie redeten lange und weinten viel. Laetitia hatte den Eindruck, dass sie noch nie in ihrem Leben so viel geweint hatte, noch nicht einmal, als ihre eigenen Eltern gestorben waren. Seit fünf Tagen hatten sie sich nur noch abscheuliche Dinge an den Kopf geworfen, es war merkwürdig, wieder eine freundschaftliche Beziehung zu beginnen oder zumindest eine wohlwollende, und David und Laetitia blieben wachsam, da sie noch immer zu überrascht über das plötzliche Umschlagen der Situation waren.

Was Tiphaine und Sylvain betraf, so waren sie nur noch Schatten ihrer selbst. Besonders ihre Haltung: Beide saßen zusammengesunken auf ihren Stühlen, ihre Blicke zumeist erloschen, und wenn doch einmal Leben in ihre Augen zurückkehrte, dann um ein unerträgliches Leid und Elend zu offenbaren. Manchmal begann einer von ihnen einen Satz und ließ ihn unvollendet im Raum stehen, der Blick verlor sich im Leeren, und wenn David oder Laetitia mit einem Räuspern oder ermutigenden Worten den Rest zu hören verlangten, hatten Sylvain oder Tiphaine den Faden verloren.

Endlich wurde über die Umstände von Maximes Tod gesprochen. Mit tonloser Stimme erzählte Tiphaine, dass seine Körpertemperatur im Lauf des Nachmittags auf 39,5 Grad geklettert war. Sie hatte ihm ein Zäpfchen gegeben und ihn dann ins Bett gebracht. Der Junge war sofort eingeschlafen, und Tiphaine war eine gute Viertelstunde bei ihm geblieben. Es war warm im Zimmer, die Sonne knallte durch die Fensterscheiben und da sie die Schweißperlen auf seiner Stirn bemerkte, hatte sie ihn etwas aufgedeckt. Dann hatte sie das Fenster geöffnet, damit er Luft bekam. Da der Atem des Kindes regelmäßig ging und es tief zu schlafen schien, hatte sie entschieden, duschen zu gehen.

Das war alles. Sie hatte nur duschen wollen.

Als sie zu Ende erzählt hatte, schwieg sie und blieb einige lange Minuten reglos mit gesenktem Blick und gebeugten Schultern sitzen. Nur ihr frenetisches Kneten der Hände verriet die Verwüstungen in ihrer zugrunde gerichteten Seele.

David, Laetitia und Sylvain schwiegen.

Es war Laetitia, die den Faden wieder aufnahm. Sie erzählte ihre Version der Ereignisse, was passiert war, während Tiphaine unter der Dusche gestanden hatte. Sie berichtete präzise, wie sich alles abgespielt hatte, mit Ausnahme eines Details: Sie war nicht in der Lage, ihrer Freundin zu erzählen, dass Maxime, wahrscheinlich noch unter dem Einfluss des Fiebers, nach seiner Mama gerufen hatte. Ein unnützes Detail, das in diesem Stadium des Trauerprozesses nur Leid und Verzweiflung auslösen würde. Sie erzählte also, dass sie gesehen hatte, wie der kleine Junge sich gefährlich aus dem Fenster beugte, dass er mit ihr sprach, aber sie seine Worte nicht verstand.

Der Rest ihrer Erzählung entsprach voll und ganz der Realität.

Um das Missverständnis, das sie seit der Tragödie entzweit hatte, auszuräumen, stellte sie ganz direkt die Frage:

»Glaubst du, dass ich ihn hätte retten können?«

Sylvain antwortete:

»Du hast getan, was du konntest, Laetitia.«

Sie nickte nachdenklich. Merkwürdigerweise war es nicht die Antwort, die sie sich gewünscht hatte.

Plötzlich fiel ihr ein, dass Milo immer noch sein Bad nahm und das Wasser inzwischen eiskalt sein musste. Sie stieg eilig in den ersten Stock hinauf, öffnete die Tür zum Badezimmer, nur um festzustellen, dass der Junge sich dort nicht mehr befand.

Der Boden gab unter ihren Füßen nach.

»Milo«, schrie sie, von Panik erfasst.

Sie rannte blitzschnell aus dem Bad und ins Zimmer des Jungen. Dort lag das Kind in ein großes Badetuch einge- rollt auf dem Bett, wo es mit dem neuen Teddybären im Arm eingeschlafen war. Von Laetitias Schrei beunruhigt, waren David, Tiphaine und Sylvain ins Treppenhaus geeilt und betraten direkt hinter ihr den Flur.

»Es ist alles in Ordnung«, murmelte Laetitia. »Er ist ein- geschlafen.«

»Bist du wahnsinnig, dass du so schreist!«, wies David sie zurecht. »Ich hätte fasst einen Herzanfall bekommen.«

»Es tut mir leid. Ich hatte Angst. Als ich ins Badezimmer gekommen bin und er nicht mehr da war, habe ich ge- dacht ...«

Sie beendete ihren Satz nicht und schaute, fast ohne es zu wollen, zu Tiphaine. Diese sah sie mit so viel Schmerz an, dass Laetitia sich schämte. Dafür, dass sie geschrien und Angst bekommen hatte.

Und dafür, dass sie ihren Sohn noch hatte.

Tiphaine wandte den Blick ab und tat einen Schritt auf Laetitia zu. Diese wich instinktiv zurück, wie um sich zu schützen. Aber Tiphaine ging weiter, an Laetitia vorbei, und betrat Milos Zimmer. Sie ging zum Bett des Jungen und kniete sich daneben. Dann strich sie ihm unendlich zärtlich und genauso vorsichtig über die Wange.

Ohne zu wissen, weshalb, spürte Laetitia, wie sich etwas in ihrem Bauch zusammenzog, und sie musste sich zu- sammenreißen, um Tiphaine nicht dazu aufzufordern, das Zimmer zu verlassen.

»Fass ihn nicht an!«

Diese Worte lagen ihr auf der Zunge, bereit herauszu- sprudeln, als stelle die Freundin eine Bedrohung für ihren

Sohn dar. Ein absurder Gedanke! Tiphaine war Milos Patin, und sie liebte ihn. Dessen war sich Laetitia sicher. Warum also dieses unterschwellige Gefühl der Gefahr?

Plötzlich fiel Laetitias Blick auf Milos neues Stofftier.

Maxime!

Ein kalter Schauer lief ihr den Rücken hinunter: Die Angst, dass Milo aufwachen und Tiphaine den Namen seines Teddys verraten könnte, schnürte ihr das Herz zu.

Sie betrat ebenfalls das Zimmer und stellte sich direkt hinter die Freundin.

»Lassen wir ihn schlafen«, schlug sie vor und unterdrückte in ihrer Stimme das dringende Bedürfnis, das Zimmer zu verlassen. »Er ist erschöpft von den Emotionen des heutigen Tages. Er muss sich ausruhen.«

Tiphaine nickte und stand wieder auf, ohne den Blick von dem Kind abzuwenden.

Dann kehrten sie alle ins Erdgeschoss zurück.

Kapitel 28

Die Tage vergingen.

Zwangsläufig.

Das Leben ging weiter, eingeengt und befangen.

Seit dem Tod ihres kleinen Jungen, standen Tiphaine und Sylvain aus Gewohnheit morgens auf, ernährten sich geistesabwesend und blieben zufällig am Leben. Die Zeit war zu einer Art formlosem Labyrinth zerfallen, das nirgendwohin führte. Seitdem – warum vorankommen? Ihr Leben, von nun an in einem künstlichen Niemandsland gefangen, ähnelte jetzt einer verfälschten Wirklichkeit, die indessen nicht besser oder schlechter als jede andere war.

Das hier oder gar nichts, was macht das schon für einen Unterschied?

Auf der Skala des psychischen Leidens gibt es eine Stufe, wo der Schmerz solche Höhen erreicht, dass es utopisch erscheint, ihn überwinden zu wollen. Ihrer Normalität beraubt, schien das Paar kaum zu überleben, wie Exilanten einer Existenz, die in eine Vielzahl so winziger Stücke zerbrochen war, dass es sich als ganz und gar unmöglich erweist, sie wiederzufinden. Aus welchem absurden Grund hätten sie sich in den Kopf setzen sollen, sie wieder zusammenzusetzen?

Verletzte Herzen, kaputte Seelen ...

Für David und Laetitia begann die Zeit wieder vorwärtszuschreiten, wenn auch in Zeitlupe, lustlos, glücklos. Aneinandergereihte Handlungen, aufstehen, essen, arbeiten, schlafen ... Oder besser gesagt, nicht schlafen ... Merkwürdigerweise empfand Laetitia, seit Tiphaine und Sylvain ihr nichts mehr anlasteten, eine dumpfe und gefährliche Schuld, die sich in einer einzigen Frage zusammenfassen ließ: Hätte sie tatsächlich das Schlimmste verhindern können, wenn sie anders reagiert hätte? In der Nacht quälten sie Tiphaines giftige Vorwürfe. In einer Art wachem Albtraum erlebte sie die Tragödie wieder und wieder und zwang sich, in jeder Version anders zu reagieren. Anfangs eilte sie in den hinteren Teil des Gartens, um das Loch in der Hecke zu durchqueren, jenes Loch, das die Jungen selbst mit bloßen Händen freigelegt hatten, und dann, wenn sie im Nachbargarten war, rannte sie wie der Blitz in Richtung Haus.

Jedes Mal kam sie zu spät: Maxime lag schon auf der Terrasse.

Beim nächsten Mal wählte sie die gleiche Lösung, aber mit größerer Geschwindigkeit, um unter dem Fenster anzukommen, bevor das Kind herunterfiel. Vergebens: Bei ihrer Ankunft lag der kleine Körper schon auf den kalten Steinen.

In einer weiteren Nacht versuchte sie eine andere Rettung: einen Stuhl nehmen, ihn vor die Hecke stellen, um hinübersteigen zu können. Sieg! Es gelang ihr, sich unter dem Fenster zu positionieren, bevor Maxime fiel, aber als er in den Abgrund stürzte, gelang es ihr nie, ihn zu fangen. Er schlug neben ihr heftig auf den Boden und der Lärm seines Aufpralls peinigte sie bis zum Sonnenaufgang.

Nach einer Woche gab sie diese so absurden wie nutzlosen Versuche auf. Während die Nächte verblassten und zu einem durchscheinenden Weiß wurden, blieb sie im dunklen Schlafzimmer liegen, mit weit aufgerissenen Augen, ohne einen Ton von sich zu geben, um in einen traumlosen Schlaf zu sinken, kaum ein paar Stunden, bevor sie aufstehen musste, sich zwang zu frühstücken, zur Arbeit zu gehen.

Waren es diese Schuldgefühle, die Laetitia dazu brachten jeden Nachmittag, wenn sie von der Arbeit kam und bevor sie Milo von der Schule abholte, bei ihren Nachbarn vorbeizuschauen? Es war offensichtlich, dass ihre Freundschaft seit der Tragödie und Tiphaines verleumderischer Reaktion ihr gegenüber Schaden genommen hatte. Natürlich hatte Laetitia die Anschuldigungen ihrer Freundin sofort der geistigen Verwirrung zugeschrieben ... Trotzdem: Von dieser höchst ungerechten Episode hatte Laetitia eine misstrauische Wachsamkeit zurückbehalten, die etwas zwischen ihnen zerstört hatte, das spürte sie. Tiphaines komplette Ablehnung direkt nach dem Unfall hatte Laetitias Schmerz entweiht und ihre legitime Trauer zu einer unerträglichen Qual gemacht.

Indem sie ihr das Schlimmste vorwarf, hatte Tiphaine sie der Würde ihrer Trauer beraubt.

Und obwohl die schlimme Situation in der Bilanz als mildernder Umstand anerkannt werden konnte, behielt Laetitia einen diffusen Groll zurück.

Vielleicht war das der Grund, weshalb ihre täglichen Besuche nie besonders lange dauerten, eine knappe halbe Stunde, um ihre Neuigkeiten zu erfahren, die beiden nach ihrem Befinden zu fragen, sich zu erkundigen, ob sie etwas brauchten. Um ihrem Tag durch einen freundschaftlichen Besuch einen Rhythmus zu geben. Auch um über Maxime zu sprechen, dazu zwang sich Laetitia. Sie hatte im Netz gelesen, dass das Trauern um ein Kind, an sich schon ein langer und schwerer Prozess, nicht möglich war, wenn die Erinnerung an den kleinen Verstorbenen unter traurigem Schweigen begraben wurde. Die Wunden der Seele zu versorgen, konnte sich als schädlich erweisen, wenn man den Ursprung des Schmerzes verleugnete. Sie verstand schnell, dass die Erinnerung an den Sohn der beiden das Einzige war, das ihre Freunde davon abhielt, in der Nichtigkeit einer sinnlos gewordenen Existenz zu versinken. Sie dieser zu berauben, schien ihr fast wie ein Verbrechen.

Tiphaine und Sylvain ihrerseits empfingen sie ohne Freude oder Ablehnung, an manchen Tagen wie eine heilsame Pflicht, an manchen wie ein notwendiges Übel. Kämpfen kam für sie nicht in Frage und erst recht nicht, ein neues Kapitel anzufangen: Nur der Schmerz gab ihnen die Kraft, weiterzumachen, blind einer nicht existierenden Zukunft entgegenzutaumeln. Sie waren es sich schuldig, Schmerz zu empfinden, das Martyrium der Abwesenheit als den Beweis ihrer Liebe zu ihrem Kind zu ertragen. Leiden war nun ihr einziger Lebenszweck geworden.

Laetitia ging intuitiv an die Sache heran. Oft berichtete sie ihnen von den Worten der Nachbarn oder Ladenbesitzer, denen sie im Viertel begegnete, der Lehrer und Eltern in der Grundschule, die sich nach ihnen erkundigten und die ihnen über Laetitia ihr Mitgefühl ausdrücken wollten. Es schien ihr wichtig, Tiphaine und Sylvain zu verstehen zu geben, dass man an sie dachte. Und mehr als alles andere, dass niemand Maxime vergaß.

Jedes Mal, wenn sie ihr Haus betrat, traf sie die bedrückende Stille mit voller Wucht, was durch die Angewohnheit des Paares, sich nur noch im Flüsterton zu unterhalten, als fürchteten sie jemanden aufzuwecken, noch verstärkt wurde. Leise sprechen, auf Zehenspitzen gehen, sich mit gequälter Vorsicht bewegen. Anfangs imitierte Laetitia die Manieren ihrer Freunde, vielleicht, um Respekt zu zeigen oder einfach nur, um die Ordnung der Dinge nicht zu stören.

Sehr schnell fühlte sie sich nutzlos.

Ihre täglichen Besuche entwickelten sich dennoch zu einem Ritual, und sie zwang sich, es aufrechtzuerhalten, obwohl ihr Wunsch, dem schwarzen Trübsinn ihrer Freunde zu entkommen, immer dringlicher wurde. Jedes Mal, wenn sie die beiden mit schwerem Herzen und in gedrückter Stimmung verließ, musste sie eine immense Energie aufbringen, um den anbrechenden Abend zu bewältigen, ohne Milo die allgemeine Niedergeschlagenheit spüren zu lassen. Laetitia hatte immer eine hehre Idee von Freundschaft gehabt, und ihrer Meinung nach konnte man den

wahren Wert dieses Gefühls erst unter widrigen Umständen ermessen. Sie hatte sich vorgenommen, ihnen zu helfen, wieder auf die Beine zu kommen, egal wie lange es
dauerte. Im Lauf der Zeit begann sie allerdings, sich zu fragen, ob nicht das Gegenteil geschah, ob es nicht Tiphaine
und Sylvain waren, die sie unaufhaltsam hinunterzogen.

David besuchte sie hin und wieder, jedenfalls weniger
oft als seine Frau in Anbetracht seiner Arbeitszeiten. Häu-
figer samstags oder sonntags als an Wochentagen, an denen er spät und müde nach Hause kam.

Bald wurde Laetitia bewusst, dass sie ihre Freunde nicht
mehr gemeinsam besuchten. Wenn David sie besuchte,
erlaubte sie sich eine Atempause und versprach sich, am
nächsten Tag wieder hinzugehen. Anfangs glaubte sie, es
handelte sich um eine geteilte lästige Pflicht, und sosehr
sie sich für diesen Gedanken schämte, so musste sie es sich
doch eingestehen: Es machte ihr keine Freude mehr, sie
zu sehen.

Freude? Laetitia schauderte: Sie hatte gerade an das Konzept der Freude gedacht ...

Tatsächlich ging das Leben wieder seinen Gang bei den
Brunelles. Und mit dem Leben kamen auch die Momente
der Entspannung, die Gespräche, das Lächeln und manchmal sogar Gelächter, das schnell erstickt wurde, verlegen
und schuldbewusst.

Und vor allem war da noch Milo.

Der Junge verlangte lauthals nach der Sorglosigkeit, auf
die er ein Recht hatte, die alltägliche Ungezwungenheit
und die Leichtigkeit, die er uneingeschränkt genießen
wollte.

Wie um die Reue zu bekämpfen, die seine Umgebung
verunreinigte, sprudelte er fast exzessiv vor Energie über,
meistens wenn er aus der Schule zurückkam und ganz besonders, das hatte Laetitia schnell bemerkt, wenn er im
Garten spielte. Hüpfend, aus voller Kehle schreiend, laut-

hals lachend, die Botschaft war offenkundig an Tiphaine und Sylvain gerichtet. Er sagte ihnen: Ich bin da.

Ich lebe.

»Milo!«, rügte ihn Laetitia beim ersten Mal, als sie sein Spielchen durchschaute. »Komm zurück ins Haus!«

»Warum? Das Wetter ist doch schön!«

»Komm rein, habe ich gesagt!«

Schmollend kam der Junge mit hängendem Kopf herein, ging an seiner Mutter vorbei, ohne sie eines Blickes zu würdigen, hoch auf sein Zimmer.

»Wo gehst du hin?«, fragte Laetitia sanfter.

»Mit Maxime spielen.«

Maxime. Milos neues Stofftier. Eine Obsession aus Plüsch, die einen unverhältnismäßigen Platz in der Welt des Jungen eingenommen hatte. Der Teddy gab ihm Gelegenheit, fünfzig Mal am Tag den Namen auszusprechen, der jetzt von einer Aura des Verbotenen umgeben war.

Ich spiele mit Maxime.

Wo ist Maxime?

Kann ich mit Maxime in die Schule gehen?

Maxime war heute nicht brav. Maxime. Maxime. Maxime.

Eines Tages war Laetitia mit den Nerven am Ende:

»Wir müssen reden, du und ich«, sagte sie und platzierte Milo sich gegenüber.

Der Junge sah sie ernst an. Laetitia kam gleich zur Sache: »Du kannst deinen Teddybären nicht ›Maxime‹ nennen.«

»Warum?«

»Weil Maxime kein Kuscheltier ist. Maxime war ein kleiner Junge wie du, und er war dein bester Freund. Maxime war Tiphaines und Sylvains Sohn. Und vor allem ist Maxime tot, und jedes Mal, wenn du seinen Namen sagst, erinnerst du uns daran, dass er nicht mehr da ist und dass er uns fehlt.«

Milo riss verblüfft die Augen auf.

»Du willst Maxime vergessen?«

»Nein, aber ich will an ihn denken, wenn ich es möchte, und nicht, wenn du es entscheidest oder weil du gerade mit deinem Teddy spielst. Verstehst du, was ich dir sagen will?«

Der Junge dachte kurz nach. Dann nickte er todernst. Laetitia beobachtete ihn, beunruhigt über seine Reaktion und beschämt, dass sie auf diese Weise in seine Welt eingedrungen war.

»Ich sage dir das nicht, um dich zu ärgern oder um mit dir zu schimpfen, mein Schatz. Aber wenn Tiphaine und Sylvain eines Tages mitkriegen, dass dein neues Kuscheltier Maxime heißt, wird ihnen das viel Kummer machen.«

»Okay«, antwortete das Kind ganz einfach.

»Wie wirst du ihn jetzt nennen? Soll ich dir helfen, einen neuen Namen zu finden?«

Milo schüttelte den Kopf. Laetitia nahm ihn in den Arm und ließ ihn dann gehen.

Am nächsten Morgen, als sie gerade Kaffee machte, sah sie durch das Küchenfenster den Teddy, der auf der Terrasse lag, direkt unter Milos Fenster.

Kapitel 29

Für Tiphaine und auch für Sylvain vergingen die Tage mit dem absurden Zwang, weiterzuleben, aufzustehen, zu essen, sich anzuziehen ... ein Scheinleben zu führen vor dem Hintergrund der Normalität, sich etwas vorzugaukeln, so zu tun als ob. Als ob es vorstellbar wäre, seinen Weg fortzusetzen, nachdem man sein Kind verloren hat, Neugier dafür aufzubringen, was sich hinter der nächsten Kurve verbirgt, voranzuschreiten im Angesicht des Unmöglichen.

Mit der Masse zu verschmelzen und seine Rolle zu spielen.

Tiphaine und Sylvain waren jetzt die Eltern des kleinen Jungen, der durch einen Sturz aus dem Fenster seines Kinderzimmers gestorben war. Jeder, der ihnen auf der Straße oder in den Geschäften über den Weg lief, verband sie sofort mit der schlimmsten Prüfung, die Eltern widerfahren kann. Sie verkörperten das Unglück, trugen das Siegel der Tragödie. Selbst ihr Name war Synonym der Tragödie geworden, genauso wie die Vorfälle, von denen die Leute abends am Tisch berichten, wenn sie schaudernd schreckliche Geschichten erzählen, die immer nur den anderen passieren, um dann mit den Worten abzuschließen: »Wie entsetzlich, die Armen, ihr Leben ist jetzt ruiniert!« Dann nickten alle und ihnen wurde bewusst, dass es trotz der Windpocken des Jüngsten, trotz des letzten Briefs des Finanzamts keinen Grund zur Klage gibt, es gibt ja Leute, die es so viel schwerer haben, nicht wahr? Und, apropos, fällt jemand anderem eine Geschichte ein, die noch schrecklicher ist: Husch, husch, wir verscheuchen unser eigenes Unglück, indem wir hören, was – anscheinend – auch uns hätte passieren können, was aber – zum Glück – nur den anderen passiert ist.

Nach dem schrecklichen Sturz in die tiefste Hölle, nach dem unerträglichen Schmerz, nach den Tränen und der starren Apathie des Nichts musste man wohl darüber nachdenken, wieder auf die Beine zu kommen. Dazu mussten sich Tiphaine und Sylvain durchringen, versunken in ihrem Schmerz, eingeigelt, als wollten sie das Leid beschützen, das nun zu ihrem wichtigsten Antrieb geworden war. Versuchen, in einer Realität Fuß zu fassen, die ihnen nicht mehr gehörte:

»Kannst du mir die Milch rübergeben ...«

»Bitte ... Willst du noch ein wenig Kaffee?«

»Nein, danke.«

Am Esstisch durchbrachen banale Sätze die gewohnte Stille, das stumme Einverständnis, das Unsagbare zu verschweigen. Man sprach nicht mehr wirklich miteinander, man wechselte kaum ein paar Worte. Was sollte man denn auch sagen? Worüber? Über wen?

»Wir haben eine Mahnung von Maximes Versicherung bekommen ... Hattest du ihnen seine Sterbeurkunde geschickt?«

»...«

»Tiphaine! Hast du der Versicherung Maximes Sterbeurkunde geschickt? Sie wollen, dass wir den Beitrag für das Trimester bezahlen ...«

»Nein, hab ich nicht.«

»Du hast gesagt, dass du sie ihnen schickst!«

»Ich habe es nicht gemacht.«

»Und wann willst du sie ihnen schicken?«

»Wenn es dir nicht schnell genug geht, kannst du es selber machen!«

Zu verletzt, um den Schmerz des anderen zu akzeptieren, verliert man sich in Pseudoargumenten, die das Gespräch beenden sollen. Um dem anderen das Maul zu stopfen. Oder einfach nur, um seine Ruhe zu haben.

Manchmal kam es vor, dass der Gegenschlag heftiger war als der Angriff.

»Es ist nicht meine Aufgabe, sie ihnen zu schicken«, erwiderte Sylvain scharf.

»Ach nein? Und warum sollte es meine Aufgabe sein und nicht deine?«

Sylvain hielt kurz inne, war sich bewusst, dass er gerade dabei war, eine Grenze zu überschreiten, die er schon seit einiger Zeit zu wahren versuchte. Aber der Brief am Morgen, dieses Maxime betreffende Schreiben, eine Beitragszahlung, die man leisten sollte, um sich vor unvorhergesehenen Ereignissen zu schützen, um das Schlimmste zu verhindern ...

Eine Schuld, die man von ihm einforderte, von ihm, der alles verloren hatte.

Es tat Sylvain weh, so weh, dass er mit dem offensichtlichen Ziel antwortete, seinerseits zu verletzen.

»Weil ich nicht derjenige bin, der Maxime mit offenem Fenster in seinem Zimmer allein gelassen hat!«

Tiphaine war gerade dabei, sich eine Tasse mit Kaffee zum Mund zu führen, da erstarrte sie mitten in der Bewegung. In ihrem Kopf stießen die Wörter zusammen, wahrscheinlich hatte sie nicht richtig gehört, etwas falsch verstanden und doch ... Als sie ihren fassungslosen Blick Sylvain zuwandte, bestätigte der wütende Ausdruck, der sein Gesicht verzerrte, dass er genau das gesagt hatte, was sie gehört hatte.

»Wie bitte?«

»Tu nicht so, als hättest du nicht verstanden, Tiphaine.«

»Dazu hast du kein Recht ...«

»O doch, das habe ich! Eines Tages werden wir wohl darüber reden müssen, oder? Nur wir beide, ganz allein.«

»Worüber reden?«

Tiphaines Stimme war nur noch ein Flüstern, kaum mehr als ein Hauch. Was Sylvain nicht im Geringsten rührte: Er hatte schon lange jegliche Fähigkeit zum Mitgefühl verloren.

»Über deine Verantwortung für Maximes Tod.«

So, jetzt hatte er es gesagt! Noch besser: Er hatte es zu ihr gesagt! Das, was er seit dem Tag des Unfalls dachte, was er aus dem Ablauf geschlossen hatte, was er tief in seinem Innern zurückgehalten hatte, das, was er ununterbrochen wiederkäute und nicht verdauen konnte. Die Schuld auf Laetitia zu schieben, war eine Frage des Überlebens gewesen, für sie beide, ein Rettungsring, an den sie sich mitten im Sturm geklammert hatten. Nur um den Kopf über Wasser zu halten und nicht zu ertrinken. Aber jetzt, wo die Brandung sich erschöpft hatte, konnte Sylvain niemanden mehr belügen, weder die anderen noch Tiphaine. Und am allerwenigsten sich selbst.

»Wir müssen darüber sprechen, Tiphaine«, sagte Sylvain, ohne sich um das jämmerliche kleine Wesen zu kümmern, das vor ihm immer kraftloser wurde.

Ihre einzige Reaktion war, dass sie den Kopf einzog wie eine Schildkröte, als zöge sie sich in sich selbst zurück; man hätte sie für eine Schnecke halten können, deren Antennen man mit den Fingerspitzen berührt.

»Weil du einen Teil der Verantwortung für den Tod meines Sohnes trägst, nicht wahr?«, fuhr er gnadenlos fort.

»Dein Sohn?«, spie sie aus, wie man den Erreger einer Krankheit aushustet.

Sylvain biss die Zähne zusammen und richtete seinen schmerzhaften Blick voller Groll auf sie.

»Unser Sohn«, räumte er einen Moment später ein.

Tiphaine biss sich auf die Lippen und versuchte in einer übermenschlichen Anstrengung, nicht ihre Qualen zur Schau zu stellen, da sie nicht mehr genau wusste, ob der ihr gegenübersitzende Mann ein Verbündeter oder ein Feind war. Ob er ihr wohlgesinnt war oder sie, im Gegenteil, zerstören wollte. Eine Sekunde lang war sie in Versuchung, ihn das zu fragen ...

»Wir können so nicht weitermachen, Tiphaine ... Und vor allem muss ich es wissen ...«

»Was musst du wissen?«

»Ob du dich für den Tod unseres Kindes verantwortlich fühlst. Ob du dir bewusst bist, dass die Schuld dafür, dass Maxime heute nicht mehr da ist, auch ein bisschen bei dir liegt.«

Ein Feind. Ein Gegner, der bekämpft werden muss. Ein Opponent, den es zu töten gilt.

»Ich habe nichts Schlechtes getan!«, rief sie und setzte zu einer Verteidigung an, die, wie ihr selbst schnell klar wurde, miserabel war.

»Du hast das Fenster offen gelassen«, legte er nach.

Das war der Todesstoß. Die tödliche Wunde, durch die sie ihr Blut verlor, die sie bebend zurückließ, beinahe im Todeskampf. Sie schluchzte, bereit, sich der eisigen Schlinge der Schuld zu überlassen, sich schuldig zu bekennen und auf das Schafott zu steigen. Die Waffen zu strecken und das Urteil zu erwarten. Es ein für alle Mal hinter sich zu bringen.

Ein Rest ihres Überlebensinstinkts hielt sie auf dem Kriegsfuß fest, beinahe gegen ihren Willen.

»Das verbiete ich dir!«, begehrte sie auf und bedachte Sylvain mit einem wilden Blick. »Ich lasse es nicht zu, dass du mir an irgendetwas die Schuld gibst! Vor allem nicht du!«

»Vor allem nicht ich?«, fragte Sylvain erstaunt. »Und warum?«

Sie stieß ein tiefes Schnauben aus und antwortete dann:

»Wer im Glashaus sitzt, sollte nicht mit Steinen werfen! Ernsthaft, Sylvain, glaubst du wirklich, du kannst mir Lektionen in Sachen Moral erteilen?«

»Ich will dir keine moralischen Lektionen erteilen. Ich will die Sache nur klarstellen.«

»In Ordnung. Fangen wir an!«

Ihre Augen hatten plötzlich wütend zu funkeln begonnen. Sie hatte sich wieder gefangen und durchbohrte ihren Mann jetzt mit einem herausfordernden Blick.

»Was spielst du für ein Spiel, Tiphaine?«, fragte er verunsichert.

»Du willst spielen? Okay, dann mal los! Kennst du die Theorie, die besagt, dass du irgendeinem Menschen eine anonyme Nachricht schicken kannst nach dem Motto ›Ich weiß, wer du bist. Ich weiß, was du getan hast.‹ Ganz egal wem! Und wer auch immer die Nachricht erhält, hat sich etwas zu Schulden kommen lassen.«

Widerwillig und überrascht starrte Sylvain Tiphaine mit zusammengezogenen Brauen an. Zufrieden mit diesem kleinen Effekt, wartete sie einige Sekunden, bevor sie theatralisch und langsam verkündete:

»Ich weiß, wer du bist, Sylvain. Ich weiß, was du getan hast.«

»Was weißt du?«

»Was du getan hast.«

Sie lachte! Sie machte sich über ihn lustig! Wovon sprach sie? Sylvain stellte sich in seinem Kopf wieder und wieder diese Frage, ohne wirklich darüber nachzudenken. Er musterte Tiphaine ununterbrochen und suchte dabei eigentlich nach einem Weg, um sie zu verwirren. War es eine Falle oder wusste sie etwas? Setzte sie ihre Theorie in die Tat um und verkündete Unwahrheiten, um die Wahrheit herauszufinden? Stellte sie die Situation auf den Kopf, damit sie sich ihrer eigenen Schuld entziehen konnte?

Er fasste den Entschluss, nicht darauf hereinzufallen, und zog gleichgültig die Schultern hoch:

»Diese Diskussion wird langsam absurd«, seufzte er und tat genervt.

Da legte Tiphaine ihren Trumpf auf den Tisch.

»Stéphane Legendre«, sagte sie unerbittlich.

»Das falsche Rezept. Meine Verurteilung. Mein Leben, das zerstört wurde, wegen eines Fehlers, den ich nicht begangen habe ...«

Kapitel 30

Fassungslos verstummte Sylvain. In einem Dickicht aus Hypothesen und Vermutungen versuchte er herauszufinden, wie Tiphaine davon erfahren hatte. Vor lauter Verblüffung gelang es ihm nicht, seine Gedanken zu ordnen, und die dringende Notwendigkeit, eine Erklärung zu finden, lähmte ihn zusätzlich.

Sie wusste es! Seit wann? Und vor allem: wie? Auf einmal kam sein Blut in Wallung. David! David hatte ihr alles erzählt, denn wer wusste sonst noch davon?

»So ein Arschloch!«, entfuhr es ihm mit kaum verborgener Aggression.

»Wenn man solche Freunde hat, braucht man keine Feinde mehr, nicht wahr?«, hauchte Tiphaine.

»Wann hat er dir das erzählt?«

»Direkt bevor er gestorben ist.«

Zum zweiten Mal in weniger als zwei Minuten spürte er, wie ihm das Blut aus dem Gesicht wich. Er starrte Tiphaine mit einem ungläubigen Blick an.

»Da... David?«, stammelte er. »David ist tot?«

Tiphaines Gesichtsausdruck veränderte sich.

»Was redest du da?«

»Du ... du hast gerade gesagt, dass ...«

»Ich habe nicht von David gesprochen.«

Für einen langen Augenblick herrschte vollkommenes Unverständnis, Tiphaine begriff nicht, was ihr Nachbar mit dieser Angelegenheit zu tun hatte, und Sylvain wusste nicht mehr, von wem sie sprach.

»David weiß Bescheid?«, fauchte sie plötzlich, als sie verstand, wo das Missverständnis lag. »Du hast David alles erzählt, während ich nichts davon wusste?«

»Ich ...«

Tiphaines Gesicht verzog sich zu einer Grimasse aus Zorn und Bitterkeit.

»Dreckskerl!«, zischte sie zwischen den Zähnen hervor. »Du hast mich von Anfang an belogen, du hast mich verraten und außerdem alles David erzählt! Ihr habt euch sicher totgelacht, ihr beiden.«

»Nein!«, rief Sylvain, ohne zu verstehen, wie es möglich war, dass die Situation ihm dermaßen entglitten war. »Ganz und gar nicht, ich … David …«

»Und Laetitia? Sie weiß auch Bescheid, nehme ich an! Alles in allem war ich die Einzige, die von nichts wusste! Wie konnte ich nur so dumm sein!«

Betäubt streckte Sylvain die Hand nach Tiphaine aus, aber sie stieß ihn heftig zurück:

»Fass mich nicht an! Mistkerl! Wie konntest du nur? Und all diese Jahre …«

Sie hielt schluchzend inne und verbarg ihr Gesicht in den Händen. Sylvain stand mit hängenden Armen vor ihr, entsetzt über die Richtung, in die sich die Sache entwickelte. Tiphaine war nun von der Schuldigen zum Opfer geworden und nahm sich das Recht heraus, ihm die schlimmsten Dinge vorzuwerfen. Er verstand überhaupt nichts mehr. Wenn es nicht David gewesen war, der ihr die ganze Geschichte erzählt hatte, wer dann? Mit Sicherheit nicht Laetitia, da Tiphaine zwar vermutet hatte, dass sie auf dem Laufenden war, jedoch ohne sich dessen sicher zu sein. Wer also? Niemand wusste davon, außer …

Plötzlich verstand er. Die einzige Person, die Tiphaine die Umstände ihres Kennenlernens enthüllen konnte, war niemand anderes als Stéphane Legendre selbst, an dem Tag, als er sie besucht hatte. Offensichtlich war Tiphaine an dem Nachmittag zu Hause gewesen, an dem sein ehemaliger bester Freund an der Tür geklingelt hatte. Sie hatte ihm aufgemacht und ihn ins Haus gelassen.

Nach und nach nehmen in seinen Gedanken die möglichen Stränge eines Szenarios Gestalt an wie Ranken mit verschlungenen Verästelungen. Stéphane Legendre, der an der Tür klingelt, Tiphaine, die ihm öffnet, fragt, wer er ist, was sie für ihn tun kann. Er fragt, ob Sylvain zu Hause sei, sie sagt, ihr Mann sei nicht da, aber Stéphane könne heute Abend wiederkommen, wenn er möchte ... Stéphane bedankt sich, das werde nicht nötig sein, er wolle mit ihr sprechen ...

Warum hätte er das tun sollen? Warum sollte er sich nach all den Jahren die Mühe machen, ihn ausfindig zu machen und dann von Paris aus anzureisen, nur um Tiphaine diese Geschichte zu enthüllen? Stéphane hatte sich immer schon ausschließlich für sich selbst interessiert.

Sylvain war verwirrt.

»Hat ... hat Stéphane Legendre dir das erzählt?«, war die einzige Frage, die ihm einfiel, um langsam Ordnung in seine Gedanken zu bringen.

»Jedenfalls warst du es nicht«, sagte sie verärgert.

Er musterte sie weiterhin und versuchte vergeblich, sich eine Vorstellung davon zu machen, wie die Sache sich abgespielt hatte.

Tiphaine hingegen konnte nun nichts mehr erschüttern.

»Was hat er dir gesagt?«

»Die Wahrheit.«

»Sag mir, was er dir erzählt hat, Tiphaine!«

»Alles, er hat mir alles erzählt: seinen Behandlungsfehler, wie du eingegriffen hast, um ihm Ärger zu ersparen, die vertauschten Rezepte ... Wie wir uns kennengelernt haben ...«

»Warum? Warum hat er dir das alles jetzt erzählt, nach all den Jahren?«

Sie zuckte mit den Schultern, als wäre das ein unwichtiges Detail:

»Er war krank, er stand kurz vor dem Tod. Er wollte sein Gewissen erleichtern ...«

»Von wegen!«

Sie schwiegen einen Augenblick, beide in ihren finsteren Ressentiments versunken, zwischen Wut und Qual, und jeder versuchte zu ermessen, inwiefern die eigene Schuld ihn in den Augen des anderen unwürdig machte, Gerechtigkeit zu fordern. Sylvain hatte den Eindruck, er läge zersplittert in allen Ecken des Zimmers verstreut. Er war verstört und wusste nicht mehr, was er sagen sollte, hatte keine Energie mehr, um sich wieder zusammenzufügen. Tiphaine hingegen schöpfte aus ihrem Schmerz die Berechtigung, Forderungen zu stellen. Nach einer Weile murmelte sie mit gebrochener Stimme:

»Ich musste teuer für den Tod eines Babys bezahlen, obwohl ich keinen Fehler begangen habe!«

»Welches Baby meinst du?«

»Das Baby, das eine Frau im Bauch trug. Dasselbe, das dein Freund einfach mit einem Rezept getötet hat.«

»Das hat nichts mit uns zu tun ...«

»O doch! Am Ende muss man immer bezahlen, Sylvain! Stéphane Legendres Schuldgefühle haben ihn zernagt, bis er Krebs bekommen hat, und daran ist er gestorben.«

Sylvain zog die Brauen zusammen, war nicht sicher, was genau sie damit andeuten wollte. Dann ertönten die Begriffe Schuld und Sühne in seinem Kopf wie eine direkte Anklage. Er riss empört die Augen auf.

»Wenn du versuchst, mir Maximes Tod unter dem Vorwand in die Schuhe zu schieben, dass ich auf die ein oder andere Art und Weise für meine Taten büßen muss ...«

»Ich versuche überhaupt nichts, Sylvain!«, unterbrach sie ihn gereizt. »Du hältst mich wohl für völlig bescheuert!«

»Was dann?«

Tiphaine schwieg einen Augenblick, bevor sie ihren Gedanken ausführte.

»Du hast mein Leben schon einmal zerstört. Du wirst es nicht noch einmal tun.«

»Dein Leben? Welches Leben?«, lachte Sylvain höhnisch,

ohne seinen Ärger zu verbergen. »Wir haben kein Leben mehr, Tiphaine. Alles, was uns bleibt, ist Zeit. Zeit zum Leiden.«

»Es ist dir schon einmal gelungen, mein Leben wieder aufzubauen ...«

»Was genau willst du?«

»Ich will, dass alles wieder wie vorher wird.«

Sylvain sah sie verblüfft an. Allein die Erwähnung der Vergangenheit, der Zeit des für immer vergangenen Glücks, gab ihm das Gefühl, dass er von einer eisigen Klinge durchbohrt wurde, der Schmerz überschritt bei weitem das Maß des Erträglichen. Er begann zu schluchzen.

»Das ist unmöglich«, stöhnte er mit gebrochener Stimme.

Da stand Tiphaine auf und ging um den Tisch herum zu ihm, zog ihn mit einer mütterlichen Geste zu sich und begann ihn zu wiegen wie ein Kind. Sylvain klammerte sich an sie wie ein Ertrinkender.

»Es ist möglich, mein Herz. Wir müssen nur alles von vorne beginnen.«

Durch die Tränen sah er mit einem Blick, in dem Hilflosigkeit und Verständnislosigkeit miteinander im Wettstreit standen, zu ihr auf.

»Alles von vorne beginnen?«

»Ich will wieder ein Kind.«

Die Überraschung ließ ihn erstarren und brachte sofort seine Tränen zum Versiegen. Sie sahen sich lange an und zum ersten Mal seit der Tragödie konnten sie in den Augen des anderen einen Funken der Liebe erkennen, die mit Maxime verschwunden war.

»Bist du einverstanden?«, fragte sie voller Hoffnung.

Da seine Kehle zugeschnürt war, brachte er nur ein Nicken zustande.

Jetzt war es Tiphaine, die in Tränen ausbrach.

Kapitel 31

Zur großen Erleichterung Laetitias, die bereits besorgt über Tiphaines und Sylvains langanhaltende Apathie gewesen war, hatten die beiden kürzlich ihre beruflichen Tätigkeiten wieder aufgenommen. Laetitia besuchte sie weiterhin, um genau zu sein, besuchte sie Tiphaine, da Sylvain viel Zeit in seinem Architekturbüro verbrachte, um seinen Rückstand wieder aufzuholen. Das war zumindest die offizielle Begründung.

»Er betäubt sich mit Arbeit«, beschwerte sich Tiphaine, als sie bei einer Tasse Kaffee darüber sprachen. »Ich habe den Eindruck, dass er morgens immer früher aus dem Haus geht und abends immer später nach Hause kommt.«

»Das ist seine Art und Weise, vor Maximes Abwesenheit zu fliehen«, analysierte Laetitia sanft.

»Oder vielleicht will er auch vor mir fliehen.«

Laetitia nahm die Bemerkung zur Kenntnis. Sie wusste, dass der Tod eines Kindes oft tödlich für Paare war, da beide Hälften für den jeweils anderen den immensen Verlust verkörperte.

»Warum sagst du das?«, erkundigte sie sich vorsichtig.

Tiphaine zuckte lässig mit den Schultern, als wäre das Thema unbedeutend. Die Tränen, die ihr in die Augen stiegen, verrieten das Gegenteil.

»Er macht mich für Maximes Tod verantwortlich.«

Laetitia biss sich auf die Unterlippe. Auch ohne ihr Maximes Tod zur Last zu legen, konnte man nicht leugnen, dass sie einen fahrlässigen Leichtsinn an den Tag gelegt hatte: Man lässt ein sechsjähriges Kind nicht bei offenem Fenster allein. Auch wenn es schläft. Tiphaines Vorwürfe, nachdem sich die Jungen unbeaufsichtigt in Milos Zimmer die Gesichter beschmiert hatten, kamen ihr in den Sinn.

Laetitia behielt diese Gedanken für sich.

»Wenn er wirklich denken würde, dass du für Maximes Tod verantwortlich bist, hätte er dich schon verlassen«, behauptete Laetitia so selbstsicher, wie sie konnte. »Ich glaube eher, dass du dich verantwortlich fühlst ... für den Unfall.«

Ein Funken Schmerz leuchtete in Tiphaines Augen auf und verriet das Martyrium, das sie seit einigen Wochen erlitt.

»Natürlich fühle ich mich für seinen Tod verantwortlich«, erwiderte sie aufgebracht und mit tränenbelegter Stimme. »Ich bin doch verantwortlich, oder nicht? Ich habe meinen kleinen Jungen allein in seinem Zimmer mit einem offenen Fenster gelassen! Welcher Mutter, die diesen Namen verdient, wäre denn so ein grober Fehler unterlaufen?«

»Es war ein Unfall«, erwiderte Laetitia sofort, erschüttert von dem Geständnis ihrer Freundin. »Er hat geschlafen, nichts hat darauf hingedeutet, dass er direkt, nachdem du das Zimmer verlassen hättest, wieder aufwachen würde. Du bist eine gute Mutter, Tiphaine, das bist du immer schon gewesen ...«

Sie unterbrach sich, während sie nach weiteren Argumenten suchte, um Tiphaine ein bisschen zu beruhigen.

»Ich hätte sicher das Gleiche getan«, log sie mit einer Überzeugung, die sie keineswegs empfand.

Die beiden Frauen schwiegen, da sie sich bewusst waren, dass sie gerade auf einem äußerst heiklen Gebiet herumschlitterten. Laetitia versuchte schonend, das Thema zu wechseln.

»Und wie läuft es auf der Arbeit bei dir?«

»Meine Arbeit ist doch scheißegal«, erwiderte Tiphaine verächtlich. »Das ist nur ein Zeitvertreib. Immer noch besser, als allein hier herumzusitzen.«

Überrumpelt, wusste Laetitia nicht, was sie sagen sollte.

Sie schwieg, und diesmal war es Tiphaine, die die Stille brach.

»Laetitia ...«, setzte sie verlegen an. »Ich ... ich würde gern Milo wiedersehen.«

Diese Bitte, so plötzlich und unerwartet, verschlug ihr die Sprache.

»Ich bin immer noch seine Patin«, fügte Tiphaine hinzu, wie um ihren Wunsch zu rechtfertigen.

»Natürlich«, murmelte Laetitia und ließ offen, ob sie über Tiphaines Status als Patin sprach oder ihrer Bitte stattgab.

Eine undefinierbare Beklommenheit erfasste sie, als ob sie der Gedanke, Tiphaine ihren Sohn anzuvertrauen, mit Entsetzen erfüllte. Hatte Tiphaine, indem sie ihren Sohn verloren hatte, auch jegliche Vertrauenswürdigkeit verloren? Direkt nach dem Eingeständnis ihrer Schuld hatte diese Bitte den Beigeschmack einer verborgenen Drohung, besonders in Anbetracht der Tatsache, dass sie Laetitia selbst dazu gebracht hatte, ihr die Fähigkeit zu bescheinigen, sich um ein Kind zu kümmern.

Dennoch konnte sie nicht umhin, einen so heftigen wie instinktiven Widerwillen gegen Tiphaines Bitte zu empfinden, was ihr selbst, als sie darüber nachdachte, ungerecht erschien: Konnten einige Minuten der Nachlässigkeit Jahre beispielhafter mütterlicher Hingabe auslöschen? Sicher nicht. Sie hatte ihr Milo immer, ohne zu zögern, anvertraut. Warum also diese fast unverhohlene Angst?

Verwirrt von dem inneren Alarm, der lautstark in ihrem Unterbewusstsein erklang, warf Laetitia ihrer Freundin einen Blick zu. Diese erwartete offensichtlich eine Reaktion.

»Milo wiedersehen? Ja ... natürlich, warum nicht?«

Es fehlte der Antwort an Enthusiasmus, und es war ihnen beiden bewusst.

»Du willst es nicht, oder?«, sagte Tiphaine leise, und ihr Ton verbarg nicht, wie elend sie sich fühlte.

»Nein, das stimmt nicht!«, rief Laetitia und zwang sich, überzeugend zu klingen. »Es ist nur so, dass ...«

Dieser kurze Widerspruch klang noch verlogener. Im Bewusstsein, dass sie sich immer tiefer hineinritt, suchte sie eine Ausrede, ein Argument, das Tiphaine ihre Perspektive verdeutlichte.

»Milo geht es nicht gut im Moment. Maximes Tod hat ihn tief getroffen, wie du dir denken kannst, und ... um ehrlich zu sein, haben wir nächste Woche einen Termin bei einer Kinderpsychiaterin ausgemacht.«

Milos Kuscheltier auf der Terrasse, direkt unter seinem Fenster, hatte David und Laetitia beunruhigt. Nachdem sie die Frage gemeinsam diskutiert hatten, waren sie zu dem Entschluss gekommen, eine Spezialistin zu Rate zu ziehen, um ihrem Sohn zu helfen, diese schwierige Erfahrung zu überstehen, der er sich offensichtlich nicht stellen wollte. Laetitia hatte sich bei seiner Lehrerin erkundigt, die ihr den Kontakt zu Justine Philippot vermittelt hatte, einer offenbar sehr kompetenten Kinderpsychiaterin.

»Er braucht es, uns zu sehen«, insistierte Tiphaine. »Hast du gemerkt, wie viel Krach er macht, wenn er im Garten ist? Er versucht, unsere Aufmerksamkeit auf sich zu ziehen, davon bin ich überzeugt.«

»Das stimmt«, gab Laetitia zu.

»Lass mich Samstagnachmittag auf ihn aufpassen. Ich bin sicher, dass er es gern möchte, genauso wie ich.«

Laetitia nickte nachdenklich, zerrissen zwischen ihrer irrationalen Angst und dem Mangel an vernünftigen Argumenten, die sie ihr hätte entgegensetzen können. Auch aus ihrer Sicht haftete Tiphaine nun die Farbe des Unglücks an, und zuzulassen, dass man ihren kleinen Jungen mit diesem Elend konfrontierte, zog ihr den Magen zusammen.

Als sie sah, dass die Freundin immer noch zögerte, legte Tiphaine ihre letzte Karte auf den Tisch.

»Frag ihn doch selbst!«, schlug sie vor. »Dann kann er entscheiden.«

Tiphaine schien ihr damit weit entgegenzukommen, hatte sie beinahe angefleht und Laetitia damit in eine unangenehme Rolle gedrängt.

»In Ordnung«, antwortete sie und hatte dabei das Gefühl, in die Enge getrieben worden zu sein.

Kapitel 32

Milo nahm Tiphaines Einladung mit einem Enthusiasmus an, der seine Mutter überraschte und sie sogar ihre Einschätzung überdenken ließ. Und wenn es genau das war, was er durch sein auffälliges Verhalten gefordert hatte, Tiphaine und Sylvain wiederzusehen, oder zumindest, das Gefühl loszuwerden, dass sie ihn verstoßen hatten, wie er es wahrscheinlich seit dem Tag des Unfalls und bis zur Beerdigung geglaubt hatte? Laetitia wurde bewusst, dass sie sich jedes Mal, wenn sie versucht hatte, mit ihm über Maximes Tod zu reden, auf die Tragödie selbst konzentriert hatte, ohne dabei auf die schrecklichste der Folgen einzugehen: die Ablehnung, die seine Patentante seiner Mutter entgegengebracht hatte, und die ungeheuerlichen Vorwürfe. Auch wenn Milo nie Zeuge des Streits zwischen seinen und Maximes Eltern gewesen war, so hatte er doch sicher das Unbehagen gespürt, ohne genau beschreiben zu können, was wahrscheinlich besonders schlimm für ihn gewesen war. Kinder können so etwas spüren.

Als er feststellte, wie sehr sich sein Sohn über den Vorschlag freute, seine Patentante wiederzusehen, fand David nichts, was er dagegen sagen konnte. Er war sogar überrascht, dass Laetitia es beinahe abgelehnt hätte.

»Was soll ihm schon passieren?«, sagte er zu ihr.

»Er besucht Tiphaine und Sylvain schon seit seiner Geburt ...«

»Ich weiß«, gab sie zu. »Wahrscheinlich hatte ich Angst davor, Milo mit ihrer Trauer zu konfrontieren.«

»Und wenn schon? Findest du es nicht normal, dass Eltern, die ihren Sohn vor Kurzem verloren haben, Trauer empfinden? Ihm diese offensichtliche Tatsache vorzuenthalten wäre vollkommen absurd. Tiphaine und Sylvain sind wie eine zweite Familie für ihn. Wenn du ihm verbietest, sie zu treffen, dann verliert er alles.«

»Das stimmt …«

Beruhigt von Davids Argumenten, fasste Laetitia wieder Vertrauen. Gelassen und mit dem Gefühl, das Richtige zu tun, brachte sie daher den Jungen am folgenden Samstag gegen 14 Uhr zu den Nachbarn.

Tiphaine empfing Milo voll überbordender Gefühle. Gleich, als er ankam, kniete sie sich vor ihn und drückte ihn an sich.

»Ich bin froh, dich wiederzusehen«, sagte sie zu ihm. »Ich hab dich vermisst, weißt du?«

»Ich dich auch, Tante Tiph.«

»Hättest du Lust, im Park ein Eis essen zu gehen?«, schlug sie vor.

Milo nickte heftig mit dem Kopf: »Ja!!!«

»Einverstanden, dann gibt es Eis!«, rief Tiphaine lachend. Dann wandte sie sich an Laetitia: »Ich bringe ihn um 17 Uhr wieder zurück, in Ordnung?«

Laetitia stimmte zu. Es war das erste Mal seit Maximes Tod, dass sie ihre Freundin lachen sah, und es tat ihr gut. Bevor sie sich verabschiedete, zog Tiphaine sie an sich und bedankte sich.

»Wofür?«, wollte Laetitia wissen.

»Das du ihn mir anvertraust«, antwortete sie und deutete mit dem Kinn auf Milo.

Laetitia zuckte mit den Schultern, wie um zu sagen, dass sie das albern fand, und ging nach Hause.

Am Nachmittag ging sie ihren Geschäften nach, erledigte alles, wofür sie unter der Woche nie Zeit hatte und was schwer zu bewerkstelligen war, wenn Milo um sie herumwuselte. Sie räumte das Zimmer des Jungen von oben bis unten auf und kümmerte sich um die unerledigten Akten, für die sie auf der Arbeit keine Zeit gehabt hatte. David hatte Dienst, wie es samstagnachmittags manchmal vorkam, sie war also die Einzige im Haus. Um 16 Uhr genehmigte sie sich eine wohlverdiente Pause und setzte sich mit einer Tasse Kaffee und einer Zeitschrift auf die Terrasse.

Das Wetter war sommerlich mild, es wehte fast kein Wind und die Ruhe, die im Haus herrschte, ließ sie vor Wonne aufseufzen. Sie gönnte sich sogar eine Zigarette, was sie nur ganz selten tat und nur wenn sie allein und entspannt war.

»Du rauchst, Mama?«

Milos Stimme riss sie aus ihren Gedanken. Laetitia schreckte auf, überrascht von dieser Stimme, die plötzlich von irgendwoher ertönte, während sie sich allein geglaubt hatte.

»Hallo Mama, ich bin hier!«, rief Milos fröhliche Stimme wieder.

»Wo denn?«, fragte sie beunruhigt und sah sich nach allen Seiten um.

»Hier oben!«

Laetitia blickte auf und entdeckte zu ihrem Entsetzen Milo, der sich aus dem Fenster beugte, aus ... Maximes Zimmer! Das Kind hielt ein kleines Röhrchen mit Seifenwasser in der Hand, aus dem Blasen aufstiegen. Sie stieß einen Schrei aus.

»Milo! Geh sofort vom Fenster weg! Geh jetzt sofort zurück ins Haus!«

Aber das Kind winkte ihr weiter zu, ohne sich um ihre Aufforderung zu kümmern.

Sie glaubte, den Verstand zu verlieren. Ohne nachzudenken, packte sie den Stuhl, auf dem sie saß und rannte zur Hecke, die die beiden Gärten trennte, und machte sich daran, auf die Sitzfläche zu steigen. Laetitia saß rittlings oben auf der Hecke und da das Gebüsch höher als 1,60 Meter war, blieb ihr nichts anderes übrig, als nach unten zu springen, um auf die andere Seite zu gelangen, was sie, ohne zu zögern, tat. Zwei Sekunden später rappelte sie sich im Garten ihrer Nachbarn auf, mit aufgeschürften Beinen und vermutlich voller blauer Flecken und rannte unter das Fenster von Maximes Zimmer, ohne sich um den Schmerz zu scheren.

»Geh sofort ins Haus zurück!«, schrie sie ihrem Sohn wieder zu.

»Aber ... ich mache doch Seifenblasen, Mama!«

»Laetitia ... was ist denn los?«, fragte Tiphaine, die nun auch am Fenster erschien.

Um Atem ringend, starrte Laetitia ihre Freundin ungläubig an.

»Bist du ... bist du völlig verrückt geworden?«, schrie sie ihre Fassungslosigkeit heraus.

»Keine Sorge«, verteidigte sich Tiphaine. »Er macht nur Seifenblasen am Fenster und ich bin da und stehe direkt daneben. Ihm kann nichts passieren.«

Laetitia verschlug es die Sprache. Sie fühlte sich von der unerträglichen Ungezwungenheit ihrer Freundin angegriffen, so kurze Zeit nach Maximes Unfall, am gleichen Ort, unter den gleichen Umständen und fast zur gleichen Tageszeit ... So viele Gemeinsamkeiten konnten kein Zufall sein, der Schreck der jungen Frau verwandelte sich in Wut.

»Was ist dein Problem? Nach allem, was passiert ist, verstehe ich nicht, wie du Milo auch nur in die Nähe eines Fensters lassen kannst!«

Tiphaine ärgerte sich, und man sah ihr an, wie sehr Laetitias kaum verhüllte Anschuldigungen sie kränkten.

»Ich bin direkt neben ihm!«, wiederholte sie. »Ich habe ihn den ganzen Nachmittag nicht aus den Augen gelassen, weder im Park noch zu Hause. Für wen hältst du mich?«

Milo, der immer noch neben Tiphaine stand, ließ sich keinen Augenblick dieses stürmischen Austauschs der beiden Frauen entgehen. Mit besorgtem Gesicht sah er von der einen zur anderen. Laetitia bemerkte es, und darauf bedacht, ihrem Sohn keine Angst zu machen, besänftigte sie sich wieder.

»Entschuldige ... ich habe Angst bekommen. Ich dachte, dass ich den gleichen Albtraum wie an dem anderen Nachmittag noch einmal miterlebe.«

Tiphaine betrachtete Laetitia, allem Anschein nach in der Defensive, als ob sie zögerte, ihre Entschuldigung anzunehmen. Aus dem Fenster heraus blickte sie auf Laetitia hinab, die gezwungen war, zu ihr hinaufzusehen, um den Kontakt nicht abreißen zu lassen. Ohne ihren sorgenvollen Ausdruck abzulegen, entspannten sich Tiphaines Gesichtszüge, und sie lächelte traurig.

»Es tut mir leid, Laetitia. Es ist meine Schuld, ich hätte besser aufpassen müssen.«

Die Verwirrung der beiden Frauen stand einen Moment lang im Raum, und sie sagten kein Wort. Milo schien erleichtert.

»Was ... was habt ihr in Maximes Zimmer gemacht?«, erkundigte sich Laetitia einen Augenblick später.

»Ich habe Milo gesagt, er kann einige Spielsachen mitnehmen, wenn er möchte.«

Diese außergewöhnliche Großzügigkeit verblüffte Laetitia.

»Bist du ... bist du sicher?«

»Wir haben lange darüber nachgedacht, Sylvain und ich ... wir wollen nicht wie die Eltern werden, die das Zimmer ihres verstorbenen Kindes jahrelang unberührt lassen und ein Mausoleum daraus machen ... Sylvain sieht das auch so: Wir wollen um das Leben kämpfen. Wir wollen, dass Maximes Spielzeug anderen Kindern Freude bereitet, je früher, desto besser. Ich bin sicher, dass er das gewollt hätte. Außerdem haben wir schon alle Sachen, die wir behalten wollen, weggeräumt. Das Leben geht weiter, Laetitia, ich muss mir das immer wieder sagen. Milo kann nehmen, was er will, er hat Vorrang. Wir sind gerade dabei, zu schauen, was ihm am besten gefällt. Willst du dazukommen?«

Laetitia konnte es nicht fassen. Betäubt von dieser so bemerkenswerten wie unerwarteten Reaktion konnte sie nicht anders, als Tiphaines Stärke so kurz nach dem Tod ihres Sohnes zu bewundern.

»Ich komme!«, sagte sie und schenkte ihrer Freundin ein versöhnliches Lächeln.

Als sie in Maximes Zimmer trat und sah, dass es dort noch genauso aussah wie … unterdrückte sie einen Angstschauer. Laetitia schob das Bild des kleinen auf der Terrasse liegenden Jungen schnell zur Seite und umarmte ihren Sohn glücklich und, das konnte sie nicht leugnen, mit einer Prise Erleichterung.

Sie verbrachten den restlichen Nachmittag zusammen. Milo hatte den ferngesteuerten Kran, mit dem er und Maxime so viel gespielt hatten, zu seinem Lieblingsspielzeug auserkoren. Er suchte sich außerdem einen Laster, zwei Puzzles, eine Legokiste, ein paar Bücher und einen Baukasten aus. Dann gingen sie ins Erdgeschoss hinunter, wo Milo mit seinen neuen Errungenschaften spielte, während Tiphaine und Laetitia sich ihrer Lieblingsbeschäftigung hingaben: sich unterhalten und dabei eine Tasse Kaffee trinken.

Gegen 18 Uhr gingen Milo und Laetitia nach Hause.

Am selben Abend erzählte Tiphaine Sylvain von ihrem Nachmittag mit Milo und von der Szene mit dem Fenster und Laetitias Schreck.

»Und was hast du daraus geschlossen?«, fragte Sylvain, als sie ihre Erzählung beendet hatte.

»Dass sie, um ihren eigenen Sohn zu retten, in weniger als fünf Sekunden in unserem Garten war«, antwortete sie und brach in Tränen aus.

6-7 Jahre

In diesem Alter brechen die ersten bleibenden Zähne durch. Wie viele Zähne hat Ihr Kind verloren?
Drei: Oben zwei Schneidezähne, die schon teilweise nach-gewachsen sind, und unten einen Eckzahn. M. hat ein wunderschönes Lächeln mit Zahnlücken.

Das Frühstück ist als Mahlzeit unabdingbar, um Energie für die Aktivitäten des Tages zu tanken. Aus was besteht das Frühstück Ihres Kindes?
Schokomüsli, meist eine Schüssel, und manchmal eine Scheibe Brot mit Honig. M. hat einen gesunden Appetit bei jeder Mahlzeit des Tages.

Auszufüllen durch den Kinderarzt:
Gewicht: 20,1 kg   **Größe**: 119 cm

Kapitel 33

Justine Philippot war eine Frau mit großzügigen Rundungen. In ihrem frühlingshaft geblümten Kleid zeigte sie ihre 53 Jahre ganz selbstbewusst: Offensichtlich war ihr ergrauendes Haar niemals mit Färbemittel in Kontakt gekommen, genauso wenig wie ihr Gesicht mit Schminke. Ihr Temperament entsprach ihrem äußeren Erscheinungsbild: Fröhlich und warm wandte sie keinerlei Hinterlist an, und was sie sagte, das dachte sie auch. Justine Philippot wusste aus Erfahrung, dass nicht jede Wahrheit ausgesprochen werden konnte, und dass es in ihrem Beruf manchmal jahrelang dauerte, bis manche dieser Wahrheiten sich zeigten.

Sie empfing Milo und seine Eltern in einem weitläufigen, sonnendurchfluteten Behandlungszimmer, das in drei verschiedene Bereiche aufgeteilt war: Ein imposanter Schreibtisch nahm die hintere Wand ein, während die rechte Hälfte mit einer Couch und einem Sessel ausgestattet war, die einander gegenüberstanden und durch einen Couchtisch getrennt waren, auf dem sich eine Packung Taschentücher befand und darauf wartete, benutzt zu werden. Links begrenzte ein einfacher Teppich eine Spielecke, wo den kleinen Patienten Kisten mit Spielzeug zur Verfügung standen.

»Erzählen Sie!«, begann sie sofort, nachdem sie David und Laetitia gebeten hatte, auf den beiden Stühlen vor ihrem Schreibtisch Platz zu nehmen.

Laetitia fasste die Situation zusammen: Maximes tragischer Tod, die irren Beschuldigungen, die seine Mutter aussprach, die Konfrontation, die Versöhnung. Dann sprach sie über Milos ausbleibende Reaktion, seine offenbar fehlende Trauer, die Szene mit Hoppeli, den Skandal bei Maximes Beerdigung, den Kauf des neuen Stofftiers, dessen Namen und dessen Sturz aus Milos Fenster.

Während sie redete, begann das Kind, das von selbst auf die Kisten mit Spielzeug zugegangen war, auf dem Teppich zu spielen.

»Was war Maxime für Milo?«, erkundigte sich die Kinderpsychiaterin, nachdem Laetitia ihren Bericht abgeschlossen hatte.

Diesmal antwortete David:

»Er war sein bester Freund. Sie waren im gleichen Alter. Sie sind praktisch zusammen aufgewachsen. Man kann sagen, dass sie wie Brüder waren.«

»Gab es Rivalitäten zwischen den beiden?«

David und Laetitia schüttelten gleichzeitig den Kopf.

»Sie haben sich natürlich hin und wieder gestritten, aber ich hatte nie den Eindruck, dass es Rivalität zwischen ihnen gab«, fügte Laetitia hinzu.

»Was haben Sie selbst für Maxime empfunden?«

»Wir haben ihn sehr geliebt«, sagte Laetitia ganz selbstverständlich.

»Wie einen Sohn?«

»Nein ... natürlich nicht ... Ich würde eher sagen wie einen Neffen.«

Justine Philippot stellte weitere Fragen, die sie beantworteten, und so entstand ein Bild ihres Lebens vor Maximes Tod. Sie gingen den Gefühlen auf den Grund, die Tiphaines heftige Anschuldigungen bei ihnen ausgelöst hatten, ebenso der intensiven Freundschaft, die sie früher füreinander empfanden, genauso wie die beiden Jungen untereinander.

»Wenn ich es richtig verstehe, war Maxime der ideale Bruder für Milo: Sie hatten beide ihr Haus und ihre Eltern, sodass keiner in den emotionalen Raum des anderen eindrang, aber gleichzeitig waren sie verfügbar zum Spielen. Ein Traum: Man spielt jeden Tag zusammen, aber wenn es zu Ende ist, geht jeder nach Hause zu seinen Eltern. Keine Eifersucht, kein Gefühl der Übergriffigkeit, kein Konkurrenzdenken.«

Laetitia und David stimmten zu.

»Ein bisschen wie ein Teddy, mit dem man spielt, so viel man will, den man aber in eine Schublade stecken kann, wenn er lästig wird«, ergänzte Justine Philippot.

Diese Parallele warf für Laetitia ein neues Licht auf das Verhalten des Jungen, und sie musste schmunzeln.

»Ja, wenn man so will.«

»Außer dass Maxime nicht Milos Teddy war«, bemerkte David.

»Nein, aber offenbar hat Milos Teddy Maximes Platz eingenommen.«

»Und ... ist das gut?«, wollte Laetitia wissen.

Die Kinderpsychiaterin nahm sich einige Sekunden Zeit, um nachzudenken, bevor sie antwortete:

»Es ist kein Grund zur Beunruhigung. Zumindest nicht in diesem Stadium der Trauer. Unsichtbare Freunde dienen dazu, eine Leerstelle zu füllen, und Milo füllt die Leere, die Maxime hinterlassen hat, mit dem, was er hat.«

»Warum hat er sein Kuscheltier dann aus dem Fenster seines Zimmers geworfen?«

»Weil Sie ihn dazu aufgefordert haben, die Identität seines Teddys zu verleugnen. Es war seine Art und Weise, sie ihm zurückzugeben: ihm das gleiche Schicksal zuzufügen, das seinem Freund widerfahren ist.«

Laetitia schauderte.

»Ich hätte nicht darauf bestehen sollen, dass er ihm einen anderen Namen gibt?«

»Um ehrlich zu sein, nein. Das hätten Sie nicht tun sollen. Aber es ist geschehen und es ist nicht schlimm. Ihr Sohn ist einfallsreich, das hat er Ihnen schon bewiesen.«

Laetitia nickte nachdenklich, ohne ihre Schuldgefühle zu verbergen.

David richtete sich auf, beugte sich zu Justine Philippot und fragte sie leise:

»Warum hat er niemals um Maxime geweint?«

Offensichtlich wollte er nicht, dass der Junge ihn hörte, obwohl der allem Anschein nach spielte, ohne sich darum zu kümmern, was neben ihm geredet wurde.

»Da täuschen Sie sich, Ihr Kind hat sehr wohl über den Tod seines Freundes geweint«, antwortete die Ärztin, ohne die Stimme zu senken. »Auch wenn er andere Gründe für seine Trauer vorgibt, die er im Übrigen zusätzlich durch anderes Verhalten ausdrückt. Was Sie unbedingt verstehen müssen, ist, dass Milo durch seine Reaktionen und seine Haltung sein Recht auf ein sorgloses Leben einfordert. Indem er weiterlebt, als wäre nichts passiert, hat er Ihnen einfach kommuniziert, dass er vorhat, seine Zeit und Energie in sein Kinderleben zu investieren. Was nicht bedeutet, dass er den Tod seines Freundes verleugnet.«

»Sie meinen, dass es keinen Grund zur Sorge um ihn gibt?«, fragte Laetitia.

»Das habe ich nicht gesagt«, erwiderte Justine Philippot sofort. »Ich habe gesagt, dass, anders als Sie vielleicht meinen, Milo seine Trauerarbeit macht. Das ist es, weshalb Sie zu mir gekommen sind, nicht wahr?«

David und Laetitia nickten.

»Trotzdem wäre es falsch, zu glauben, dass Milo keine Unterstützung braucht, weil er instinktiv Resilienz entwickelt hat. Aus diesem Grund schlage ich Ihnen vor, eine kleine Therapie zu machen, die Ihnen allen helfen würde, diese etwas düstere Zeit Ihres Lebens zu überstehen, natürlich nur, wenn Sie es möchten.«

»Glauben Sie, dass das nötig ist?«, fragte Laetitia, die einer Therapie zwar nicht unbedingt ablehnend gegenüberstand, aber verunsichert war.

»Die enge Verbundenheit mit Ihren Nachbarn kommt einer familiären Bindung sehr nah. Das haben Sie mir gesagt: Maxime und Milo waren wie Brüder, Sie haben Maxime wie einen Neffen geliebt ... der Verlust Maximes ist also alles andere als unbedeutend für das Leben Ihres Sohnes. Auch wenn Sie, als Erwachsene und infolge des Bruchs zwischen Ihnen und Ihren Freunden direkt nach der Tragödie, in der Lage sind, ihnen den richtigen Platz innerhalb Ihrer Prioritäten zu geben, nämlich, dass sie nicht wirklich Teil Ihrer Familie sind, ist das für Milo vielleicht nicht so. In seinem Kopf, und vor allem im Herzen, hat er einen Bruder verloren.«

David und Laetitia warfen einander fragende Blicke zu.

»Ich verlange nicht, dass Sie mir sofort antworten«, fuhr Justine Philippot fort. »Gehen Sie nach Hause, sprechen Sie zu zweit darüber und rufen Sie mich an.«

Die Sitzung neigte sich dem Ende zu. David und Laetitia bezahlten und verließen zusammen mit Milo die Praxis.

Einige Minuten lang gingen sie schweigend nebeneinanderher, während sie beide über das Gespräch nachdachten.

»Sie hat überhaupt nicht mit ihm geredet«, murmelte Laetitia plötzlich und deutete auf Milo, der auf dem Weg zum Auto vor ihnen herlief.

»Sechzig Euro!«, grummelte David. »Die Therapie wird uns teuer zu stehen kommen.«

»Vor allem, weil ich nicht wirklich verstehe, was es Milo gebracht hat«, fügte Laetitia hinzu und zog die Schultern hoch.

Sie gingen weiter, jeder in seinen Gedanken verloren.

»Darf ich meinen Teddy jetzt ›Maxime‹ nennen?«, fragte Milo plötzlich und sah seine Eltern triumphierend an.

Kapitel 34

In diesem Jahr fiel Milos Geburtstag auf einen Samstag. David und Laetitia hatten eine Feier organisiert, zu der sie eine Schar Kinder und deren Eltern eingeladen hatten. Das Haus und vor allem der Garten wurden von ihnen in Beschlag genommen. Der Frühling, so schien es, war nun endlich gekommen, um zu bleiben. Laetitia hatte etwas Gebäck vorbereitet, darunter eine Tarte mit Früchten, einen Mandelkuchen und eine riesige Schokoladentorte, die in kürzerer Zeit verspeist wurde, als es dauert, das hier niederzuschreiben. David hatte seinerseits die klassischen Spiele organisiert: Reise nach Jerusalem, die Milo (zufällig?) gewann, eine Scharade, bei der die Erwachsenen mitmachten und eine Schatzsuche, die die Kleinen bezauberte. Es herrschte Partystimmung, es ertönten ununterbrochen Geschrei und Gelächter, es war ein einziges großes Gewusel.

Ernest war mit von der Partie. Je älter Milo wurde, umso mehr schloss er Ernest ins Herz, er mochte seine Gesellschaft und die Gaunergeschichten, die dieser ihm mit Vergnügen erzählte. Ernest hatte nichts mit einem idealen Paten gemein; meistens war er sogar unbeholfen, ungeduldig, reizbar oder leichtfertig. Und jedes zweite Jahr machte er Milo ein äußerst fragwürdiges Geschenk, wie letztes Jahr, als er zwei Karten für das Stadion in Bercy gekauft hatte, um mit dem Kind ein Wrestlingmatch anzuschauen. Laetitia, die davon wenig begeistert war, hatte ihrem Sohn verboten, diesem »obszönen und brutalen Spektakel« beizuwohnen.

Trotz der offensichtlichen Unterschiede zwischen ihren beiden Welten, die scheinbar nichts gemeinsam hatten, verpasste Ernest nie den Geburtstagskaffee. Er blieb nicht besonders lange, legte einen spektakulären Auftritt zwischen den in alle Richtungen schwirrenden Elementarteilchen in kurzen Hosen hin und verschwand diskret, sobald Milo seine Kerzen ausgeblasen hatte.

Auch dieses Jahr war keine Ausnahme.

Tiphaine und Sylvain waren selbstverständlich auch eingeladen. Aber ihr müsst euch nicht verpflichtet fühlen, zu kommen, hatte Laetitia sofort klargestellt, weil sie fürchtete, die Erinnerung an die vorigen Jahre könnte zu schmerzhaft sein. Sie hatten trotzdem versprochen, auf einen Sprung vorbeizuschauen; Tiphaine wollte um nichts in der Welt den siebten Geburtstag ihres Patensohns verpassen. Das Alter der Vernunft. Ein großer Schritt. Zumindest hatte sie das gesagt. Laetitia hatte also auf sie gewartet, bevor sie die riesige Torte mit den sieben Kerzen herausbrachte, aber als sie sah, dass es schon nach vier war, und die Nachbarn noch immer durch ihre Abwesenheit glänzten, entschied sie, bei ihnen zu klingeln.

Niemand machte auf, was sie nur halb überraschte. Ihr Verdacht bestätigte sich, als sie nach Tiphaines und Sylvains Auto schaute und feststellte, dass es nur wenige Meter vom Haus entfernt geparkt war. Sie waren zu Hause, da war sie sich ganz sicher. Aus Gründen, die Laetitia unschwer erraten konnte, hatten sie nicht die Kraft gefunden, sich dem allgemeinen Jubel anzuschließen.

An diesem Tag, mehr noch als an allen anderen, war Maxime der große Abwesende.

Und vor allem war Milo sieben Jahre alt.

Ein Alter, das Maxime niemals erreichen würde.

Einen Augenblick lang dachte Laetitia beunruhigt an den Geburtstag des kleinen verstorbenen Jungen in etwas weniger als drei Monaten.

Ratlos entschied sie, nicht weiter zu insistieren und zu ihren Gästen zurückzukehren. Was sie dann auch tat, ohne sich weiter aufzuhalten. Ernest hatte schon erkennen lassen, dass er ungeduldig wurde, da er diesen für seinen Geschmack zu trubeligen Ort gern verlassen wollte. Es war an der Zeit, den Kuchen anzuschneiden.

Bei den Geniots konnte man die Feier bis in die Küche hören, obwohl die Terrassentür und die Fenster geschlossen waren. Kinderschreie, schallendes Gelächter und wildes Gerenne vermischten sich zu einem fröhlichen, kaum abgedimmten Lärm, der auf die bleierne Stille traf, die im Haus herrschte. Tiphaine stand vor der Küchenablage, vertieft in ihre Tätigkeit, die natürlich kulinarischer Natur war, rührte und mischte verschiedene Zutaten mit dem Ziel, daraus einen homogenen Teig herzustellen. Als an der Haustür die Klingel erklang, erstarrte sie und hielt die Luft an.

Es war Laetitia, daran bestand kein Zweifel. Laetitia, die sich erkundigte, ob sie kommen würden, wahrscheinlich, um den Kuchen anzuschneiden.

Einen kurzen Augenblick lang zögerte sie, war drauf und dran, die Tür zu öffnen, um es ihr zu erklären, sich zu entschuldigen, abzusagen. Die Stimmung, das Gelächter, die strahlenden Gesichter, die Farben, all diese Ausgelassenheit ... es war zu viel. Überstieg ihre Kräfte. Jedenfalls, wenn sie nicht jede Sekunde damit verbringen wollte, den lauernden Kummer zu bekämpfen, sich zusammenzureißen, sich für das kleinste Lächeln ungeheuer anzustrengen und dabei jeden Moment Gefahr lief, mitten im allgemeinen Jubel in Tränen auszubrechen. Da war es besser, sich vor den Blicken und den Fragen zu verstecken. Vor der Scham.

Fern vom Glück.

Tiphaine stand weiterhin reglos auf der Stelle, fürchtete ein zweites Klingeln.

Das nicht kam.

Nach ein oder zwei Minuten nahm sie eine Bewegung

unmittelbar hinter der Haustür wahr und begriff, dass Laetitia zurück nach Hause ging, um das siebte Jahr ihres Sohnes zu feiern.

Langsam setzte sich Tiphaine wieder in Bewegung, sie klammerte sich an ihren Kochlöffel, als würde sie sonst zusammenbrechen.

Bei den Brunelles wurde im Chor gesungen. Milo blies die Kerzen aus, und alle klatschten. Die Feier war ein großer Erfolg.

Wie gewohnt kam Ernest ein paar Minuten, nachdem die Kuchen angeschnitten und verteilt worden waren, diskret zu Laetitia und teilte ihr mit, dass er aufbrechen würde.

»Jetzt schon?«, neckte sie ihn. »Wir haben doch gerade erst den Kuchen serviert!«

»Milo kann mein Stück haben«, sagte der alte Mann grinsend.

»Das kommt nicht in Frage! Sonst endet das garantiert mit Leberversagen.«

Dann trocknete sie ihre Hände an einem Küchenhandtuch ab und nahm sich Zeit, ein paar Worte mit ihm zu wechseln.

»Geht es gut, Ernest?«

»Ich kann mich nicht beklagen.«

»Und wie geht es Ihrem Bein?«

»Ach! In all den Jahren haben wir einen Pakt geschlossen, das Bein und ich, wir lassen uns in Frieden. Keiner stellt dem anderen ein Bein!«

Er brach in Gelächter aus. Laetitia lächelte herzlich und schüttelte resigniert den Kopf: Ernest hatte eine Vorliebe für Wortspiele, die nicht immer sehr subtil waren und die er selbst oft am lustigsten fand. Nachdem das Lachen versiegt war, wurde er jedoch wieder ernst.

»Nein, im Moment ist es der Rücken, der mir Ärger macht.«

»Ah?«

»Was soll man machen, ich werde eben alt.«

»Reden Sie keinen Unsinn.«

»Nein, wirklich! Ich muss zur Physiotherapie und soll zweimal pro Woche schwimmen. Aber das können sie vergessen. Schwimmbäder sind nichts für mich. Zu viele Mikroben.«

»Oh, aber sie sind wirklich besser geworden, was die Hygiene betrifft ...«

»Mit Mikroben meinte ich die Blagen.«

Diesmal war es Laetitia, die zu lachen begann. Dann nahm sie Ernest beim Arm und brachte ihn zur Haustür.

»Kommen Sie die Tage mal zum Abendessen vorbei?«

»Das kann ich nicht ablehnen. Vielleicht auf einen Linseneintopf mit Schweinebauch?«

»Würde Ihnen das eine Freude machen?«

Er nickte, und man sah ihm an, dass er große Lust darauf hatte.

»Einverstanden. Dann gibt es Linseneintopf mit Schweinebauch«, bestätigte Laetitia.

Sie umarmten sich herzlich, und kurz darauf schloss Laetitia die Tür hinter dem alten Mann.

Kapitel 35

Die letzten Gäste gingen gegen 19 Uhr, und David brauchte noch eine gute halbe Stunde, um alles aufzuräumen, während sich Laetitia um Milo kümmerte. Also machte er sich daran, den Müll hinauszubringen.

Seine Aufmerksamkeit wurde sofort von einer Menschenmenge am Ende der Straße angezogen, insbesondere, weil daneben ein Krankenwagen und ein Polizeiwagen geparkt waren. Dass in diesem friedlichen Viertel, wo sonst kaum etwas los war, ein solches Durcheinander herrschte, weckte Davids Neugier, und er trat näher. Wegen der vorderen Reihen aus Schaulustigen und Gaffern konnte er den Grund des Aufruhrs nicht ausmachen.

»Was ist los?«, fragte er den Mann direkt neben sich.

»Ein Mann hat Herzbeschwerden gehabt, mehr weiß ich auch nicht.«

David reckte den Hals und versuchte mehr zu sehen, aber er konnte nur ein Stück Bahre erkennen, auf der offenbar eine Person lag. Er wollte schon wieder nach Hause gehen, als drei Personen aus der Menge ausbrachen und so einen Weg zum Zentrum der Tragödie freimachten. Unwillkürlich trat David näher heran.

Es lag tatsächlich ein Körper auf der Bahre, er war bereits mit einem weißen Laken bedeckt, sodass kein Zweifel über den Zustand der Person bestand. Zwei Notfallsanitäter waren gerade dabei, den Toten einzuladen. Jeder an einem Ende der Trage hoben sie sie hoch. Die Bewegung brachte den Körper leicht aus dem Gleichgewicht und ein Arm schaute unter dem Laken hervor. Das blinkende Blaulicht, das die Autos, die Häuserfassaden und die starrenden Gesichter erleuchtete, verlieh der Umgebung eine dramatische und bedrückende Atmosphäre.

Davids Blick, der bisher mehr oder weniger gleichgültig die Szene beobachtet hatte, wurde wie ein Magnet von dem Arm angezogen, der im Rhythmus der Träger hin- und herschwang.

»Warten Sie!«, schrie er und bahnte sich einen Weg zur Bahre.

Ohne um Erlaubnis zu fragen, ergriff er das leblose Handgelenk und betrachtete die Armbanduhr, die es schmückte.

Sein Atem ging schneller.

Mit zusammengezogenen Brauen und ausgetrockneter Kehle sah er fassungslos und verstört zu den Sanitätern auf, ein Blick, in dem sowohl Bestürzung als auch Ungläubigkeit lagen.

»Ich glaube, ich kenne diesen Mann. Lassen Sie mich sein Gesicht sehen«, bat er sie mit tonloser Stimme.

Die beiden Männer hielten ihn nicht davon ab. David griff auf Höhe des Kopfes nach dem Laken. Die Spannung hielt nicht lange an: Er schlug ein Stück des Tuchs in seine Richtung auf und entdeckte das Gesicht von Ernest, verzerrt in einem Ausdruck von starkem Schmerz, abgekämpft und mit gelblichem Teint.

Kapitel 36

Gefangen in Verwirrung, Trauer und Unverständnis hatte David sofort das Gefühl, dass es in den Auskünften, die er zusammentragen konnte, als Ernests Körper weggebracht wurde, auffällige Unstimmigkeiten gab. Die Symptome, der Zeitpunkt und der Ablauf der Ereignisse, nichts davon entsprach dem, was logischerweise hätte passieren müssen.

Ein Nachbar, der auf dem Nachhauseweg war, nachdem er seinen Hund ausgeführt hatte, war dem alten Mann um kurz vor 19 Uhr auf der Straße über den Weg gelaufen. Ernest schien schlecht beieinander gewesen zu sein, zumindest legte sein ungleichmäßiger Gang nahe, dass etwas nicht stimmte, was der Spaziergänger einem exzessiven Alkoholkonsum zuschrieb.

»Er ging ganz schief«, erzählte er allen, die es hören wollten. »Er torkelte, und man merkte, dass er sich nicht mehr auf den Beinen halten konnte. Dann hat er sich an der Wand abgestützt und angefangen, sich zu übergeben. Wie ein Säufer eben! Ich wollte mich nicht einmischen und bin weitergelaufen.«

Zehn Minuten später war eine weitere Nachbarsfamilie, die am anderen Ende der Parallelstraße wohnte, in ihrem Wagen nach Hause zurückgekehrt. Der Vater hatte in der Nähe von Ernest geparkt, der zusammengekrümmt auf der Erde kniete und sich mit einem schmerzerfüllten Gesichtsausdruck die Brust hielt. Nachdem er ausgestiegen war, eilte er zu Ernest und fragte ihn, ob er Hilfe brauchte, während seine Frau besorgt mit ihrem Handy den Krankenwagen rief.

Der Krankenwagen war wenige Minuten später angekommen. Die Notärzte hatten sofort einen Herzinfarkt diagnostiziert und versucht, Ernest zu retten. Vergeblich. Der alte Mann war kurz darauf verstorben, um genau 19:36 Uhr.

Erschüttert von der Trauer, hatte David die Informationen zusammengetragen, ohne das Geringste zu verstehen.

»Kannten Sie diesen Herrn?«, fragte ihn einer der vor Ort entsandten Polizisten.

David nickte betäubt.

»Er war der Pate meines Sohnes ...«

»Können Sie mitkommen, um ihn zu identifizieren?«

»Ich muss zuerst meine Frau benachrichtigen.«

Ein anderer Polizist kam dazu und flüsterte dem ersten etwas ins Ohr. Der hatte zum Zeichen des Einverständnisses genickt.

»Ich werde Ihre Personalien aufnehmen und würde Sie bitten, morgen zur Polizeipräfektur zu kommen und eine Aussage zu machen.«

David gab ihnen alle benötigten Informationen und erkundigte sich nach dem Krankenhaus, zu dem man Ernest gebracht hatte. Der Krankenwagen war schon weggefahren, und es gab nichts mehr zu tun. Und nichts mehr zu sehen. Die Schaulustigen zerstreuten sich in alle Richtungen, allein oder in Grüppchen, die Lokalnachricht kommentierend, deren Zeugen sie gerade geworden waren.

Am Boden zerstört kehrte David nach Hause zurück.

Während er die kurze Strecke zurücklegte, musste er sich einem Ansturm an Gedanken und ebenso vielen Fragen stellen. Wie sollte er diese tragische Nachricht Laetitia überbringen? Sollte er es auch Milo erzählen, der sich, anscheinend, gerade erst von Maximes Tod zu erholen begann? Wie würde das Kind diesen neuen Todesfall in seinem nächsten Umfeld aufnehmen? Mit übermenschlicher Kraftanstrengung versuchte David, sich wieder zu beruhigen. Er musste sofort eine Entscheidung treffen, vor allem in Anbetracht der Tatsache, dass er viel länger weggeblieben war, als man brauchte, um den Müll rauszubringen: Laetitia würde sich wundern – und ihm Fragen stellen. Dennoch war er sich einer Sache sicher, nämlich dass Milo nichts von Ernests Tod erfahren sollte, zumindest nicht heute Abend. Um dem Kind eine makellose Erinnerung an seinen Geburtstag zu lassen.

Als er nur noch wenige Meter vom Haus entfernt war, sah er, wie Laetitia herauskam, offensichtlich, um nach ihm zu suchen.

»Was machst du denn?«, fragte sie, eher neugierig als beunruhigt.

»Es ist alles in Ordnung«, sagte er und versuchte ein neutrales Gesicht aufzusetzen.

»Was ist da hinten los?«, fragte sie und sah zu dem Polizeiwagen mit seinem Blaulicht.

»Nichts ... ein armer Kerl, der zu viel getrunken hat. Komm, lass uns reingehen.«

David wollte abwarten, bis Milo im Bett war, um seiner Frau die Nachricht zu überbringen. Die folgende Stunde, in der er all die Alltagsdinge tun musste, als ob nichts wäre, erschien ihm endlos lang.

Nach dem ersten Schock brachte Laetitia sofort die Inkohärenz auf den Punkt, die er am unbegreiflichsten fand.

»Das verstehe ich nicht«, schluchzte sie und sah David vollkommen niedergeschlagen an. »Wie kann es sein, dass er um 16:30 Uhr hier losgegangen ist und erst um 19 Uhr am Ende der Straße gefunden wurde? Was hat er während dieser zweieinhalb Stunden getan?«

»Ich weiß es nicht«, sagte David leise.

»Ist ihm irgendetwas in der Zwischenzeit passiert? Das kann doch nicht sein ...«

David schüttelte den Kopf, wie um zu sagen, dass er es nicht verstand.

»Ich muss morgen zum Polizeipräsidium gehen, um eine Aussage zu machen ... Dann wissen wir sicher mehr.«

Sie verbrachten einen ausgesprochen traurigen Abend. Sie drehten und wendeten das Problem in alle Richtungen, aber weder der eine noch die andere konnten eine plausible Erklärung für diese »Lücke« in Ernests Tagesablauf finden.

Schweren Herzens dachte Laetitia an die letzten Augenblicke, die sie mit Ernest geteilt hatte ...

»Das kann nicht sein«, rief sie plötzlich.

»Ich weiß ...«

»Nein, das ist nicht, was ich meine ... Er ist an einem Herzinfarkt gestorben, oder?«

»Das haben die Notfallmediziner gesagt.«

Laetitia wirkte plötzlich völlig verstört.

»Als ich ihn an die Tür gebracht habe, hat er mir von seinen Rückenproblemen erzählt.«

»Und?«

»Wenn man in Ernests Alter ist und an einem Herzinfarkt stirbt, dann bedeutet das, dass man ein schwaches Herz hat, oder?«

»Wahrscheinlich ...«

»Ist es möglich, an einem Herzinfarkt zu sterben, ohne dass es vorher Alarmsignale gab?«

»Worauf willst du hinaus?«

Laetitia verlor die Geduld.

»Wenn Ernest Herzprobleme gehabt hätte, dann hätte er mir doch davon erzählt, meinst du nicht? Stattdessen hat er nur über seine Rückenprobleme gesprochen.«

»Was willst du mir damit sagen?«

»Ich will dir überhaupt nichts sagen. Ich habe nur darüber nachgedacht, dass Ernests Herz vielleicht gar nicht so empfindlich war.«

David seufzte. Ihm gefiel die Richtung, die dieses Gespräch nahm, nicht besonders.

»Wirst du es den Polizisten morgen sagen?«, drängte Laetitia.

»Was denn?«

»Dass Ernest unseres Wissens keine Herzprobleme hatte. Und dass es in seinem Tagesablauf eine Lücke von zweieinhalb Stunden gibt.«

In seine schmerzhaften Überlegungen vertieft, schwieg David einen Moment. Je länger er darüber nachdachte, desto mehr musste er sich eingestehen, dass die Umstände von Ernests Tod nicht eindeutig waren. In was für eine schmutzige Geschichte hatte sein alter Freund sich eingemischt? David wusste, dass Ernest, obwohl er seit fünf Jahren in Rente war, nicht nur unbescholtene Bürger frequentiert hatte.

Er dachte auch daran, dass sein eigener Status als Ex-Knacki und Ex-Junkie ihm nicht zum Vorteil gereichen würde und dass er sich nicht sicher war, ob er sich wieder in solche Angelegenheiten einmischen wollte.

»David!«, unterbrach Laetitia seine Überlegungen. »Wirst du es ihnen sagen?«

Für einen Augenblick war er in Versuchung, ihr seine Gedanken mitzuteilen ... Aber dann ließ er es doch bleiben.

»Wenn du willst ...«, gab er seufzend nach.

Kapitel 37

David wurde schnell klar, dass aus Sicht der Polizisten nichts an Ernests Tod grundsätzlich verdächtig war. Es waren keine Spuren der Gewalt an seinem Körper gefunden worden, und der Gerichtsmediziner hatte die These des Herzinfarkts bestätigt. Mit 65 Jahren war das nichts Ungewöhnliches.

Da David die Welt der Justiz kannte, mit der er bereits auf der falschen Seite zu tun gehabt hatte, blieb er während der gesamten Befragung auf der Hut. Er begnügte sich damit, die Fragen, die man ihm stellte, zu beantworten, es ging um seine Beziehung zum Opfer, um den Grund für Ernests Besuch in dem recht weit von seinem Wohnort entfernten Stadtviertel und um seinen Tagesablauf in den Stunden vor seinem Tod.

David teilte ihnen ausdrücklich mit, dass Ernest die Geburtstagsfeier gegen 16:30 Uhr verlassen hatte.

David sprach einsilbig und bekräftigte seine Antworten meist durch eine Kopfbewegung. Er fühlte sich in der trügerisch ruhigen Atmosphäre des Polizeipräsidiums unwohl und musste an die Zeit denken, als sein Gewissen nicht so rein gewesen war wie heute. Trotz allem legte er eine selbstsichere Haltung an den Tag, bezweifelte weder, was er wusste, noch, wie er selbst gehandelt hatte. Anders als in seiner elenden Jugend hatte er sich nichts vorzuwerfen.

»Danke, das war alles«, erklärte der Polizist, der seine Aussage festhielt, nach einer Weile.

David rührte sich nicht; in seiner Erinnerung waren die Befragungen wesentlich länger und um einiges unhöflicher.

Überrascht darüber, dass der Zeuge nicht reagierte, sah der Polizist auf.

»Das war alles«, wiederholte er und sah ihm dabei direkt ins Gesicht.

»Werden ... werden Sie keine Ermittlungen einleiten?«

»Das hängt nicht an mir«, antwortete der Polizist sichtlich gleichgültig.

Für einen kurzen Augenblick war David instinktiv erleichtert: Seine schmerzhafte Vergangenheit erinnerte ihn daran, dass es ihm umso besser ging, je weniger Kontakt er mit der Polizei hatte. Er nickte noch einmal und wollte sich gerade verabschieden, froh, dass er diesen Ort, der ihn nervös machte, verlassen konnte. Dann dachte er an Laetitia und sein Versprechen, dass er ihre Zweifel genau schildern würde. Obwohl es ihm nicht ganz gelang, seinen Ärger zu verbergen, wandte er seine Aufmerksamkeit wieder dem Polizisten zu, der hinter seinem Schreibtisch saß und ihn immer noch leicht genervt musterte. David sah ihn an und konnte in seinem Blick die Abneigung lesen, die dieser ihm entgegenbrachte. Diese Feindseligkeit hielt ihn zurück, und er spürte sofort eine so unangenehme wie vertraute Beklemmung.

War es wirklich notwendig, darauf zu bestehen? Schließlich machte die Polizei im Allgemeinen ihre Arbeit gut, er musste es wissen, denn das war ihm schon mehrmals teuer zu stehen gekommen. Ernests spöttisches Grinsen kam ihm in Erinnerung, und für einen Augenblick vermisste er ihn noch schmerzhafter. Was war geschehen? Hielt Laetitia die Umstände seines Todes zu Recht für verdächtig? Da dachte David, dass er den Bullen alle Informationen gegeben hatte, die sie brauchten, um zu dem gleichen Schluss zu gelangen wie seine Frau. Was konnte er sonst noch tun? Zumal er von Natur aus zurückhaltend war und ihm von seinen Jahren der Straffälligkeit ein Hang zur Diskretion geblieben war: Je unauffälliger er sich verhielt, desto weniger Ärger hatte er.

Das war zudem einer der Ratschläge gewesen, den Ernest David gegeben hatte, als dieser aus dem Gefängnis gekommen war.

»Wollten Sie noch etwas?«, fragte ihn der Polizist mit einem Ton, der sehr deutlich machte, dass er die Unterhaltung beenden wollte.

Überrumpelt und nervös, wandte sich David wieder seinem Gesprächspartner zu. Nein, er wollte nichts Weiteres. Das Einzige, was er wollte, war von hier fort und nach Hause zu gehen.

Er schüttelte den Kopf und stand auf. Dann ging er zum Ausgang, ohne einen weiteren Ton von sich zu geben.

Kapitel 38

Ernests Tod warf erneut einen dunklen Schleier über Davids und Laetitias Existenz. Wie ein Fluch. Zwei Verluste von nahestehenden Personen machten sie misstrauisch gegenüber ihrem Schicksal, das sie nicht mehr wiedererkannten. Die mysteriöse Aura, die die Todesumstände des alten Mannes umgab, verstärkte ihre Angst.

Sie mussten Milo die Nachricht überbringen, und das taten sie, indem sie das, was passiert war, als ein durchaus normales Ereignis darstellten: Alte Leute müssen irgendwann sterben, das liegt in der Natur der Dinge.

Das Kind ließ sich davon aber nicht trösten.

Anders als bei Maximes Verlust, vergoss der Kleine über Ernests Tod viele Tränen. Laetitia war fast erleichtert darüber, es war ihr lieber, dass ihr Sohn seinen Kummer ausdrückte, als dass er ihn in sich hineinfraß. Sie bekam Gänsehaut bei der Erinnerung an seine Gleichgültigkeit gegenüber Maximes Tod. Milos Stimmung verdüsterte sich in den nächsten Tagen allerdings zunehmend. Nicht nur, dass er das Interesse am Unterricht verlor, es ihm in der Pause an Energie fehlte und er immer bedrückter aussah, er verlor auch zunehmend den Appetit.

David und Laetitia, die Justine Philippots Angebot, eine Therapie zu beginnen, zunächst nicht weiterverfolgt hatten, überdachten ihre Entscheidung noch einmal. Zumal auch ihnen selbst immer mehr die Kraft fehlte, der Zukunft mit Gelassenheit entgegenzusehen. Laetitia schlief schlecht, in der Nacht wurde sie von beunruhigenden Träumen heimgesucht, die sie nicht mehr losließen, absurde Bilder, deren Sinn sie zu ergründen versuchte, wenn sie der Schlaf am frühen Morgen gänzlich im Stich ließ. Vergeblich. Im Lauf der Zeit begriff sie, dass infolge der beiden Dramen ihr ganzes Weltbild erschüttert worden war. Sie wurde ängstlich, war ständig in Alarmbereitschaft, erschauerte jedes Mal vor Angst, wenn das Telefon klingelte, überzeugt, dass eine weitere Katastrophe über sie hereinbrechen würde, und zuckte bei dem geringsten ungewohnten Geräusch zusammen, sei es zu Hause, im Büro oder auf der Straße.

Aber vor allem Milo gegenüber legte sie eine extreme Wachsamkeit an den Tag, die zunächst aufdringlich war, dann lästig und schließlich völlig ausuferte. Laetitia saß ihm ständig im Nacken, ließ ihn zu keinem Zeitpunkt in Ruhe, überwachte, was er tat und wie er es tat, und warnte ihn vor allen möglichen Gefahren, da der Gedanke, dass ihm irgendetwas passieren könnte, sie in Angst und Schrecken versetzte.

Auch wenn David spürbar das Gleiche empfand, äußerte es sich bei ihm doch ganz anders. Mehr nach innen gerichtet. Aggressiver. Die instinktiven Verteidigungsmechanismen, die er als Kind entwickelt hatte, bestimmten seine Reaktionen, hinzu kamen die Erinnerungen an die Zeit, als jeder Tag ein Kampf war. Darüber hinaus wurde sein Misstrauen geweckt durch die Unstimmigkeiten bei der Frage, wie Ernest zu Tode gekommen war. Dass all das nur wenige Meter von seinem Wohnort geschehen war, gefiel ihm ganz und gar nicht. Alles erschien ihm möglich. Vor allem das Schlimmste. Die Vergangenheit hat manchmal die unangenehme Angewohnheit, allzu gegenwärtig zu sein.

Nach und nach suchten seine alten Dämonen ihn wieder heim.

Zunächst diese allgegenwärtige Niedergeschlagenheit: Milo sog die negativen Emotionen seiner Eltern tatsächlich auf wie ein Schwamm. Zuerst leistete das Kind seiner Mutter hartnäckig Widerstand. Der konstante Druck, dem sie ihn aussetzte, hatte zur Folge, dass er sich jeglicher Disziplin widersetzte. Er sagte zu allem »nein«, wurde frech und beschwerte sich ununterbrochen. Davids Zorn hingegen fürchtete er: Während Laetitia sich nicht durchsetzen konnte, wenn sie mit Milo allein zu Hause war, spurte der Junge, sobald sein Vater nach Hause kam, aber ohne Freude oder Überzeugung.

Sie nahmen also die Sitzungen mit Justine Philippot wieder auf.

»Wenn ich es richtig verstehe, sind Sie das erste Mal zu mir gekommen, weil Ihr Kind Ihrer Meinung nach seiner Trauer nicht genug Ausdruck verliehen hat. Heute hingegen machen Sie sich Sorgen, weil er seiner Trauer zu stark Ausdruck verleiht.«

David und Laetitia sahen sich betreten an.

»Ich würde in dieser Sitzung gern nur mit Milo sprechen«, fügte die Kinderpsychiaterin hinzu. »Sie können sich ins Wartezimmer setzen.«

Sie stimmten zu, standen auf und verließen den Raum.

»Ich komme mir vor wie eine schlechte Schülerin, die vor die Tür geschickt wird, weil sie ihre Hausaufgaben nicht gemacht hat«, seufzte Laetitia und ließ sich auf einem der Stühle in dem kleinen Wartezimmer nieder.

»Es ist ja auch ein bisschen so«, sagte David mürrisch.

Als seine Frau überrascht aufsah, fügte er hinzu:

»Wenn wir unseren Job als Eltern gut gemacht hätten, wären wir nicht hier.«

Diese Bemerkung machte Laetitia klar, dass er die Sitzungen bei der Kinderpsychiaterin wie ein Scheitern empfand. Sie war einen Augenblick lang versucht, seinem Standpunkt zu widersprechen, die Bitterkeit der Niederlage und das Gefühl der Hilflosigkeit abzumildern ... Aber sie schwieg. Was sollte das bringen?

Die folgende Stunde war trist und still. Schließlich ging die Tür auf: Mit einer Kopfbewegung signalisierte Justine Philippot ihnen, dazuzukommen. Milo saß auf dem Stuhl, auf dem vorher seine Mutter gesessen hatte, stützte sich auf dem Tisch ab und arbeitete konzentriert an einer Zeichnung. Während sie einen weiteren Stuhl neben die beiden bereits vorhandenen stellte, forderte die Ärztin die Eltern auf, rechts und links von ihrem Kind Platz zu nehmen. Sobald das geschehen war, ergriff sie das Wort.

»Können Sie mir erzählen, unter welchen Umständen genau Ernest ums Leben gekommen ist?«

Zwar hatte Justine Philippot ihre Aufforderung als Frage formuliert, aber es war deutlich, dass sie von ihnen Auskünfte erwartete, die strikt der Wahrheit entsprachen. David und Laetitia tauschten wieder Blicke aus, diesmal besorgt, was der Kinderpsychologin nicht entging.

David erzählte, wie die Ereignisse an Milos Geburtstag sich entwickelt hatten: Ernests Anwesenheit beim Kuchenessen, sein Aufbruch gegen 16:30 Uhr, wie man ihn mehr als zwei Stunden später am anderen Ende der Straße gefunden hatte.

»An was ist er gestorben?«

»Herzinfarkt«, antwortete Laetitia sofort.

»Fühlen Sie sich für den Tod Ihres Freundes verantwortlich?«

»Natürlich nicht!«, riefen beide wie aus einem Mund.

»So, Milo, beantwortet das deine Fragen?«

Das Kind, das während des kurzen Berichts seines Vaters nicht aufgehört hatte zu zeichnen, sah endlich von seinem Blatt auf. Er sah Justine Philippot kurz an und nickte leicht.

»Hast du noch weitere Fragen, die du deinen Eltern stellen möchtest?«

Der kleine Junge dachte einige Sekunden lang nach und fragte dann:

»Was ist ein Herzinfarkt?«

Laetitia, die verstanden hatte, dass es in der Sitzung vor allem darum ging, was sie und David Milo zu verheimlichen versuchten, antwortete sofort:

»Manchmal, wenn man alt wird oder wenn man nicht ganz gesund ist, kann es vorkommen, dass das Herz plötzlich aufhört zu schlagen. Das nennt man einen Herzinfarkt.«

Sie rechnete mit einer Reaktion, vielleicht auch mit einer anderen Frage, und da der Kleine schwieg, fuhr sie fort:

»Milo ... findest du, dass Papa und ich dir nicht genug darüber erzählt haben, was mit Ernest passiert ist?«

Mit gesenkten Augen, als wollte er den Blick seiner Mutter meiden, zuckte das Kind nur mit den Schultern.

»Milo, schau mich an«, forderte sie ihn sanft auf.

Anstelle einer Antwort widmete er seine Aufmerksamkeit wieder dem Bild und zeichnete entschlossen vier große Striche in Form eines Kreuzes. Dann hielt er der Psychiaterin das Blatt und den Stift hin. Die nahm es entgegen und schaute es aufmerksam an. Dann legte sie es, ohne ein Wort zu sagen, vor David und Laetitia auf den Tisch.

Die Zeichnung zeigte fünf nebeneinanderstehende Figuren. Der erste war ein kleiner Junge, zweifellos Maxime, an seiner Brille mit blauem Gestell zu erkennen. Der zweite war Ernest, den man an seinem grauen Bart und den buschigen Haaren identifizieren konnte. In der Mitte des Bildes stand David und direkt daneben Laetitia. Schließlich, an den Rand des Papiers gequetscht, ein anderer kleiner Junge, offensichtlich Milo, der sich sogar noch dafür zu entschuldigen schien, dass er den kleinen Raum einnahm, der ihm auf dem Bild zugeteilt war.

Die Maxime und Ernest darstellenden Figuren waren mit zwei dicken Kreuzen durchgestrichen.

Kapitel 39

An diesem Abend, als sie nach der anstrengenden Thera-
piesitzung wieder zu Hause waren, geschah der erste Unfall, in den Milo verwickelt war. Laetitia war in der oberen
Etage und zog das Kind aus, um es zu baden, als es an der
Tür klingelte. David öffnete die Tür und fand Tiphaine vor,
die in einer Hand einen Blumentopf mit hübschen purpur-
farbenen, glockenförmigen Blumen hielt und in der anderen ein Geschenkpaket.

»Mehrere Sachen!«, erklärte sie sofort, nachdem sie ihren Freund begrüßt hatte. »Zuerst, hier: Das ist Milos Ge-
burtstagsgeschenk. Es tut uns wirklich leid, dass wir nicht
gekommen sind ... Wir hatten nicht die Kraft.«

»Das verstehe ich«, sagte David nickend und nahm das
Geschenk entgegen.

»Und das ist für Laetitia«, fuhr sie fort und hielt David
die Pflanze hin. »Die kann sie im Garten einpflanzen oder
in dem Topf auf die Terrasse stellen, ganz wie sie möchte ...
Wir haben sie auf der Arbeit aussortiert, und ich habe in
meinem Garten keinen Platz mehr. Sie ist hübsch und
blüht den ganzen Sommer über.«

»Danke.«

»Und dann wollte ich euch noch einen unanständigen
Vorschlag machen: Ich habe eine riesige Schüssel Couscous gemacht und es ist zehn Mal zu viel für uns. Hättet
ihr Lust, rüberzukommen und ihn mit uns zu teilen?«

David war überrascht und hatte den Impuls, sich umzudrehen und Laetitia mit einem Blick nach ihrer Zustimmung zu fragen, aber sie war ja im ersten Stock.

»Wir würden uns freuen«, fügte Tiphaine hinzu.

»In Ordnung ... Sobald Milo gebadet hat, kommen wir zu
euch rüber.«

Tiphaine schenkte ihm ein dankbares Lächeln. Sie schickte sich gerade an, nach Hause zu gehen, als David ihr das Geschenk zurückgab.

»Hier. Das kannst du ihm selbst geben.«

»Das mache ich.«

Im Nachbarhaus bekam Milo, der inzwischen fein und blitzsauber in seinem Schlafanzug steckte und gut nach Seife und Shampoo duftete, von seiner Patentante einen prächtigen Elektrobaukasten. Ein Geschenk, das sofort auf großes Interesse bei Sylvain und David stieß, die dem Kleinen hingebungsvoll dabei halfen, alles aufzubauen.

»Wir müssen nicht unbedingt alles heute Abend auspacken«, wandte Laetitia ein. »Wenn du morgen früh damit spielen willst, warte doch lieber, bis wir zu Hause sind ...«

»Er kann auch hier schlafen, wenn er möchte«, schlug Tiphaine vor. »Dann kann er an seinem Stromkreis bauen, während wir den Aperitif trinken, und morgen früh, wenn er wach wird, hat er alle Zeit der Welt, um damit zu spielen.«

Milo reagierte enthusiastisch auf Tiphaines Vorschlag.

»Au ja! Bitte Mama, kann ich hier schlafen?«

Seine Eltern warfen sich fragende Blicke zu. Laetitia empfand in Bezug auf Tiphaine immer noch Unbehagen, auch wenn sie sich deswegen etwas schuldig fühlte.

»Wo ... wo würde er denn schlafen?«, fragte sie und hatte schon Angst vor der Antwort.

»Im Gästezimmer«, antwortete Tiphaine ganz selbstverständlich.

»Im Gästezimmer?«

»Wir haben aus Maximes Zimmer ein Gästezimmer gemacht«, erklärte sie ganz einfach. »Jetzt fehlen nur noch die Gäste.«

Sylvain verwuschelte dem kleinen Jungen das ordentliche Haar:

»Und unser Lieblingsmilo ist ja unser Gast, nicht wahr?«

»Er ist sogar viel mehr als das«, fügte Tiphaine leise hinzu.

Der Vorschlag, dass Milo in dem Raum, der früher Maximes Zimmer gewesen war, schlafen sollte, löste eine unangenehme Stille aus. Laetitia versuchte, einen kalten Schauder zu unterdrücken, und ihr Herz begann schneller zu schlagen. Sie wollte gerade ablehnen, als Milo sie inbrünstig bat:

»Bitte Mama! Bitte, bitte kann ich hier übernachten?«

Das Drängen ihres Sohnes brachte sie durcheinander, und sie verlor etwas von ihrer Entschlossenheit. Verwirrt und unentschieden, wandte sie sich Tiphaine und Sylvain zu und kam sich dabei vor, als versuchte sie Zeit zu schinden.

»Seid ihr sicher?«

»Ich habe dir doch erklärt, was wir darüber denken«, versicherte ihr Tiphaine mit einer Spur Ärger in der Stimme.

Die Situation wurde lächerlich: So viel Zögerlichkeit über etwas, das früher ganz selbstverständlich gewesen war, ließ eine unangenehme Stimmung entstehen. David setzte Laetitias unbeholfenem Zaudern ein Ende.

»Natürlich kannst du hier übernachten, mein Großer!«, rief er Milo zu.

Der Kleine verlieh seiner Freude lautstark Ausdruck und fuhr unverzüglich fort, den Inhalt des Baukastens aufzubauen. Das Thema war abgeschlossen. Laetitia setzte ihrerseits ein Lächeln auf, das zeigen sollte, dass sie mit der allgemeinen Situation einverstanden war.

Tiphaine und Sylvain schienen entspannt. Zumindest war es offensichtlich, dass sie versuchten, entspannt auszusehen und diesen Abend im Rahmen des Möglichen einigermaßen unbeschwert zu gestalten. Die Unbeschwertheit wurde allerdings zunichte gemacht, als David und Laetitia ihnen von Ernests Tod berichteten.

Die Geniots zeigten sich verblüfft. Sie erkundigten sich nach den Umständen der Tragödie, kommentierten alles, was die beiden ihnen mitteilten, und stellten Fragen über Ernests Tagesablauf, wie es die Brunelles vor ihnen getan hatten. Dann erkundigten sie sich besorgt nach dem Wohlbefinden ihrer Freunde und danach, wie Milo die Nachricht aufgenommen hatte.

»Man kann nicht sagen, dass wir im Moment gerade im Glück schwimmen«, gestand Laetitia und senkte die Stimme, damit der Junge sie nicht hörte. »Sagen wir, dass es gerade etwas zu viele ...«

Sie unterbrach sich, weil ihr bewusst wurde, wie merkwürdig ihre Klagen waren: Sich bei Eltern, die gerade ihr einziges Kind verloren haben, darüber beschweren, dass man gerade eine schwierige Phase durchmachte, schien gelinde gesagt unanständig. Plötzlich beschämt über ihren Schmerz, sah sie mit einem betretenen Blick zu Tiphaine und Sylvain auf, entdeckte jedoch in ihren Augen eine Stärke, die sie lähmte. Als hätten sie plötzlich, ohne dass Laetitia es gemerkt hatte, die Rollen getauscht.

Ihre Verwirrung wurde noch größer, als Tiphaine ihr freundschaftlich die Hand entgegenstreckte, um sie zu trösten. Eine Geste, die offensichtlich bedeutete: »Mach dir keine Sorgen, ich bin da. Ich weiß, was es bedeutet, zu leiden. Ich habe das auch durchgemacht.« Trotzdem hatte Laetitia das Gefühl, dass die Zeit der Trauer noch lange nicht vorbei war und dass der Schmerz über einen so großen Verlust in dieser kurzen Zeit bestimmt nicht nachgelassen hatte, dass er unmöglich bereits abgeklungen sein konnte ...

»Wie macht ihr das bloß?«, murmelte sie und hielt mit großer Mühe die Tränen zurück.

David ging sofort zu ihr und legte vorsichtig den Arm um sie. Aber was ursprünglich als Zeichen der Unterstützung gemeint war, wurde als Aufforderung, sich zusammenzureißen, aufgenommen und nur einen Augenblick später schienen sich alle zu entschuldigen: die Brunelles, weil es ihnen nicht so gut ging, die Geniots, weil es ihnen nicht so schlecht ging.

Es war Milo, der mit autoritärer Stimme dieser unangenehmen Situation ein Ende setzte. Er forderte die Aufmerksamkeit der Erwachsenen und wollte mit seinem Geschenk spielen. Alle reagierten mit Erleichterung auf diese Unterbrechung, und die Zeit, die zuvor stehengeblieben zu sein schien, nahm wieder ihren regelmäßigen Lauf.

Während sich die Männer über die Anleitung des Elektrobaukastens beugten, bereiteten die Frauen den Aperitif vor. In der Küche plauderten sie über belanglose Dinge, Tiphaine erzählte Laetitia von den Spannungen zwischen zwei ihrer Kollegen, deren Rivalitäten ihr langsam unerträglich wurden. Laetitia hörte ihr nur mit einem Ohr zu, als sie schließlich merkte, dass sie immer noch nach einem Vorwand suchte, um Milo heute Abend wieder mit nach Hause zu nehmen.

Genervt von ihren Ängsten, versuchte Laetitia diese lächerliche Besessenheit abzuschütteln und sich zu entspannen.

»Ich habe extra für Milo Tortillachips gekauft«, verkündete Tiphaine plötzlich und zeigte auf eine Schüssel auf der Küchenablage, die sie schon gefüllt hatte. »Ich weiß, dass er die liebt.«

»Das ist nett.«

Die Bemerkung überraschte Laetitia jedoch. Hatte Tiphaine nicht zu David gesagt, dass sie zu viel Couscous gemacht hatte und sie deshalb einlud, heute Abend mitzuessen? Offenbar war diese Einladung nicht so improvisiert gewesen, wie sie ihnen hatten weismachen wollen.

Als sie zurück ins Wohnzimmer kamen, jede mit einem Tablett mit Gläsern, Flaschen und Schüsseln mit kleinen

Knabbereien in der Hand, stellten sie alles auf den Couchtisch und schenkten sich den Aperitif ein. Der Aufbau des Stromkreises schien gut voranzugehen, abgesehen von der Tatsache, dass Milo wie eine verlorene Seele um die beiden Männer herumirrte und sie wissen ließ, dass er nichts zu tun hatte. David und Sylvain hingegen schienen sich köstlich zu amüsieren.

»Könnt ihr ihn denn nicht mitmachen lassen?«, bemerkte Tiphaine vorwurfsvoll.

»Man könnte meinen, sie sind zwei kleine Jungs«, fügte Laetitia kichernd hinzu.

»Milo, hol mir doch meine Brille aus der Küche, sie müsste auf der Ablage liegen«, bat ihn Sylvain.

Glücklich darüber, dass man ihm eine Aufgabe anvertraute, rannte der Kleine in die Küche.

»Was denn?«, rechtfertigte sich Sylvain auf Tiphaines anklagenden Blick hin. »Ich lasse ihn doch mitmachen!«

»Kommt ihr zum Anstoßen?«, forderte Laetitia sie auf und reichte jedem ein Glas.

David und Sylvain ließen von dem Baukasten ab, um mit den beiden den Aperitif zu trinken. Aus Gewohnheit erhoben sie ihre Gläser, aber niemand sprach einen Toast aus. Es war das erste Mal seit Maximes Tod, dass sie alle vier gemeinsam einen Moment der Entspannung teilten und noch dazu bei Tiphaine und Sylvain. Dachte das jeder von ihnen, während sie schweigsam ihre Getränke zu sich nahmen?

»Willst du etwas trinken, Milo?«, erkundigte sich Tiphaine.

Das Kind schüttelte den Kopf.

»Schau mal, ich habe Chips gekauft«, fügte sie hinzu, griff nach der kleinen Schüssel und hielt sie dem Kind hin. »Nur für dich!«

»Chips!«, rief David und tat so, als wollte er sie alle mit einem Happs verschlingen.

Als er die Hand ausstreckte, um eine Handvoll zu nehmen, hielt ihn Tiphaine mit einem kleinen lauten Klaps davon ab.

»Finger weg!«

Milo lachte.

»Komm, bediene dich, mein Großer«, sagte sie anschließend und schob ihm die Schüssel hin.

Das Kind nahm eine Handvoll und ging zurück zu seinem Stromkreis. Die Erwachsenen tranken weiter ihren Aperitif und plauderten über dies und das, Gesprächsthemen, die zwar nicht besonders spannend waren, aber zumindest den Vorteil hatten, dass sie niemanden in Verlegenheit brachten. Während Sylvain über das Auf und Ab des Immobilienmarkts sprach und Laetitia ihm mit gespieltem Interesse und echter Langeweile zuhörte, dachte sie daran, dass mit Maxime auch ihr wichtigstes gemeinsames Interesse verschwunden war.

Dieser Gedanke verstörte sie. Sie dachte daran, dass sie doch zu einer Zeit Freunde geworden waren, als sie noch keine Kinder hatten ... Über was hatten sie damals gesprochen? Und als Maxime lebte, hatten sie da ausschließlich über die Kinder geredet? Natürlich nicht. Was war es dann? Laetitia verstand, dass es vorher unbestreitbar einen Zusammenhalt zwischen ihnen gegeben hatte, der heute fehlte. Diese Feststellung machte sie traurig, über ihr momentanes Bedauern hinaus wurde ihr klar, dass die Tragödie, die ihren Freunden widerfahren war, endgültig einen Graben zwischen ihnen hatte entstehen lassen. Einen Graben, der niemals wieder zugeschüttet werden konnte.

Das Unglück ist eine Last, die man, im Gegensatz zum Glück, nicht teilen kann.

Ein schmerzhaftes Klagen unterbrach ihre Überlegungen und brachte sie auf brutale Weise wieder in Tiphaines und Sylvains Wohnzimmer zurück. David sprach gerade über den Schutz bedrohter Tierarten, ohne dass sie verstand, wie er von dem Problem der Preisschwankungen bei Steinen für den Hausbau zum Problem der aussterbenden Arten gelangt war.

»Milo? Ist alles in Ordnung?«

Es war Tiphaine, die ihm die Frage stellte, und ihr alarmierter Tonfall versetzte Laetitia sofort in Panik. Sie drehte sich zu ihm und sah ihn zusammengekrümmt, die Hände auf den Bauch gepresst.

»Milo!«

In zwei Schritten war sie bei dem Jungen und packte ihn mit beiden Armen. Das Kind verkrampfte sich mit einem Zucken, das sein ganzes Leid verriet und sah mit fahlem, schweißbedecktem Gesicht zu seiner Mutter auf. Entsetzt wollte Laetitia ihn an sich drücken, aber in dem Moment, als sie die Arme um ihn schloss, verhärtete sich Milo, von Krämpfen geschüttelt.

»Was hat er?«, schrie sie und gab der Panik nach. »Tut doch was, verdammt noch mal!«

Tiphaine stand in der Mitte des Zimmers, gelähmt von der Szene, die sich vor ihren Augen abspielte. David, der zu ihnen herübergekommen war, schien nicht im Geringsten zu verstehen, was gerade passierte, genauso wenig wie Sylvain. Plötzlich schoss Tiphaine wie der Blitz aus dem Wohnzimmer in die Küche. Ihre Abwesenheit dauerte nur wenige Sekunden. Einen Augenblick später rannte sie zu Laetitia, riss ihr das Kind aus den Armen, steckte ihm einen Finger in den Hals und brachte ihn so zum Würgen.

»Ruf einen Krankenwagen, schnell!«, brüllte sie Sylvain zu.

Gerade noch völlig benommen, schien er aus seiner Betäubung zu erwachen. Er sprang zum Telefon und wählte die Nummer der Notaufnahme.

In Tiphaines Armen kotzte sich Milo die Seele aus dem Leib.

Kapitel 40

Im Flur der Notaufnahme warteten David und Laetitia verängstigt auf das Ergebnis. Sobald sie im Krankenhaus angekommen waren, hatte man Milo in einen Raum gebracht, den zu betreten ihnen verboten war. Jetzt, wo der ganze Tumult, der sie bis dahin begleitet hatte, verschwunden war, ließen sie die Ungewissheit des Schicksals ihres Sohnes und das unerträgliche Gefühl der Machtlosigkeit alle Qualen der Hölle erleiden. Laetitia saß zusammengesunken auf einem Stuhl, David lief im Flur auf und ab.

Der Krankenwagen war kaum fünf Minuten nach Sylvains Anruf gekommen, und die Notfallsanitäter hatten dem Kleinen sofort eine Magensonde eingeführt, und ihn dann in den Krankenwagen getragen. David und Laetitia hatten sich nach ihm in den Wagen hineingedrängt, der sofort quietschend Gas gegeben hatte. Auf der Strecke zum Krankenhaus, die sie mit heulenden Sirenen zurücklegten, hatte das Kind ohne Unterlass gestöhnt, die Augen verdreht, der Körper von Krämpfen geschüttelt.

Voller Schrecken hatte Laetitia geglaubt, sie verliere gerade ihren Sohn.

Jetzt, da es nichts mehr zu tun gab, außer zu warten, spielte die junge Frau den Film des Abends vor ihrem inneren Auge ab, in der Absicht, zu verstehen, was passiert war: Was hatte Milo gegessen, das ihn so krank gemacht hatte? Außer den Chips, die Tiphaine extra für ihn hingestellt hatte, erinnerte sie sich nicht, dass er irgendetwas Gefährliches oder im geringsten Verdächtiges verschluckt hatte. Ein Detail nagte jedoch an ihr: Sobald die Sanitäter ins Haus gekommen waren, hatte Tiphaine darauf bestanden, dass man ihm den Magen auspumpte. Einer von ihnen hatte sich daraufhin kurz mit ihr unterhalten und dann angeordnet, durch den Mund eine Magensonde einzuführen.

Offensichtlich wusste Tiphaine etwas, das sie selbst nicht wusste.

Laetitia biss die Zähne zusammen: Das Misstrauen und der Verdacht, den sie gegen ihre Nachbarin hegte, wurde noch stärker.

Als sie Tiphaine in Begleitung von Sylvain am anderen Ende des Flurs auftauchen und mit schnellen Schritten auf sie zukommen sah – sie waren dem Krankenwagen in ihrem Auto gefolgt –, sprang sie auf und rannte auf die beiden zu.

»Was hat er gegessen?«, schrie sie Tiphaine an, noch bevor sie sie erreicht hatte, sodass ihre Stimme als Echo von den Flurwänden widerhallte. »Was hast du ihm angetan?«

»Lass mich erklären, Laetitia«, verteidigte diese sich und gestikulierte mit den Händen, um sie zu beruhigen. »Es ist ein Unfall. Ein schrecklicher und bedauernswerter Unfall.«

Bei diesen Worten schloss David zu seiner Frau auf, und die beiden Paare standen sich gegenüber:

»Erinnerst du dich, als Sylvain ihn gebeten hat, seine Brille zu holen, die auf der Arbeitsplatte in der Küche lag ... Milo muss an die Abkochungen und Kompressen gegangen sein, die ich aus Pflanzen herstelle und von denen einige sehr giftig sind, zumindest in diesem Stadium ... ich hatte sie auf der Arbeitsplatte abgestellt ... er hat sie probiert, das ist die einzige Erklärung ... Und das, was ich heute hergestellt habe, dient als Kompresse, es darf auf keinen Fall gegessen werden!«

Sie stammelte und schien sehr verstört, was Laetitia kein bisschen rührte.

»Du Schlampe!«, brüllte sie und warf sich auf Tiphaine. »Du wolltest meinen Sohn umbringen! Du erträgst es nicht, dass er lebt, also hast du versucht, ihn aus dem Weg zu räumen!«

Während sie sie der schrecklichsten Dinge bezichtigte, schlug Laetitia mit ihren Fäusten auf Tiphaine ein. David packte seine Frau an den Schultern, um sie von Tiphaine wegzuziehen, die als Schutzschild die Arme vor ihren Körper hielt und die Attacke hinnahm, ohne die geringsten Anstalten zu machen, sich zu verteidigen. Sylvain seinerseits stellte sich zwischen die beiden Frauen und versuchte, Laetitia zur Vernunft zu bringen.

»Beruhig dich, meine Güte! Du redest Unsinn!«

Als man die beiden getrennt hatte, brach Tiphaine in Tränen aus.

»Es ist ein Unfall«, wimmerte sie und sank in sich zusammen. »Ich kann nichts dafür, das schwöre ich dir. Es ist nur ein Unfall ...«

David hielt Laetitia immer noch an den Schultern fest und versuchte, sie zu sich zu drehen, um Blickkontakt mit ihr aufzunehmen und sie zu beruhigen. Aber sie war zugleich aufgewühlt und zornestrunken.

»Das glaube ich dir nicht!«, stieß sie hervor und versuchte, sich aus Davids Griff zu befreien. »Das hast du mit Absicht getan!«

»Wie kannst du so etwas sagen?«, schluchzte Tiphaine, bestürzt darüber, wie die Situation sich entwickelte.

»Und du? Wie konntest du giftige Substanzen in seiner Reichweite liegen lassen?«

»Ich wollte ihm nicht weh tun! Ich hatte gerade ...«

»Man lässt keine giftigen Substanzen in der Reichweite von Kindern«, zeterte Laetitia, ohne Tiphaines Einwand zu beachten. »Das weiß jeder! Du wolltest ihm nicht wehtun? Dann erklär mir, wie er an deine Gifte gekommen ist?«

Tiphaine, die wie eine Stoffpuppe schlaff und fahl in Sylvains Armen hing, hob plötzlich den Kopf und sah Laetitia mit einem schmerzerfüllten Blick an.

»Wenn ich weniger aufpasse, was ich auf der Ablage herumliegen lasse, und weniger auf die Gefahren im Haus im

Allgemeinen achte, dann liegt das daran, dass es kein Kind mehr bei mir gibt!«, schrie sie in ihrem heftigen Schmerz.

Ein Blick voller Abscheu leuchtete in Laetitias Augen auf. Auch sie gab nun den Widerstand auf und David ließ sie los. Von Davids Griff befreit, baute sie sich vor Tiphaine auf und sah sie verächtlich an.

»Da liegst du falsch, Tiphaine«, berichtigte sie mit harter Stimme. »Eben weil du nicht auf Gefahren im Haus achtest, gibt es bei dir kein Kind mehr!«

»Es reicht!«, schrie Sylvain entsetzt.

Der Schrei ließ die beiden Frauen erstarren. Das Gesicht vor Schmerz verzerrt, ließ Sylvain Tiphaine los, sodass sie, noch immer schluchzend, auf die Knie fiel. Dann ging er langsam auf Laetitia zu, zeigte drohend mit dem Finger auf sie und wiederholte seine Aufforderung:

»Es reicht, Laetitia. Halt den Mund! Halt den Mund oder ich hau dir in deine scheinheilige kleine Fresse!«

Laetitia trat instinktiv einen Schritt zurück. David nutzte die Gelegenheit, stellte sich vor sie und schirmte sie mit seinem Körper ab. Eine feindselige Stille breitete sich aus, und jeder von ihnen beobachtete die anderen voller Abscheu, Bitterkeit und Trauer. Blicke, in denen sich das ganze Leid der jüngsten Ereignisse mit Zweifeln und Ängsten vermischte.

Blicke, die das Ende einer ohnehin dem Tod geweihten Freundschaft einläuteten.

David seufzte.

»Lasst uns jetzt allein!«, befahl er mit dumpfer Stimme. »Geht!«

Es war nur noch Tiphaines Schluchzen zu hören. Die beiden Männer standen einander noch immer gegenüber, und bald senkte Sylvain den Blick. Dann drehte er sich langsam um, half seiner Frau auf, stützte sie, und die beiden entfernten sich in Richtung des Ausgangs.

Kapitel 41

Das Warten ging weiter, ließ die Sekunden in einem Strom von Gefühlen dahinfließen, in dem auf die wilde Hoffnung das unerbittlichste Grauen folgte. Wenn die sichere Überzeugung, vor Unglück geschützt zu sein, immer mehr Risse bekommt, wie ein Knall, der die Seele in Splitter zerbricht, die man versucht wieder zusammenzukleben, weil so etwas nur den anderen passiert ... Und dann die Worte, die einem durch den Kopf gehen, Bilder, die auftauchen und nicht wieder weggehen, gnadenlos, unerträglich. Also schließt man die Augen, um nichts mehr zu sehen, nichts mehr zu denken, lächerliche Versuche, der Katastrophe mithilfe der Kraft des eigenen Willens zu entkommen ...

Laetitia hatte wieder ihre zusammengesunkene Haltung auf dem Stuhl eingenommen, David lief wieder im Flur auf und ab. Die Zeit schien stillzustehen, über einer Art Wüste in der Luft zu hängen, ein Fegefeuer, dessen weltlicher Arm jeden Moment mit der Verkündung des Urteils einschlagen konnte. Ein Gerichtssaal, eine Folterkammer ... ein Wartezimmer.

In Gedanken verloren merkte Laetitia plötzlich, dass sie die Luft anhielt, als könnte sie auf diese Weise die Zeit anhalten und sie für immer an einem Ort zum Stehen bringen, an dem noch alles möglich wäre. Würde ihr kleiner Junge sterben? Der Gedanke war für sie absolut unvorstellbar. Und plötzlich, nur dadurch, dass sie Tiphaines und Sylvains Martyrium leicht berührte, erschienen ihr die Dinge in einem neuen Licht.

Was sie Tiphaine gesagt hatte, die Anschuldigungen, die sie ihr an den Kopf geworfen hatte, ohne nachzudenken, als könnte es ihren eigenen Schmerz lindern, wenn sie jemand anderen verletzte … Ihr Unbewusstes hatte gesprochen, dessen war sie sich sicher.

Hatte Tiphaine versucht, Milo zu töten?

Laetitia begann, ernsthaft daran zu glauben. Je mehr sie darüber nachdachte, umso folgerichtiger, klarer und hellsichtiger erschien ihr der Gedankengang: Wie konnte Tiphaine Milos Anblick auch nur ertragen?

Er war das Abbild ihres verstorbenen Sohnes, das Kind, das Maxime nie mehr sein würde, die ständige Erinnerung an das für immer Verlorene.

Die lebendige Anklage des Fehlers, den sie begangen hatte.

Zumal die beiden Kinder unzertrennlich gewesen waren und die Erinnerung an Maxime auf ewig mit Milo verbunden war. Denn jenseits des Schmerzes hatte Tiphaine sich zweifellos den Tatsachen beugen müssen: Sie allein war für den Tod ihres Sohnes verantwortlich. Wie sollte sie von jetzt an überleben, mit dieser unerträglichen Klinge, die sich bestimmt in jedem Augenblick, in jeder Mikrosekunde des Tages in ihr Herz bohrte?

Aber das Schlimmste an den Qualen, die Tiphaine und Sylvain täglich erdulden mussten, war, vor ihren Augen das Glück aufblühen zu sehen, das ihnen nun versagt war. Und diese Nachbarschaft, die sie zuvor in den Himmel gehoben hatten, war zu einer Folter geworden, die ihnen jeden Tag stärker zusetzte: Milo, der aus der Schule kam, Milo, der im Garten spielte, Milos Geburtstag, Milos Lachen, Milo, der heranwuchs … Milo, der lebte! Ihre Nachbarn lebten im Paradies, während sie selbst in die tiefsten Qualen der Hölle hinabgestürzt waren. Ihre einzige Überlebenschance ist es allem Anschein nach, dieses Paradies zu zerstören.

Ja, jetzt war sich Laetitia völlig sicher, Tiphaine hatte versucht, Milo umzubringen. Es war kein Unfall. Außerdem hatte sie selbst keinerlei Erinnerung daran, in der Küche irgendeinen Behälter mit einer aus Pflanzen gemachten

Mischung gesehen zu haben, als sie mit Tiphaine den Aperitif vorbereitet hatte. Sie hatte ihr gesagt, sie hätte ihre Pflanzenmischung auf die Küchenablage gestellt ... Wenn das wirklich der Fall gewesen wäre, hätte Laetitia sie bemerkt ...

Wie hatte Tiphaine es angestellt, Milo dazu zu bringen, das Gift zu sich zu nehmen?

»Die Chips!«, rief sie plötzlich und richtete sich auf ihrem Stuhl auf.

David drehte sich überrascht zu ihr um.

»Was ›die Chips‹?«

»Tiphaine hat Milo vergiftet!«

»Was redest du da?«

»Erinnerst du dich nicht? Tiphaine hatte die Chips in einer Schale angerichtet, noch bevor wir angefangen haben, den Aperitif vorzubereiten. Und als du dir welche nehmen wolltest, hat sich dich davon abgehalten, indem sie dir auf die Hand gehauen hat. Die Chips waren für Milo gedacht, sie weiß genau, dass er die liebt ... Ich bin sicher, dass sie Gift hineingemischt hatte.«

»Du spinnst!«

David schien ihre Meinung ganz und gar nicht zu teilen. Da er ihre Gedankengänge nicht kannte, zweifelte Laetitia nicht im Geringsten daran, dass er sich ihrem Standpunkt anschließen würde, wenn sie ihm diese erläutern würde. Ihm bliebe nichts anderes übrig, als ihr zuzustimmen, denn ihre Nachbarn waren inzwischen zu einer Bedrohung für sie geworden. Und die Nähe ihrer beiden Wohnorte machte die Gefahr für ihr Kind noch größer.

Was zuvor ihre Stärke gewesen war, war nun zu ihrer furchterregendsten Schwäche geworden.

Laetitia wollte David gerade die logischen Zusammenhänge ihres Gedankengangs erklären, als die Tür zu dem Raum aufging, in dem sich Milo befand. Ein Arzt erschien und kam schnell auf sie zu.

»Sind Sie die Eltern von Milo?«

David und Laetitia nickten stumm mit zugeschnürter Kehle und angehaltenem Atem.

»Ich bin Dr. Ferreira. Wir können uns noch nicht ganz sicher sein, dafür ist es vielleicht noch zu früh, aber es spricht einiges dafür, dass er nicht mehr in Gefahr ist.«

Kapitel 42

Im Auto auf dem Weg nach Hause schluchzte Tiphaine ohne Unterlass. Sylvain, der fuhr, starrte finster auf die Straße, konnte das Elend seiner Frau nicht lindern.

»Er wird es schaffen«, murmelte er, als sie an einer roten Ampel standen.

»Wenn er stirbt, bringe ich mich um!«, heulte Tiphaine mit dem Kopf in den Händen.

»Sag nicht solchen Unsinn …«

»Wenn er stirbt, bringe ich mich um!«, wiederholte sie in einem tragischen Tonfall, um ihm zu verstehen zu geben, wie entschlossen sie war.

»Er wird nicht sterben.«

Es begann zu regnen, die Tropfen liefen in dünnen Bächen die Windschutzscheibe hinab. Umgehend verbreitete der Schein der roten Ampel ein trübes Licht im Inneren des Wagens. Mit einer müden Geste betätigte Sylvain die Scheibenwischer, und ihr regelmäßiges Quietschen begleitete Tiphaines Schluchzen rhythmisch wie ein spöttisches Metronom. Sylvain war kurz davor, etwas zu sagen, zögerte und schwieg dann am Ende doch.

Die Ampel wurde grün.

»Vielleicht bin ich einfach nicht in der Lage, mich um ein Kind zu kümmern«, seufzte Tiphaine kaum hörbar.

Sie blickte ins Leere, entsetzt über das Schicksal, das Milo vielleicht erwartete.

»Vielleicht hat Laetitia recht damit, mir nicht zu trauen«, fügte sie mit ängstlicher Stimme hinzu.

»Er wird es schaffen, das verspreche ich dir.«

»Das ändert nichts …«

»Du stehst unter Schock, Tiphaine. Und Laetitia ebenfalls. Morgen wird sich alles klären.«

Schließlich legte er den ersten Gang ein und fuhr wieder an.

Kapitel 43

Milo kam wenige Stunden später wieder zu Bewusstsein, aber Dr. Ferreira ordnete an, dass er zur Sicherheit noch zwei Tage zur Beobachtung im Krankenhaus bleiben sollte. Das Kind hatte nur wenige Gramm einer aus einem Zeitlosengewächs hergestellten Paste zu sich genommen, einer sehr giftigen Pflanze, die aber ein wirkungsvolles Heilmittel gegen Gicht war, das Tiphaine hergestellt hatte, um die Schmerzen ihres erkrankten Vaters zu lindern. Zumindest hatte sie Sorge getragen, das den Sanitätern zu erklären, um sie zu überzeugen, unverzüglich Milos Magen auszupumpen. Die Herbstzeitlose enthält Colchizin, bekannt für seine harntreibende, schmerzlindernde und entzündungshemmende Wirkung, aber es ist außerdem ein starkes Gift, das, selbst wenn man es nur in geringen Mengen verzehrt, sehr ernsthafte oder sogar tödliche Beschwerden hervorruft.

Zeitlose blüht in Trauern,
Weil sie so einsam steht,
Denn mit des Frostes Schauern
Der Wind vom Norden weht.

Zwei Tage lang saßen David und Laetitia abwechselnd am Bett ihres Sohnes, der im Lauf der Stunden wieder Farbe bekam. Sobald er so weit bei Bewusstsein war, dass er sprechen konnte, stellte ihm Laetitia die Frage, die ihr auf der Zunge brannte:

»Hast du etwas in der Küche von Tante Tiph gegessen, als du Sylvains Brille geholt hast?«

Die Miene des Jungen verdüsterte sich. Er schwieg einige Sekunden lang und schüttelte dann den Kopf. Laetitias

Herz überschlug sich in ihrer Brust. Dennoch kamen ihr wegen des Gesichtsausdrucks des Kleinen Zweifel: Sie kannte ihren Sohn und die trotzige Miene, die er aufsetzte, wenn er eine Dummheit gemacht hatte:

»Milo, mein Schatz, das ist wichtig«, fügte sie sanft hinzu. »Ich verspreche, dass ich nicht sauer werde, aber du musst mir die Wahrheit sagen. Hast du etwas gegessen oder getrunken, als du allein bei Tante Tiph in der Küche warst?«

Ihr Wohlwollen schien den Jungen zu beruhigen, er sah mit einem reuevollen Blick zu ihr auf und gestand:

»Auf dem Tisch stand eine Schüssel, das darin sah aus wie brauner Zucker, nur in Gelb.«

»Und hast du davon gegessen?«

»Ein bisschen ...«

»Und wie hat es geschmeckt?«

»Nicht gut. Deshalb habe ich es ins Waschbecken gespuckt.«

Laetitia seufzte.

»Das hast du gut gemacht ...«

Das Geständnis bestätigte Tiphaines Aussage, aber es gelang Laetitia nicht, ihre Zweifel abzuschütteln. Wenn Milo die Mischung ins Waschbecken gespuckt hatte, wie kam es dann, dass er so krank geworden war?

»Hast du alles wieder ausgespuckt oder trotzdem ein kleines bisschen heruntergeschluckt?«

»Ich weiß nicht mehr ...«

Schon am nächsten Tag aß er mit gutem Appetit, und am übernächsten Tag wollte er zurück nach Hause. Am Vormittag des dritten Tages entließ ihn Dr. Ferreira aus dem Krankenhaus, nicht ohne seine Eltern mit einer Fülle von guten Ratschlägen einzudecken: In manchen Fällen und ab einer bestimmten Dosis kann Colchizin noch bis zum zehnten Tag nach der Vergiftung Schäden anrichten.

»Laut den Analysen weist Milo nicht mehr die geringste Spur dieser Substanz auf, aber wenn die kleinsten Symptome auftreten sollten, Beschwerden bei der Verdauung, am Herzen, im Nervensystem oder beim Atmen, rasen Sie ins Krankenhaus, ohne eine Sekunde zu verlieren! Außerdem muss alle vier Wochen eine Kontrolluntersuchung gemacht werden. Wir sehen uns also in einem Monat.«

David und Laetitia stimmten zu und kehrten mit ihrem Sohn nach Hause zurück.

An diesem Abend, nachdem sie Milo ins Bett gebracht hatte, versuchte Laetitia David ihren Verdacht zu erklären. Sie hatte in den beiden vergangenen Tagen noch lange nachgedacht und für sie bestand kein Zweifel daran, dass ihre Nachbarin absichtlich versucht hatte, ihren Sohn zu töten. Seit Maxime gestorben war, hatte der Schmerz sie so stark beeinträchtigt, dass sie darüber den Verstand verloren hatte. Ihre irrsinnigen Anschuldigungen gegen Laetitia, dass sie nicht alles getan habe, um ihren Sohn zu retten, dass Tiphaine ihr sogar einen Teil der Verantwortung für den Tod ihres Kindes aufbürden wollte, waren der Beweis.

»Und dieses Umschlagen der Situation direkt nach der Beerdigung«, fuhr sie fort. »Findest du das nicht merkwürdig? Sie weigern sich hartnäckig, mit uns zu sprechen und dann, ganz plötzlich, wollen sie, dass wir wieder die besten Freunde werden.«

»Tiphaine hat ihre Fehler eingestanden«, wandte David ein.

»Unsinn! Das war der einzige Weg, um sich Milo zu nähern!«

»Meinst du nicht, dass du ein wenig übertreibst?«

Laetitia riss erstaunt die Augen auf.

»Was soll denn noch passieren? Sie war nur zweimal seit Maximes Tod in Kontakt mit Milo, und jedes Mal hat sie ihn in Gefahr gebracht!«

»Zweimal?«, fragte David erstaunt. »Was ist denn beim ersten Mal passiert?«

»David, verdammt!«, antwortete sie verärgert. »Ich habe gesehen, wie er sich aus Maximes Fenster lehnte! Als ob … als ob sie ihm das gleiche Schicksal zufügen wollte.«

David blieb skeptisch, was Laetitia rasend machte.

»Ich verstehe nicht, warum du dich weigerst, die Beweise zu sehen. Milo ist für sie eine permanente Qual: Jedes Mal, wenn sie ihn sieht, jedes Mal, wenn sie ihn hört, erinnert sie das an Maxime und den unverzeihlichen Fehler, den sie begangen hat. Und das alles nur wenige Meter von ihrem Zuhause entfernt! Wenn es ein Sinnbild für die Hölle auf Erden gäbe, dann sähe es genau so aus!«

»Beruhige dich, Laetitia«, zügelte David sie. »Ich stimme dir zu, dass wir in der Zukunft jeglichen Kontakt mit ihnen meiden sollten. Aber ich glaube nicht, dass Tiphaine Milo töten wollte.«

»Ach nein?«, rief die junge Frau mit vor Wut erstickter Stimme. »Wie kannst du dir da so sicher sein? Los, sag es mir, ich bin ganz Ohr!«

David dachte kurz nach, bevor er ihr antwortete.

»Erstens hat Milo selbst zugegeben, dass er irgendwelches komisches Zeug in den Mund gesteckt hat, das wie brauner Zucker aussah.«

»Und das er sofort ins Waschbecken gespuckt hat!«, widersprach Laetitia sofort.

»Vielleicht hat er etwas davon heruntergeschluckt, ohne es zu merken … Und außerdem konnte Tiphaine nicht sicher sein, dass Milo ihr Präparat tatsächlich probieren würde …«

»Doch, natürlich! Ich bin mir sicher, dass Tiphaine etwas davon in die Chips getan hat. Milo hat gesagt: ›brauner Zucker, nur in Gelb.‹ Und woran erinnert dich das?«

David sah seine Frau fragend an.

»Das ist genau die Farbe der Tortillachips mit dieser Art gelbem Pulver außen herum!«, rief Laetitia, sicher, dass sie einen unwiderlegbaren Beweis in der Hand hatte. »Sie musste einfach nur die Chips in der Schüssel bestreuen, und niemand hat etwas gesehen. Das, was sie den Sanitätern erzählt hat, dass Milo angeblich von ihren Abkochungen genascht hat, das ist Unsinn!«

»Nur hat Milo das tatsächlich getan ...«

»Ja, aber es ist nicht das, was ihn krank gemacht hat.«

»Dann erklär mir doch mal, warum sie alles getan hat, um ihn zu retten.«

Laetitia kicherte spöttisch.

»Was hat sie getan, um ihn zu retten?«

»Sie hat dafür gesorgt, dass er sich übergibt, sie hat Sylvain angeschrien, er solle den Krankenwagen rufen, und dann hat sie noch die Sanitäter gebeten, ihm den Magen auszupumpen«, zählte David ganz ruhig auf.

»Natürlich! Wenn sie das alles nicht getan hätte, wäre sie die erste Verdächtige gewesen und hätte den Rest ihres Lebens für Mord hinter Gittern verbracht! Indem sie aber so gehandelt hat, kann man es einfach nur einen häuslichen Unfall nennen. Und schuld ist nur ein unglücklicher Zufall.«

David schwieg ratlos.

»Ich habe mich informiert, David«, fuhr Laetitia fort, die es nicht aufgab. »Die Herbstzeitlose enthält ein außergewöhnlich starkes Gift, das plötzliches Erbrechen auslöst und trotzdem in den meisten Fällen tödlich ist.«

»Wie kommt es dann, dass Milo es geschafft hat?«

»Weil er nicht genug davon verschluckt hat! Ihr Plan ist schiefgegangen, das ist alles!«

David schwieg wieder. Laetitias Darlegung wühlte ihn auf, jedoch ohne ihn zu überzeugen. Da ihr die Argumente ausgingen, verkündete sie:

»Jedenfalls kommt es nicht in Frage, dass sie noch einmal in seine Nähe kommt.«

»Da bin ich einverstanden ...«

»Aber du glaubst mir nicht, wenn ich dir sage, dass sie ihn tatsächlich umbringen wollte.«

David seufzte.

»Nein. Ich kenne Tiphaine, sie wäre nicht im Stande, so etwas zu tun.«

Laetitia biss die Zähne zusammen und erwiderte voller Groll:

»Hör mir gut zu, David: Wenn unser Sohn noch einmal wegen deines dümmlichen Vertrauens in Gefahr gerät, werde ich dich persönlich dafür verantwortlich machen.«

Dann verließ sie, ohne zurückzublicken, das Zimmer.

Die Vöglein sind gezogen,
Weil es im Winter kalt,
Sie sind davongeflogen
Wohl über Feld und Wald.

Kapitel 44

Vor Kurzem hatte Tiphaine angefangen zu joggen. Laufen ohne bestimmten Grund, abgesehen von der Bewegung, geradeaus laufen, laufen ohne Ziel, einfach nur laufen. Diese Aktivität gab ihr das Gefühl, wieder in der Realität Fuß zu fassen, auch wenn diese jeglichen Reiz verloren hatte. Aber das Laufen hielt sie vom Nachdenken ab. Sie reihte in kleinen Sprints einen Schritt an den anderen, fixierte das Ende der Straße, als ob es ein Ziel wäre, das sie erreichen müsste, und überließ alles Weitere ihren Beinen. Mehr erwartete sie sich davon nicht. Den Häuserblock umrunden und wieder von vorne beginnen. Ihre Kräfte aufbrauchen, ihre Energie verschwenden, sich verausgaben für nichts als körperliche Erschöpfung, in der Hoffnung, dass dann, wenn sie wieder zu Hause wäre, die Müdigkeit ihres Körpers stärker wäre als die ihres Geistes. Normalerweise träumte sie nachts weniger, wenn sie laufen gewesen war. Und das war ihr gerade recht.

An diesem Tag, als sie gerade ihre zwölfte Runde geschafft hatte, sah sie in der Ferne Laetitia, die mit den Armen voller Taschen aus ihrem Wagen stieg und dann Milo mit Mühe die Hintertür öffnete. Sie hielt an, und für eine Sekunde gab sie beinahe der Versuchung nach, wieder umzudrehen. Der Konfrontation ausweichen, sich hinter der Ecke verstecken und warten, bis der Weg frei wäre ... Aber als sie Milo sah, der aus dem Auto kletterte und dabei auf seinen Gameboy starrte, begann ihr Herz schneller zu schlagen, was jedoch nicht an der Anstrengung lag.

Also setzte sie sich, ohne wirklich darüber nachzudenken, wieder in Bewegung.

Ihre Schritte führten sie diesmal zu einem Ziel, und obwohl die Strecke kurz war, hatte sie noch keine Ahnung, welchen Weg sie einschlagen würde. Die Freundschaft erneuern? Wahrscheinlich nicht. Aber Laetitia zumindest von ihrer Aufrichtigkeit überzeugen. Es wenigstens versuchen. Ohne sich besondere Illusionen über die Erreichbarkeit der Ziellinie zu machen.

Als sie auf ihrer Höhe ankam, hörte sie Laetitias offensichtlich an Milo gerichtete Worte:

»Und wenn das nicht zu viel verlangt ist, kannst du auch noch die Tür zumachen!«

Ihr Ton war gereizt. Laetitia schien schlechte Laune zu haben. War es der richtige Moment, um einen Versuch zu starten? In jedem Fall bot sich jetzt die Gelegenheit, und Tiphaine entschied, dass sie diese nicht verstreichen lassen würde.

»Laetitia! Können wir kurz reden?«

Laetitia drehte sich um. Auf ihrem überraschten Gesicht zeichnete sich die Bestürzung von jemandem ab, der sich verraten fühlt und es nicht zugibt. Die Zeit schien still zu stehen, aber bevor der jungen Frau einfiel, was sie sagen könnte, ging Tiphaine zu Milo und wuschelte ihm durchs Haar.

»Na, mein Großer, wie geht es dir?«

Das Lächeln, mit dem er ihr antwortete, ließ ihr warm ums Herz werden.

»Hallo Tante Tiph!«

Die Reaktion des Kindes schien auf Laetitia die Wirkung eines Elektroschocks zu haben. Mit den Nerven am Ende ging Laetitia zwei große Schritte auf sie zu, packte ihren Sohn verärgert am Arm und stellte sich zwischen die beiden.

»Ich verbiete dir, mit ihm zu sprechen«, zischte sie zwischen den Zähnen hervor.

Tiphaine nahm diesen Angriff hin, ohne mit der Wimper zu zucken.

»Laetitia, bitte ... Ich möchte mit dir reden.«

»Milo, geh ins Haus!«, wies ihn seine Mutter an.

»Mama ...«

»Du gehst jetzt rein, habe ich gesagt!«, befahl sie in einem Ton, der keinen Widerspruch duldete.

Milo zögerte und ging dann schmollend ins Haus. Sobald er drinnen war, wandte sie sich wieder Tiphaine zu:

»Ich warne dich, du geistesgestörtes Miststück, wenn ich dich noch einmal in seiner Nähe erwische, kratze ich dir die Augen aus!«

Dieser Einstieg raubte Tiphaine den letzten Rest Hoffnung, der ihr noch geblieben war: Laetitia würde ihr niemals glauben, es war dumm von ihr gewesen, sich einzubilden, das Gegenteil könnte möglich sein. Aber da sie nun einmal dastanden, von Angesicht zu Angesicht, musste sie ihr irgendetwas antworten.

»Laetitia, wenn du nicht verstehst, dass ich niemals ...«

»Halt den Mund!«, zischte sie. »Spar dir deine billigen Ausreden, ich glaube dir kein Wort!«

»Ach nein? Und was glaubst du?«

Laetitia warf ihr einen eisigen Blick zu.

»Ich weiß genau, was du vorhast, Tiphaine. Aber ich warne dich: Das nächste Mal, wenn Milo etwas passiert, egal was, rufe ich die Polizei!«

Diese Sichtweise überraschte sie. Sie hatte es nicht für möglich gehalten, dass Laetitia so weit dem Irrsinn verfallen war. Ihre heftigen Anschuldigungen beunruhigten sie.

»Ich weiß nicht, was das für ein paranoides Delirium ist, in das du dich gerade verrennst, aber eins ist sicher, du liegst völlig daneben. Bitte versuch wenigstens, mir ein bisschen zu glauben. Wenn nicht für mich, dann tu es für Milo. Du bist gerade dabei, ihn langsam, aber sicher zugrunde zu richten ...«

Laetitia zog spöttisch eine Augenbraue hoch und für einen Augenblick erschien ein grausamer Glanz in ihren Augen, wie ein Blitz, der die grauen Gewitterwolken durchbricht.

»Natürlich! Du weißt schließlich genau, wie man ein Kind zugrunde richtet«, sagte sie in einem fast sanften Ton.

In Anbetracht der Brutalität dieser Anspielung verspürte Tiphaine einen so unerträglichen Schmerz, dass sie völlig die Fassung verlor: Sie ohrfeigte Laetitia. Sie ohrfeigte sie ungehemmt. Und ohne nachzudenken.

Laetitia starrte Tiphaine mit weit aufgerissenen Augen an. Die Einkaufstüten und Taschen in ihren Händen waren tonnenschwer, sie ließ sie fallen und fasste sich stumm an die Wange.

»Das darfst du nicht!«, rief Tiphaine wutentbrannt und den Tränen nahe.

Laetitia stand ihr gegenüber und war bereit, ihr ins Gesicht zu springen und ihr die Augen auszukratzen, das konnte Tiphaine spüren. Das wäre vielleicht auch passiert, wenn nicht ein Ruf der hasserfüllten Konfrontation ein Ende gesetzt hätte.

»Laetitia!«

David erschien auf der Schwelle seines Hauses und kam auf sie zu. Er fasste Laetitia sofort bei den Schultern und stelle sich schützend vor sie.

»Sie hat mich geohrfeigt!«

»Manchmal tun Worte mehr weh als eine Ohrfeige«, stammelte Tiphaine, selbst erschrocken über die Richtung, die diese Auseinandersetzung genommen hatte.

David bedachte Tiphaine mit einem harten Blick, suchte nach den passenden Worten und zeigte drohend mit dem Finger in ihre Richtung.

»Diesmal bist du zu weit gegangen, Tiphaine! Wir werden Anzeige erstatten.«

In diesem Augenblick verstand Tiphaine, dass sie nichts mehr tun konnte und dass der Bruch endgültig vollzogen war.

»Wie du willst, David. Der große Unterschied zwischen euch und mir ist nämlich, dass ich nichts mehr zu verlieren habe.«

Mutter-Kind-Pass

7-8 Jahre

Außerschulische Aktivitäten sind gut für Ihr Kind, solange sie es nicht überlasten.
M. weigert sich, eine außerschulische Aktivität anzufangen ... Sollten wir ihn zwingen?
Vorschläge: Aikido? Theater? Zeichnen? Musik?
Zu viel Zeit am Gameboy! Das müssen wir im Auge behalten.

Das gemeinsame Essen ist eine gute Möglichkeit, sich auszutauschen und zu entspannen. Am besten schalten Sie dabei den Fernseher aus.
In der Küche gibt es keinen Fernseher. M. isst mit gutem Appetit. Er erzählt gern von seinem Schultag. Wir haben ein sehr gutes Verhältnis.

Auszufüllen durch den Kinderarzt:
Gewicht: **Größe:**

Kapitel 45

Die Tage wurden kürzer, aber der Herbst war mild in diesem Jahr. In der Woche nach der Auseinandersetzung liefen sich die Brunelles und die Geniots nicht über den Weg. Was zuvor den Charme des Nebeneinanderwohnens ausgemacht hatte, war nun zu einem Damoklesschwert geworden, dessen Drohung jedes Ausgehen unangenehm machte: Das Risiko, sich im Stadtviertel zu treffen oder den anderen nur wenige Meter entfernt im Nachbargarten wahrzunehmen, verlieh dem Alltag den bitteren Beigeschmack des Misstrauens.

Am folgenden Samstag verbrachte Laetitia einen Großteil des Vormittags damit, die anstehende Wäsche zu machen: die Kleider, die sich im Korb anhäuften, zu waschen, und diejenigen, die auf dem Trockner lagen, zu falten, zu bügeln und wegzuräumen. David war nicht da. Er fuhr in seinem Taxi durch die Straßen der Stadt. Milo seinerseits hatte seine Mutter um Erlaubnis gebeten, im Garten zu spielen, nachdem er in der einen Stunde, die ihm zugestanden war, eine Jimmy-Neutron-DVD geschaut hatte.

Laetitia stimmte widerstrebend zu. Ihr gefiel der Gedanke nicht, ihren Sohn Tiphaines Blick auszusetzen, die vom ersten Stock ihres Hauses eine weitläufige Sicht auf die beiden Gärten hatte. Andererseits war es völlig lächerlich, Milo zu verbieten, im Freien zu spielen, das war ihr bewusst. Sie entschied sich daher, das Bügelbrett im Esszimmer aufzubauen, dessen offene Glastüren direkt auf die Terrasse führten und ihr somit eine komplette Sicht über den ganzen Garten boten.

Milos Stimmung war weiterhin trüb, insbesondere, seit er aus dem Krankenhaus zurückgekehrt war. Die Atmosphäre im Haus hatte nichts mehr mit der Leichtigkeit von früher gemein: Laetitia war meistens gereizt, weshalb David ihr ununterbrochen Vorwürfe machte, und nicht selten brach zwischen ihnen Streit aus. Was Milos Krankenhausaufenthalt betraf, hatte man ihm fast nichts erklärt, außer, dass er den gelben Zucker nicht hätte probieren sollen. Aber er hatte genau verstanden, dass seine Mutter Tiphaine für den Unfall verantwortlich machte und dass sein Vater diese Meinung nicht teilte. Er selbst wusste nicht, was er denken sollte, und er fühlte sich zwischen den beiden Meinungen hin- und hergerissen. Zumal er für Maximes Eltern echte Zuneigung hegte und darunter litt, sie nicht mehr zu sehen. Und zu guter Letzt: Der Elektrobaukasten, den er mehrmals zurückverlangt hatte, war noch bei ihnen.

»Das geht nicht, mein Schatz«, antwortete seine Mutter ihm jedes Mal.

»Warum?«

»Wenn du unbedingt einen Elektrobaukasten haben willst, dann kaufen Papa und ich dir einen neuen.«

Das war die einzige Antwort, die er aus ihr herausbekam. Aber der genaue Grund, weshalb er nicht einfach zurückholen konnte, was er schon geschenkt bekommen hatte, blieb ihm vollkommen schleierhaft. Da er die Haltung seines Vaters zu diesem Thema kannte, versuchte er von ihm eine Erklärung zu bekommen.

»Deine Mama ist sehr böse auf Tante Tiph und will nichts mehr von ihr annehmen.«

»Aber sie muss ja auch nichts von ihr annehmen«, hatte der Junge sich empört, »sondern nur ich!«

»Ich weiß, mein Großer.«

»Werden sie für immer böse aufeinander sein?«

Nach einem bedauernden Blick auf seinen Sohn hatte David nur hilflos mit den Schultern gezuckt.

An diesem Abend hatte das Kind durch den Boden seines Zimmers Geschrei aus dem Erdgeschoss gehört. Offensichtlich stritten sich seine Eltern wieder, und das Wort »Elektrobaukasten« kam wiederholt in der Auseinandersetzung vor. Mit seinem Gesicht im Kissen vergraben, hatte Milo sich entschieden, sein Spielzeug endgültig aufzugeben.

Während Laetitia die Wäsche bügelte, dachte sie an den Streit des Vorabends. David hatte ihr vorgeworfen, Milo unnötig zu beunruhigen und ihm zu schaden, indem sie ihm das Gefühl gab, in Gefahr zu sein.

»Er IST in Gefahr!«, hatte sie insistiert, verzweifelt darüber, dass sie ihren Mann nicht von ihrer Meinung überzeugen konnte.

»Jetzt hör doch auf, verdammt!«, hatte David verärgert geantwortet. »Also ehrlich, du wirst vollkommen paranoid! Und kannst du mir verraten, inwiefern Milo sich auch nur der geringsten Gefahr aussetzen würde, wenn er sich sein Geschenk zurückholt?«

»Keine Ahnung«, gab sie widerwillig zu.

David setzte ein triumphierendes Lächeln auf, das sofort erstarb, als sie hinzufügte:

»Aber ich bin mir sicher, dass Tiphaine gestört genug ist, um aus einem einfachen Spielzeug etwas Gefährliches zu machen, und erst recht aus einem Elektrobaukasten.«

Er wäre in Gelächter ausgebrochen, wenn die Situation nicht so todtraurig gewesen wäre.

»Du bist diejenige, die langsam ganz schön gestört wird!«, erwiderte er und sah sie mitleidig an.

Laetitia fühlte sich zutiefst verletzt, sie schlug mit der Faust auf den Tisch und ließ ihrer Wut freien Lauf:

»Hör mir gut zu, David Brunelle, ich kann nicht glauben, dass du versuchst, diese Geisteskranke in Schutz zu nehmen. Aber dass du dir außerdem erlaubst, mich zu beleidigen, das ... das kann ich nicht hinnehmen!«

Sie verbarg ihr Gesicht in den Händen und brach in Tränen aus.

David verheimlichte nicht, dass er sehr gereizt war: Er seufzte tief und musste sich zurückhalten, um nicht die Tür zuzuschlagen und den Raum zu verlassen. Die obsessive Angewohnheit seiner Frau, überall Gefahr zu sehen, begann ihm langsam auf die Nerven zu gehen. Mehr als alles andere nahm er ihr übel, dass sie Milo das Gewicht ihrer Ängste aufbürdete. Das Kind, bereits durch Maximes Tod erschüttert und dann auch noch durch den Ernests, hatte seine Lebensfreude und die Sorglosigkeit verloren, auf die er ein Recht hatte. War sich Laetitia bewusst, dass ihre Haltung ihn nur noch mehr verstörte, ihn missmutig und melancholisch machte?

Als er sie so in Tränen aufgelöst, unglücklich und verletzlich sah, fasste David eine Entscheidung, nämlich, dass er den Teufelskreis brechen wollte, in dem sie sich selbst eingeschlossen hatte. Aber wie? Er sah nur eine Lösung.

»Okay!«, verkündete er mit Nachdruck. »Du meinst also, dass Milo in Gefahr ist, nicht wahr? Dass Tiphaine eine echte Bedrohung für ihn darstellt, weil sie den Gedanken nicht erträgt, dass er vor ihren Augen aufwächst.«

»Das erscheint mir offensichtlich«, antwortete Laetitia zwischen zwei Schluchzern.

»Dann müssen wir umziehen!«

Laetitias Tränen versiegten augenblicklich. Sie riss die Augen auf und sah David verblüfft an.

»Was?«

»Wenn du der Meinung bist, dass unser Kind hier, nur wenige Meter von Tiphaine und Sylvain entfernt, in Gefahr ist, dann ist es unsere Pflicht, ihn zu schützen. Lass uns umziehen!«

»Das kommt nicht in Frage!«, protestierte sie.

»Und warum?«

»Dieses Haus hat meinen Eltern gehört, ich bin zwischen diesen Mauern aufgewachsen und ich will, dass auch mein Sohn hier aufwächst. Und ich sehe nicht ein, warum ich meine Sachen packen soll, nur weil meine Nachbarin voll-kommen verrückt ist. Wenn jemand gehen muss, dann sie!«

»Du kannst keinen Menschen unter dem Vorwand, seine Anwesenheit sei schädlich für dein Kind, zwingen auszu-ziehen ... Aber wenn du dir deiner Meinung so sicher bist, dann ist es an dir, zu handeln.«

Das Argument war unwiderlegbar, und Laetitia wusste nicht, was sie antworten sollte. Der Wunsch, Tiphaine und Sylvain endgültig aus ihrer Welt verschwinden zu se-hen, überfiel sie mit einer fast ausweglosen Wucht.

»Das ist ungerecht«, wimmerte sie, während ihre Tränen wieder zu fließen begannen.

»Vielleicht, aber so ist es nun mal.«

Sie versank in qualvollen Überlegungen, unterbrochen von Schluchzern und schniefen.

Von hier fortgehen? Diesen Ort verlassen, in dem so vie-le Dinge verwahrt lagen, angefangen bei ihrer Kindheit und der ihres Sohnes bis zur Erinnerung an ihre Eltern? Milo aus seinem Stadtviertel herausreißen und ihn viel-leicht sogar in einer anderen Schule anmelden? Und wo-hin sollten sie denn gehen? In dem Augenblick, in dem sie all diese Fragen formulierte, wurde Laetitia klar, dass sie keineswegs bereit war für eine so radikale Antwort.

»Wenn du diese Lösung nicht als offensichtlich empfin-dest, dann ist Milo vielleicht doch nicht so sehr in Gefahr, wie du sagst ...«, schloss David, als hätte er ihren Gedanken-gang wie ein offenes Buch gelesen.

Laetitia stieß ein desillusioniertes Lachen aus.

»Du willst mir nur beweisen, dass ich unrecht habe, oder?«

»Ich will dir nur zeigen, dass du übertreibst und dass du das selbst in deinem tiefsten Innern auch weißt. Okay, Tiphaine hat kein reines Gewissen, aber ernsthaft, Laetitia, das hätten wir doch auch nicht, meinst du nicht? Sie hat ihren Sohn verloren! Davon wird sie sich nie wieder erholen. Natürlich sehe ich es wie du: Ich will im Hinblick auf Milo nie wieder das geringste Risiko eingehen. Mit Tiphaine und Sylvain ist jetzt Schluss, wir werden sie nicht mehr treffen, und damit basta! Aber hör auf zu denken, dass Tiphaine ihm schaden will! Und hör vor allem auf, Milo diese Art von Idee in den Kopf zu setzen. Du bist im Moment diejenige, die ihm schadet ... Also hör bitte auf, paranoid zu sein und lass uns beide versuchen, unserem Kind sein Lächeln zurückzugeben!«

David hatte wieder die richtigen Worte gefunden. Laetitia weinte noch stärker. Dann stand sie auf, ging um den Tisch herum und schmiegte sich in die Arme ihres Mannes. Schließlich gab sie ihm ihre Antwort, indem sie ihn leidenschaftlich küsste.

Die Erinnerung an den Ausgang dieses Streits fiel mit dem Ende des Bügelns zusammen. Laetitia faltete die letzte Hose, legte sie auf den Wäschestapel und zog des Stecker aus der Steckdose. Draußen sah sie die Silhouette von Milo, der am Ende des Gartens herumtollte. Dann nahm sie den Korb und stieg in den ersten Stock hinauf. Dort nahm sie sich die Zeit, jedes Kleidungsstück an seinen Platz zu räumen, bevor sie die Bettwäsche des Kleinen wechselte. Sie brauchte dafür etwa eine Viertelstunde. Als sie wieder ins Erdgeschoss kam, ging sie in die Küche und schenkte sich ein Glas Wasser ein.

Während sie ihren Durst stillte, sah sie geistesabwesend aus dem Fenster, das auf den Garten hinausging. In Gedanken versunken, fiel ihr nichts Ungewöhnliches auf. Erst als sie ihr Glas ins Spülbecken stellte, flüsterte ihr Instinkt, dass etwas nicht stimmte.

Kapitel 46

Laetitia durchquerte schnell das Esszimmer und ging auf die Terrasse hinaus. Sobald sie draußen war, ließ sie ihren Blick im Kreis über den ganzen Garten schweifen.

»Milo?«

Schnellen Schrittes ging sie bis zu den Büschen, die die Mauer am Ende des Gartens säumten, und rief dabei weiter den Namen ihres Sohnes. Sie durchsuchte das Gebüsch ...

»Milo, komm raus, falls du dich versteckst! Das ist nicht lustig!«

Sie drehte sich um, nahm die Rasenfläche von der anderen Seite in Augenschein, suchte mit den Augen die ganze Terrasse ab ...

»Milo, wo bist du, verdammt noch mal?«

... Sie ging zum Schuppen, öffnete die Tür ...

»Milo?«

... Sie blieb stehen, außer Atem, und merkte, wie die Panik unaufhaltsam in ihr aufstieg: In der kleinen Hütte fand sie nur die Gartenwerkzeuge und den Rasenmäher vor sowie einen Stapel mit einigen Säcken Gartenerde. Mit klopfendem Herzen drehte sie sich im Kreis und richtete den Blick auf das Ende der Hecke, dorthin, wo Maxime und Milo begonnen hatten, einen Durchgang freizulegen. Ohne sich die Mühe zu machen, die Tür zum Schuppen zu schließen, rannte sie dorthin, kniete sich auf den Boden und untersuchte den engen Tunnel und seine Umgebung.

Keine Spur von Milo.

Immer besorgter richtete sie sich wieder auf und stellte sich auf die Zehenspitzen, um über die Hecke zu schauen, aber in Tiphaines und Sylvains dicht bepflanztem Garten regte sich nichts.

Nun musste sie sich der offenkundigen Tatsache stellen: Milo war nicht mehr im Garten.

War er ins Haus zurückgegangen, ohne dass sie es gemerkt hatte, während sie im ersten Stock beschäftigt gewesen war? Im Laufschritt legte sie die Strecke in die umgekehrte Richtung zurück, betrat das Esszimmer und lief alle Zimmer im Erdgeschoss ab, während sie den Namen des Kindes schrie. Sie tat das Gleiche im ersten Stock, aber während sie von einem Zimmer ins andere lief, ohne auch nur die Ecken abzusuchen, die Schränke zu öffnen und unter die Betten zu schauen, wusste sie instinktiv, dass sie ihren Sohn dort nicht finden würde. Ratlos und dabei den naheliegenden entsetzlichen Gedanken unterdrückend, ging Laetitia wieder die Treppe hinunter bis in den Hausflur, öffnete die Eingangstür und lief einige Schritte die Straße entlang.

Diese war völlig ausgestorben mit Ausnahme der Autos, die alle paar Sekunden gleichgültig vorbeifuhren, um genauso schnell zu verschwinden, wie sie aufgetaucht waren.

Die Panik lähmte ihre Urteilskraft, und während sie sich mitten auf dem Bürgersteig um sich selbst drehte, erfasste sie die zwanghafte Überzeugung, dass ihrem kleinen Jungen etwas passiert sein musste.

»Schlampe!«, murmelte sie und ging mit großen Schritten auf das Haus ihrer Nachbarn zu.

Sie drückte auf die Klingel, wartete, wiederholte den Vorgang, wartete weiter und dann, als sich niemand rührte, trommelte sie an die Tür.

»Ich weiß, dass du da bist, Tiphaine!«, brüllte sie aus voller Lunge. »Mach die Tür auf, oder ich rufe die Polizei!«

Dann drückte sie ein Ohr an die Tür und lauschte auf den Beweis für das, was sie gerade gesagt hatte.

Hinter der Tür herrschte vollkommene Stille.

Laetitia spürte, wie ihr jegliche Beherrschung, die ihr noch geblieben war, verloren ging. Von einem dumpfen

Schrecken erfasst rannte sie zurück zu ihrer eigenen Tür und ging hinein, drinnen stürzte sie zum Telefon und wählte Davids Nummer. Als er abhob, war sie in Tränen aufgelöst.

Laetitias Äußerungen waren so wirr, dass er einige Sekunden brauchte, bis er verstand, was los war. Sie sprach von Milos Verschwinden, ohne dass es ihm gelang, die Umstände zu verstehen, sie beschuldigte Tiphaine, ihn bei sich gefangen zu halten, und drohte, bei ihren Nachbarn einzubrechen, um ihren Sohn zu retten.

»Beruhige dich, Laetitia, um Himmels willen!«, versuchte es David in einem Ton, der zugleich schroff und besonnen klingen sollte. »Warum glaubst du, dass er bei Tiphaine und Sylvain ist?«

»Er war im Garten, David! Das ist der einzige Ort, wo er hinkonnte. Er muss durch das Loch in der Hecke gekrochen sein, es gibt keine andere Möglichkeit!«

»Warum soll er zu ihnen gegangen sein?«

»Verstehst du es nicht?«, blaffte Laetitia. »Sie hat ihn durch irgendeine Lüge angelockt. Ich muss ins Haus gelangen, sonst ist Milo verloren!«

»Tu nichts!«, schrie David, der ebenfalls die Nerven verlor. »Tu bloß nichts. Oder doch: Ruf die Polizei, sag ihnen, dass Milo verschwunden ist, und dann warte auf mich. Ich komme sofort.«

Er brach nervös das Gespräch ab und legte das Telefon auf den Beifahrersitz. Dann fuhr er an den Bürgersteig und hielt sein Taxi an. Er drehte sich zu dem Kunden um, den er gerade aufgelesen hatte und, nachdem er sich entschuldigt hatte, bat er ihn, den Wagen zu verlassen.

»Soll das ein Witz sein?«, protestierte dieser, obwohl er selbst nichts besonders lustig zu finden schien.

»Es tut mir leid ... Ich habe gerade einen Anruf von meiner Frau erhalten, unserem Sohn ist etwas passiert. Ich muss dringend nach Hause fahren!«

Bei einem derartig gewichtigen Argument hätte der Kunde sofort nachgeben sollen. Unglücklicherweise schien der Kerl keine Kinder zu haben.

»Das ist nicht mein Problem!«, antwortete er schroff. »Fahren Sie mich zur Adresse, die ich Ihnen genannt habe, und dann können Sie fahren, wohin Sie wollen.«

David verstand, dass er es mit einem Quälgeist zu tun hatte. Es eilte, und jede Sekunde, die er damit verlor, ihn zu überzeugen, aus dem Taxi zu steigen, machte ihn gereizter. Er seufzte demonstrativ, zog den Schlüssel aus dem Schloss und stieg aus dem Auto. Dann ging er um den Wagen herum und öffnete die Hintertür mit einer eindeutigen Geste.

»Steigen Sie aus!«

»Das kommt nicht in Frage!«, antwortete der Kunde und krallte sich an seinem Aktenkoffer fest, als verliehe dieser ihm die Macht, im Auto zu bleiben.

David überlegte nicht lange, packte ihn am Kragen seines Jacketts und zog ihn heftig nach oben, um ihn dazu zu bringen, aus dem Auto zu steigen. Der Mann versuchte, Widerstand zu leisten: Während er schreiend protestierte, lehnte er sich mit seinem ganzen Gewicht zur Seite. Nun verlor David die Geduld. Er startete einen erneuten Versuch, aber diesmal mit beiden Händen, und so wurde der Kunde auf allen vieren aus dem Auto gezerrt. Sobald er ganz draußen war, ließ David den Mann los, woraufhin dieser zu Boden stürzte.

Dann setzte David sich wieder ans Steuer, startete das Auto und gab Vollgas. Im Rückspiegel sah er noch, wie der Kunde wieder aufstand und etwas brüllte, was nach heftigen Beleidigungen klang. Wenn es nicht sogar Drohungen waren.

Fünf Minuten später bremste David mit quietschenden Reifen vor seinem Haus und rannte hinein. Als er den Hausflur betrat, fand er Laetitia auf der Erde kniend vor, wie sie mit fiebrigen und unkontrollierten Gesten die Schubladen der Kommode ausleerte.

»Was machst du?«, fragte er sie erstaunt.

»Ich suche diese Scheißschlüssel!«, schrie sie, ohne ihn auch nur anzuschauen.

»Welche Schlüssel?«

»Die Schlüssel von Tiphaine und Sylvain!«

»Hast du die Polizei gerufen?«

»Sie müssen jeden Moment da sein.«

David blieb einige Sekunden stumm, während er seiner Frau dabei zusah, wie sie erbittert alles durchwühlte und die Gegenstände dann einen nach dem anderen achtlos zur Seite warf.

»Laetitia, hör auf!«, befahl ihr David barsch. »Beruhige dich und erklär mir lieber, was passiert ist.«

Ohne zu antworten, setzte sie ihre Suche fort, nahm Dinge in die Hand, warf sie weg, und begann wieder von vorne, fluchte stöhnend und wischte sich mit dem Ärmelaufschlag die Tränen weg.

»Verdammt noch mal, Laetitia, hör auf!«, schrie er mit den Nerven am Ende.

Laetitia erbebte und sah endlich mit einem elenden Blick zu ihm auf. Er nahm sie bei den Schultern und zwang sie, aufzustehen. Und dann, in diesem Augenblick, ließ sie sich in seine Arme fallen und weinte, bis ihr die Tränen versiegten.

»Willst du es mir jetzt erklären?«, fragte er sie sanft.

Kapitel 47

Es gab nicht viel zu erklären. Laetitia erzählte ihm, wie der Vormittag abgelaufen war, verweilte lange bei der Viertelstunde, in der sie Milo unbeaufsichtigt gelassen hatte: Das letzte Mal, als sie ihn gesehen hatte, spielte er am hinteren Ende des Gartens ... Dann war er weg.

»Ein Kind verschwindet nicht einfach«, murmelte David fassungslos. »Er muss doch irgendwo sein!«

»Er ist dort drüben!«, protestierte Laetitia und zeigte in die Richtung des Nachbarhauses. »Gott weiß, was sie gerade mit ihm anstellt! Und du ...«

Voller Empörung machte sie sich von David los. Da er versuchte, sie weiter an sich zu drücken, stieß sie ihn noch heftiger von sich, und als er ein überraschtes Gesicht machte, zeigte sie anklagend auf ihn.

»Du hast dich geweigert, mir zu glauben, als ich dir gesagt habe, dass sie ihm schaden will. Und jetzt ... jetzt ...«

Sie hielt mit einem schmerzerfüllten Schluchzen inne, schaute David mit einem Blick voller Verbitterung und Wut an und rannte dann blitzschnell durchs Esszimmer und auf die Terrasse hinaus. Dort schnappte sie sich einen Stuhl, stellte ihn neben die Hecke und versuchte darüber zu klettern, genauso wie damals, als sie voller Schrecken Milo am Fenster von Maximes Zimmer gesehen hatte.

»Was zum Teufel machst du da? Laetitia!«

David, der ihr auf den Fersen gefolgt war, wollte sie an der Taille packen, um sie davon abzuhalten, auf die andere Seite hinüberzusteigen.

»Lass mich los!«, brüllte sie und schlug um sich.

Unsicher auf dem Stuhl balancierend, schaffte sie es dennoch, ein Bein über die Hecke zu schwingen. Mit dem anderen verpasste sie David einen heftigen Tritt. Obwohl er ihm nicht sehr wehtat, ließ er sie los. Laetitia nutzte den Moment, um das andere Bein über die Hecke zu schwingen und auf die Terrasse der Nachbarn hinunterzuspringen.

Ohne eine Sekunde zu verlieren, stand sie auf, stürzte zur Glastür und versuchte sie aufzuziehen. Vergeblich, sie war abgeschlossen. Dann nahm sie, ohne sich um Davids Protestrufe zu kümmern, der von der anderen Seite der Hecke versuchte, sie zur Vernunft zu bringen, einen Hocker aus Holz, der in einer Ecke der Terrasse stand, ...

»Laetitia, nein!«

... sie schwang den Hocker über ihren Kopf ...

»Stell den Hocker weg!«

... und schlug ihn mit aller Kraft gegen die Scheibe der Terrassentür.

Die Scheibe, die mit einer qualitativ hochwertigen Doppelverglasung ausgestattet war, hielt dem Schlag stand, bis auf einen etwa einen Zentimeter breiten Sprung, der an der Stelle auftauchte, wo der Hocker aufgeprallt war.

Nun kletterte David seinerseits auf den Stuhl, um zu Laetitia zu gelangen, während er ihr weiterhin Befehle und Drohungen zubrüllte. Was Laetitia offenbar völlig egal war. Sie setzte dazu an, die Bewegung zu wiederholen, schwang den Hocker über ihren Kopf, als im Haus das Klingeln der Eingangstür erschallte und durch die offene Terrassentür zu ihnen drang.

»Die Polizei!«, rief David und erinnerte sich daran, dass Laetitia sie gerufen hatte.

Dieser Ausruf beendete die Raserei der jungen Frau und machte ihr gleichzeitig Hoffnung, dass sie nun sehr bald in das Haus ihrer Nachbarn eindringen könnte. Dort, wo ihr Kind gefangen gehalten wurde, davon war sie überzeugt.

Sie ließ den Hocker los.

Für den Augenblick beruhigt, forderte David sie auf, so schnell wie möglich zurück in ihren eigenen Garten zu kommen. Als er dann sah, dass sie auf ihn hörte, sprang er von der Hecke herunter und ging, ohne noch weitere Zeit zu verlieren, in den Hausflur.

Zwei Polizisten in Uniform standen auf der Schwelle, ein Mann und eine Frau. Der Erstere trug stolz einen dichten Schnurrbart, den er ganz besonders gut zu pflegen schien. Er war groß, gebräunt, und mit seinem kantigen Kiefer und der Sonnenbrille, die ganz oben auf seiner Nase saß, sah er ein wenig aus wie Tom Selleck, allerdings weniger charismatisch. Die Frau war groß mit einer relativ korpulenten und kurvigen Figur. Ihre kurzen ergrauenden Haare verrieten, wie wenig Zeit sie darauf verwendete, feminin auszusehen.

»Polizeioberkommissare Chapuy und Delaunoy«, stellte der Mann sie vor, ohne dass David verstand, wer von beiden wer war, was ihn im Übrigen auch nicht interessierte. »Sie haben uns wegen eines vermissten Kindes gerufen?«

David nickte.

»Kommen Sie herein.«

Die beiden Polizeibeamten kamen der Bitte nach und betraten den Hausflur im gleichen Moment, in dem auch Laetitia erschien, die gerade mit verrutschten Kleidern und zerzaustem Haar aus der Küche trat.

»Gott sei Dank sind Sie da!«, rief sie sofort. »Mein Sohn wird von den Nachbarn gefangen gehalten, er ist in Gefahr! Sie müssen unbedingt die Tür aufbrechen, die Nachbarin weigert sich, die Tür zu öffnen!«

»Immer mit der Ruhe!«, bremste sie die Polizistin mit fester Stimme. »Wir müssen zuerst so viele Informationen wie möglich sammeln, zunächst über das Kind selbst, dann über die Umstände seines Verschwindens.«

Enttäuscht über dieses Vorgehen, das sie für Zeitverschwendung hielt, wollte Laetitia gerade widersprechen, als David sie aufforderte zu schweigen.

»Lass mich die Situation erklären! Wir haben keinen Beweis, dass Milo wirklich bei Tiphaine und Sylvain ist.«

»Milo ist das Kind, um das es sich handelt?«, fragte die Polizistin.

»Das ist mein Sohn, er ist sieben Jahre alt, und er ist von den Nachbarn gekidnappt worden!«, antwortete Laetitia in einem Ton, der verriet, wie wenig sie von der Effizienz der Polizisten hielt.

»Wir müssen Sie bitten, sich zu beruhigen«, schaltete sich Tom Selleck ein. »Wir werden nichts tun, bevor wir nicht alle Informationen in der Hand haben; es ist daher in Ihrem eigenen Interesse, dass sie sich wieder in den Griff bekommen und uns genau erklären, was passiert ist und seit wann Ihr Sohn verschwunden ist. Je schneller das getan ist, desto schneller können wir die Suche in die Wege leiten.«

»Lassen Sie uns doch ins Esszimmer gehen«, schlug David vor.

Er bot den beiden Polizeibeamten an, sich an den Tisch zu setzen.

Laetitia folgte ihnen, es kostete sie eine Riesenanstrengung, sich am Riemen zu reißen.

Als sie alle saßen, erzählte die junge Frau zum zweiten Mal, wie alles abgelaufen war. Dann fasste David die Entwicklung ihrer Beziehung zu den Nachbarn zusammen und die Gründe, weshalb Laetitia überzeugt war, dass Tiphaine an der Sache beteiligt war. Während sie berichteten, machten die Polizisten sich abwechselnd Notizen und stellten Fragen nach Details.

»Haben Sie bereits das Viertel abgesucht, die anderen Nachbarn, die Händler oder Passanten befragt?«

David und Laetitia verneinten.

»Damit werden wir anfangen«, erklärte Tom Selleck und

stand auf. »Könnten Sie uns ein Foto Ihres Sohnes zur Verfügung stellen?«

Mit einer Handbewegung signalisierte die Polizistin David, dass sie kurz mit ihm sprechen wollte.

»Teilen Sie den Verdacht Ihrer Frau bezüglich Ihrer Nachbarn?«, fragte sie ihn.

Der sah kurz Laetitia an, die ihm ihrerseits einen bedeutungsschwangeren, drohenden Blick zuwarf. Er wusste, dass sie es als Verrat ansehen würde, wenn er sich nicht hinter sie stellte.

»Sagen wir, dass ich Tiphaine Geniot nicht traue«, antwortete er vorsichtig. »Auch wenn ich nicht glaube, dass sie zu einer so abscheulichen Tat in der Lage wäre.«

Laetitia schnaubte ironisch und wandte sich ab, aber man sah ihr an, dass sie es ihm übelnahm. Die beiden Polizisten sagten nichts dazu und konzentrierten sich stattdessen auf die Informationen, die sie benötigten:

»Haben Sie bei ihnen geklingelt?«

»Keine Antwort«, beeilte sich David zu antworten, weil er der Ansicht war, dass es besser wäre, das Eindringen seiner Frau in den Garten der Geniots nicht zu erwähnen.

»Wie raffiniert von ihr!«, sagte Laetitia verärgert und lachte hämisch.

Niemand reagierte darauf.

»Hat Ihr Sohn Freunde, Bekannte, einen bestimmten Ort, den er von sich aus aufsuchen könnte, ohne Sie davon in Kenntnis zu setzen?«

»Er ist erst sieben!«, rief Laetitia mit tränenerstickter Stimme. »Wann kapieren Sie endlich, dass die Zeit drängt und dass Milo, während wir uns hier über nichts und wieder nichts unterhalten, in Gefahr ist, nur wenige Meter von uns entfernt, da, direkt hinter dieser Wand ...«

»Beruhigen Sie sich«, bat sie die Polizistin, diesmal ganz sanft. »Ich versichere Ihnen, dass wir alles in Bewegung setzen, um Ihren kleinen Jungen schnell wieder zu finden.«

Und wie um ihre Aussage zu bekräftigen, verlangte sie erneut ein Foto und drehte dann eine kurze Runde im Garten, während ihr Kollege zum Wagen zurückkehrte, um per Funk Milos Beschreibung aufzugeben.

Dank der Aussagen der Eltern und in Anbetracht der Umstände hatten die Polizeioberkommissare Delaunoy und Chapuy rasch zwei Hypothesen aufgestellt: Entweder hatte Laetitia recht und Milo war in der Tat in den Garten der Nachbarn gegangen und befand sich im Haus nebenan, oder er hatte aus einem unbekannten Grund das Haus verlassen und es nicht für nötig befunden, seine Eltern darüber zu informieren, dann spazierte er jetzt wahrscheinlich irgendwo in den Straßen der Stadt umher. Offensichtlich hatten die beiden Polizisten die Möglichkeit eines Entführungsdelikts ausgeschlossen: Der Garten war nicht von der Straße aus einsehbar oder zugänglich, es war ausgesprochen unwahrscheinlich, dass ein Unbekannter genau zu dem Zeitpunkt, als sich Laetitia im ersten Stock befand, ins Haus eingedrungen und unbemerkt bis in den Garten gelangt war, sich das Kind geschnappt hatte und mit ihm verschwunden war.

Da die Polizistin nichts Beweiskräftiges im Garten gefunden hatte und ihr Kollege die Beschreibung des Kindes durchgegeben hatte, gingen sie nun dazu über, bei Tiphaine und Sylvain zu klingeln, natürlich mit David und Laetitia auf den Fersen.

Nachdem sie hartnäckig auf die Klingel gedrückt hatten, trommelte Tom Selleck an die Tür.

»Polizei, bitte machen Sie die Tür auf!«, schrie er mit befehlsgewohnter Stimme.

Niemand rührte sich.

»Wir können hintenherum gehen«, erklärte Laetitia.

»Hintenherum?«, fragte Tom Selleck erstaunt. »Wozu?«

»Um reinzugehen und das Haus zu durchsuchen!«, sagte sie, als wäre das ganz selbstverständlich.

»Das Haus zu betreten kommt nicht in Frage«, antwortete er kurz angebunden.

Als er den niedergeschmetterten Ausdruck der jungen Frau sah, fügte er hinzu:

»Hausdurchsuchungen in Privatwohnungen können nur im Rahmen einer Voruntersuchung, einer frisch begangenen Tat oder eines Rechtshilfeersuchens vorgenommen werden. Es liegt hier keiner dieser drei Fälle vor.«

»Sie werden also nichts tun?«

»Wir werden tun, was wir können ... im Rahmen des Gesetzes.«

Laetitia glaubte, den Boden unter den Füßen zu verlieren. Sie sah David mit einem Blick an, der zugleich verzweifelt und anklagend war, sie machte ihn offenbar für das Verhalten der Polizei und die herrschenden Gesetze verantwortlich. Dann, als wäre etwas in ihr durch diese endgültige Einschränkung ihres Handlungswillens zerbrochen, warf sie sich gegen die Tür der Geniots, hämmerte mit den Fäusten dagegen und schrie an Tiphaine gerichtete Verwünschungen und Drohungen, sprach tröstende Worte mit Befreiungsversprechen zu Milo.

Wieder musste David einschreiten und den Versuch unternehmen, seine Frau zu beruhigen. Aber diese lehnte ihn inzwischen genauso sehr ab wie alle anderen. Außer sich vor Schmerz, verrannt in ihre tiefste Überzeugung, nämlich die, dass ihr Sohn tatsächlich dort war, nur wenige Meter von ihr entfernt, direkt hinter dieser Tür, empfand sie eine entsetzliche Einsamkeit und verfluchte die ganze Welt dafür, dass sie ihr so viel Unglück bereitete.

David, der sie mit beiden Armen umfasste, zog sie unnachgiebig von der Tür fort, während sie weiter wie eine Furie um sich schlug, brüllte und tobte, ohne nachzulassen. Die Polizistin versuchte ebenfalls, sie zur Vernunft zu bringen, aber es nutzte nichts: Wie im Wahn schien Laetitia taub gegenüber jedem Versuch, sie zu besänftigen.

»Schau mal!«, forderte David sie auf und versuchte, ihre Aufmerksamkeit auf sich zu ziehen.

Er hielt sie an den Handgelenken fest und versuchte, sie umzudrehen, um ihren Blick auf sich zu lenken, und sie gleichzeitig an sich gedrückt zu halten ... Vergeblich, sie hörte nichts und niemanden, sodass er sie heftig schütteln musste, um sie zum Schweigen zu bringen:

»Schau doch, verdammt noch mal!«, rief er noch immer, als Laetitia, eher erstaunt als verletzt, endlich schwieg.

Und dann, als sie in die Richtung sah, in die David zeigte, erblickte sie am Ende der Straße die Silhouette von Tiphaine, die offensichtlich gerade nach Hause kam.

Kapitel 48

Wenn Laetitia verblüfft war, Tiphaine ruhig den Bürgersteig entlanggehen zu sehen, so war diese erst recht erstaunt, ihre Nachbarn, begleitet von zwei Polizisten, direkt vor ihrem Haus zu sehen. Ihr Auftauchen hatte immerhin den Vorteil, dass Laetitia sofort Ruhe gab, Davids Griff entschlüpfte und sogleich auf sie zu rannte.

»Was hast du mit meinem Sohn gemacht?«, rief sie ihr aggressiv zu, sobald sie in Hörweite war.

David und die beiden Polizeioberkommissare folgten ihr auf den Fersen. David packte sie am Arm, flehte sie an, die Polizei ihre Arbeit machen zu lassen. Er zog sie in die entgegengesetzte Richtung, während Tom Selleck und seine Kollegin auf Tiphaine zugingen, die sie sprachlos und mit einem Ausdruck unverhohlener Überraschung anstarrte.

Aus der Entfernung sahen David und Laetitia sie mit Tiphaine diskutieren. Tiphaine schüttelte mehrmals den Kopf, schien die Fragen mit kurzen Sätzen zu beantworten, ein paar Worte, begleitet von Kopfbewegungen oder Schulterzucken. Dann gingen sie zu dritt zum Haus der Geniots. Als Tiphaine den Schlüssel ins Schloss steckte, liefen David und Laetitia in wenigen Schritten zu ihnen hinüber.

»Ich lasse Sie eine Hausdurchsuchung machen, aber es kommt nicht in Frage, dass diese Verrückte auch nur einen Fuß in mein Haus setzt«, verkündete sie und hielt inne.

Die Polizistin wandte sich sofort Laetitia zu, um ihr keine Zeit für eine Antwort zu lassen:

»Frau Geniot erlaubt uns, ihr Haus zu betreten, wozu sie keineswegs verpflichtet ist. Polizeioberkommissar Delaunoy und ich werden uns also dort umschauen, aber ich würde Sie bitten, hier draußen auf uns zu warten.«

David verstand nun, dass Tom Selleck Delaunoy war und seine Kollegin Chapuy hieß. Laetitia setzte gerade zu einer Antwort an, als Letztere sie mit einer gebieterischen Geste unterbrach.

»Ohne Sperenzchen«, fügte sie schroff hinzu.

Laetitia schwieg, die Polizistin Chapuy wandte sich wieder Tiphaine zu und diese fuhr fort, die Tür aufzuschließen. Die Tür ging auf, Tiphaine trat zurück, um die beiden Polizeibeamten zuerst in ihr Haus eintreten zu lassen.

Kurz bevor sie die Tür hinter sich schloss, bedachte sie Laetitia mit einem Blick voller Mitleid.

David und seine Frau warteten gut zwanzig Minuten auf der Vordertreppe ihres Hauses. Zwanzig Minuten, in denen sie nur wenige Worte austauschten, jeder durch das Verhalten des anderen verletzt und von einem Gefühl der Einsamkeit geplagt, für das sie den jeweils anderen verantwortlich machten.

»Er ist nicht dort …«, murmelte David vorwurfsvoll.

»Wenn er nicht dort ist, dann weil sie Zeit gehabt hat, ihn woanders hinzubringen!«

Diese letzte Bemerkung war zu viel für Davids Selbstkontrolle.

»Nun drehst du völlig durch!«, stieß er zwischen den Zähnen hervor. »Und wegen dir verlieren wir gerade wertvolle Minuten, um Milo dort zu suchen, wo er wirklich ist.«

»Ach ja? Und wo ist er deiner Meinung nach?«

Plötzlich ging die Tür der Geniots auf, und die beiden Polizisten traten heraus, verabschiedeten sich von Tiphaine und bedankten sich mit einem Handschlag bei ihr.

»Jedenfalls nicht in Tiphaines und Sylvains Haus«, antwortete David bitter.

Er stand auf und ging zu Chapuy und Delaunoy, ohne auf seine Frau zu warten. Die berichteten ihm kurz über ihren Besuch. Alles in allem stand Tiphaine im Hinblick auf Milos Verschwinden nicht mehr unter Verdacht, aus dem einfachen Grund, weil sie das Haus früh am Morgen verlassen hatte, zusammen mit ihrem Mann, und weil die beiden ihren jeweiligen Arbeitsplatz aufgesucht hatten. Die meisten ihrer Kollegen würden ihre jeweilige Anwesenheit während des ganzen Vormittags bezeugen können, was die Polizisten selbstverständlich überprüfen wollten, woran sie aber keine Zweifel zu hegen schienen. Aus Gewissenhaftigkeit waren sie sorgfältig das Haus und den Garten abgelaufen, aber, wie erwartet, war ihre Suche vergeblich geblieben.

David drehte sich zu Laetitia um, die sich nicht von der Treppe fortbewegt hatte.

»Dann können wir jetzt vielleicht anfangen, ernsthaft nach unserem Sohn zu suchen?«, stieß er offensichtlich genervt hervor.

Laetitia reagierte nicht. Sie blieb zusammengesunken sitzen, die Knie an die Brust gezogen, und schien einen Punkt in der Ferne zu fixieren, den nur sie sehen konnte.

»Okay!«, sagte Delaunoy, überzeugt, dass sie nun schon genug Zeit verloren hatten. »Wir drehen schnell eine Runde im Viertel, befragen die Passanten, die Händler und die anderen Nachbarn.«

Die Tür der Geniots ging wieder auf, und Tiphaine erschien aufgewühlt im Türrahmen.

»Ich möchte bei der Suche mithelfen!«, erklärte sie mit hektischer Stimme.

»Jede Hilfe ist willkommen!«, antwortete der Polizist.

Dann sah er auf die Uhr und fügte hinzu:

»Wenn der Kleine in einer Viertelstunde nicht wieder aufgetaucht ist, geben wir eine Suchmeldung auf.«

Die Polizistin Chapuy nickte und trat auf Laetitia zu, die noch immer auf der Vortreppe saß.

»Wenn Sie Ihr Kind so schnell wie möglich wiederfinden wollen, dann brauchen wir Ihre Hilfe«, sagte sie sanft.

»Ich weiß, wie schwer diese Momente zu ertragen sind,

aber tatenlos sitzen bleiben bringt die Sache nicht voran. Die beste Art, wie Sie ...«

Das knisternde Geräusch des Walkie-Talkies von Kommissar Delaunoy zog ihre Aufmerksamkeit auf sich. Der nahm es in die Hand, wechselte einige Worte mit einer gedämpften, nasalen Stimme und ...

»Ein Junge von circa sieben Jahren, der allein unterwegs war, wurde gerade in der Rue du Marché-aux-Poissons aufgefunden, einen Kilometer von hier entfernt!«, verkündete er mit lauter Stimme.

Laetitia, David und Tiphaine waren innerhalb eines Sekundenbruchteils bei ihm. Ohne einen Augenblick zu verlieren, wandte er sich wieder seinem Gesprächspartner zu:

»Konnten Sie seine Identität feststellen?«

Die Antwort ertönte einen Moment später aus dem Gerät, und alle vernahmen sie deutlich:

»Milo Brunelle, er heißt Milo Brunelle.«

Eine Viertelstunde später schloss Laetitia ihren Sohn in die Arme.

Kapitel 49

Das Leben jetzt ist nicht mehr so wie früher. Früher war es besser.

Es war viel cooler.

Da war Maxime noch da, aber das ist nicht alles. Zum Beispiel haben sich Tante Tiph und Sylvain gut mit Papa und Mama verstanden. Und das war super. Weil während sie alle zusammen Spaß hatten, haben sie nicht so viel nach uns geschaut.

Nach Maxime und mir.

Wir konnten zwar nicht jeden Unsinn machen, auf den wir Lust hatten, aber manchmal haben sie es gar nicht gemerkt. Wie als wir auf Papas und Mamas Kopfkissen gepupst haben. Was haben wir uns kaputtgelacht! Unsere Eltern waren unten, sie dachten, dass wir brav in meinem Zimmer spielen ... Aber in Wirklichkeit waren wir in Papas und Mamas Schlafzimmer.

Zuerst haben wir einen Ringkampf auf dem großen Bett gemacht, das war praktisch, weil wir da so viel Platz hatten, wie wir wollten, ohne auf den Boden zu fallen ... Und dann hat Maxime gefurzt. Das fanden wir so lustig, dass ich dann ganz fest gedrückt habe, wie wenn man auf dem Klo ist und groß muss, und dann habe ich auch gefurzt. Ich saß auf dem Bett und musste meinen Hintern ein bisschen hochheben, damit man es hört. Maxime hat vor Lachen geheult. Und als er sich beruhigt hat, hat er mir gesagt, dass er es noch lustiger fand, weil ich auf das Kissen meines Vaters gefurzt habe. Das hatte ich gar nicht gemerkt, und da musste ich noch mehr lachen. Nur weil ich mir vorgestellt habe, wie mein Vater seinen Kopf genau da hinlegt, wo ich gerade hingefurzt hatte, das war so witzig. Und weil es so lustig war, hat Maxime das Kissen meiner Mutter genommen und draufgepupst.

So haben wir eine Weile weitergemacht, bis wir keinen Pups mehr im Hintern hatten, aber wir haben noch lange gelacht, vor allem, als wir zum Essen runtergehen mussten: Allein das Gesicht von meiner Mutter und meinem Vater zu sehen, als sie uns gefragt haben, warum wir so lachen, und Tante Tiph und Sylvain haben gesagt, dass wir albern sind, und sie haben uns angeschaut und selbst albern gelacht und wussten nicht, warum wir lachen ...

Ja, früher war es besser.

Jetzt ist es überhaupt nicht mehr so.

Meine Mutter lacht fast gar nicht mehr, und sie und Papa streiten sich die ganze Zeit.

Und genauso ist es mit Tante Tiph, nur schlimmer: Meine Mutter will sie nicht mal sehen.

Und weil niemand mehr lacht, achten alle darauf, was ich mache. Und sie stellen mir die ganze Zeit Fragen und das nervt!

Und außerdem bin ich ganz allein.

Und manchmal denke ich: Wenigstens muss Maxime das alles nicht ertragen. Am Anfang dachte ich, dass es dumm von ihm war, wegzugehen, aber jetzt denke ich, dass es vielleicht besser ist, wegzugehen. Nicht für lange, nur so lange, bis Mama und Tante Tiph sich wieder vertragen. Vielleicht versöhnen sie sich endlich, wenn ich ein oder zwei Tage weggehe. Ich weiß nämlich genau, dass sie sich wegen mir streiten. Meine Mutter ist sauer auf Tante Tiph, weil sie glaubt, dass ich wegen ihr krank war.

Ich weiß, dass das nicht stimmt. Ich war krank, weil ich von dem gelben Zucker gegessen habe. Ich weiß, dass ich das nicht hätte tun sollen, aber ich dachte echt, dass es brauner Zucker ist, und ich liebe den. Braunen Zucker, meine ich.

Und weil niemand in der Küche war, um nach mir zu schauen, habe ich eine Handvoll probiert. Ich hab ihn dann auch wirklich wieder ausgespuckt, weil er eklig war, aber ein bisschen habe ich auch runtergeschluckt.

Und das hat mich krank gemacht.

Da kann Tante Tiph nichts dafür.

Also habe ich beschlossen wegzugehen. Nur für einen Tag oder vielleicht auch zwei. Und wenn ich wieder zurückkomme, sind alle wieder Freunde, und es wird wieder so sein wie früher.

Ohne Maxime, schon klar.

Aber trotzdem ein bisschen so wie vorher.

Kapitel 50

Dass Milo ausgerissen war, ließ die Alarmglocken läuten. Nicht bei Laetitia, bei der es schon lange Sturm klingelte, sondern bei David. Es lag nicht an Milo und auch nicht an Tiphaine und Sylvain, sondern an Laetitia, die seiner Meinung nach für den spontanen Spaziergang ihres Sohnes verantwortlich war.

David wurde immer mehr von einer schwelenden Wut zerfressen, deren Ausbrüche er nicht kontrollieren konnte. Aber es gelang ihm nicht, die Dinge, die er seiner Frau vorwarf, auf den Punkt zu bringen, obwohl er tief im Inneren seines Herzens wusste, dass das starrköpfige und misstrauische Verhalten Laetitias, ihre aggressive Haltung und ihre exzessiven Reaktionen der Hauptgrund für Milos Flucht gewesen waren. Und wenn er seiner Wut ihr gegenüber keine Luft machte, sobald sie sich von der Polizei verabschiedet hatten, dann ausschließlich deshalb, weil der Junge bei ihnen war und er ihm weitere Spannungen ersparen wollte. Aber es hatte sich eine Überzeugung in seinem Verstand, seinem Herzen und seinem Gewissen festgesetzt: Laetitia schadete Milo.

Obwohl sein Zorn an ihm nagte, widmete er den Rest des Tages seinem Sohn, zum einen, um ihm all die sanfte Zuwendung und den Trost angedeihen zu lassen, derer er fähig war, und zum anderen, um zu verhindern, dass er mit seiner Mutter allein war. Mit einem mulmigen Gefühl im Bauch verbrachte er den Nachmittag und den frühen Abend damit, den Kontakt mit ihr so weit wie möglich zu meiden, da er nicht sicher war, ob er sich zurückhalten könnte, wenn er mit ihr sprechen müsste. Er fürchtete, schon wieder einen Streit auszulösen, wenn er ihr sagte, was er wirklich dachte und seit einigen Tagen für sich behielt.

Ihr paranoider Wahn, der sie zu dem Glauben verleitete, dass Tiphaine ihre Zeit mit dem Versuch zubrachte, Milo aus dem Weg zu räumen.

Die Verachtung, die sie ihm entgegenbrachte, wenn er nicht ihrer Meinung war, felsenfest überzeugt, dass sie recht hatte.

Dazu die falschen Anschuldigungen, die unüberlegten Reaktionen, ihr trotziger Ausdruck, ja, dieser trotzige Ausdruck, den er ihr manchmal mit einer Ohrfeige aus dem Gesicht wischen wollte, während er gleichzeitig einen gnadenlosen Krieg gegen die Dämonen seiner Vergangenheit führte, die ihn heute mehr denn je mit verstörenden Rachegelüsten quälten.

David nahm es ihr übel. Er erkannte sie nicht wieder, er zweifelte an ihr, er verstand sie nicht mehr. Schlimmer noch, er misstraute ihr. Und allein der Gedanke, Milo am nächsten Tag bei ihr zu lassen, während er zur Arbeit ging, stimmte ihn noch feindseliger.

»Weichst du mir aus?«, blaffte sie, nachdem David instinktiv einen Schritt zurück gemacht hatte, um zu vermeiden, dass sie ihn streifte, als sie in der Küche an ihm vorbeiging.

Mit verkrampftem Kiefer und zusammengebissenen Zähnen entschied er sich, nicht zu antworten. Er wusch ein Glas aus, füllte es mit Orangensaft und machte dann kehrt, um es Milo zu bringen, der sich im ersten Stock in seinem Zimmer befand.

»David, ich rede mit dir!«, beharrte sie mit harter Stimme und stellte sich ihm in den Weg. »Meidest du mich?«

»Lass mich in Ruhe, Laetitia«, zischte er ihr hasserfüllt zu.

Sie gab sofort Contra, indem sie in empörtes Gelächter ausbrach.

»Ich glaub, ich träume!«

Aber bevor sie Zeit hatte, ihre Tirade vorzubereiten, seine

Ungerechtigkeit anzuprangern, zu verlangen, dass er ihr zuhörte, ihr Verständnis entgegenbrachte und sie unterstützte, drehte er sich ruckartig zu ihr um und hielt sie davon ab, weiterzumachen.

»Nein, du träumst nicht! Dein Sohn ist gerade ausgerissen, weil seine Mutter so von einer nicht existierenden Bedrohung besessen ist, dass sie bereit ist, alles um sie herum zu zerstören.«

»Das ist nicht wahr!«, rief sie angriffslustig. »Du bist doch derjenige, der der Wahrheit nicht ins Gesicht sehen will.«

Aber David hatte nicht vor, ihren paranoiden Hirngespinsten zuzuhören.

»Genau, lass uns drüber reden!«, schrie er noch lauter, damit sie nicht die Oberhand gewann. »Was ist los, Laetitia? Na los, ich höre! Sag mir, was deiner Meinung nach unwiderlegbar beweist, dass Tiphaine versucht Milo zu töten?«

»Sprich leiser!«, befahl sie ihm und senkte plötzlich die Stimme. »Sonst hört dich Milo!«

»Ach, weil du dir jetzt plötzlich darüber Gedanken machst, was er sehen oder hören könnte? Das ist ja eine Neuigkeit! In letzter Zeit schien es mir nicht gerade so, als hättest du Angst, dass du Milo mit deinem Wahn anstecken könntest.«

»Das alles ist keineswegs ein Wahn, David. Es ist vielmehr erschreckend, dass du es nicht merkst.«

David sah rot, und sein Gegenangriff ließ nicht auf sich warten:

»Was erschreckend ist, Laetitia, ist, dass du absolut nicht merkst, dass dein paranoider Trip unseren Sohn allmählich zugrunde richtet und dass du dich an einer absurden Behauptung festbeißt, die auf nichts und wieder nichts beruht ... Ich kann es nicht fassen!«

»Was soll ich deiner Meinung nach tun?«, ereiferte sie

sich hämisch. »Ruhig abwarten, bis diese Hexe ihn verschwinden lässt, um dir dann zu sagen: ›Siehst du, ich hatte recht!‹?«

»Du machst dich lächerlich.«

»Es ist mir völlig egal, ob ich lächerlich bin!«, brüllte sie und verlor endgültig die Kontrolle. »Ich will meinen Sohn einfach nur in Sicherheit bringen!«

Dieser hysterische Anfall löste bei David nur ein trauriges Lächeln aus.

»Schau dich an«, sagte er bedauernd. »Du klingst wie eine Wahnsinnige.«

Laetitia verschlug es die Sprache. In der anschließenden Stille konnten sie hören, wie sich etwas auf der Treppe bewegte. Beide wandten den Kopf um und sahen Milo, der auf einer Stufe stand und die beiden verdrossen und niedergeschlagen anschaute.

Davids Schultern wurden schwer wie Beton: Er hatte genau das ausgelöst, was er seinem Sohn unbedingt ersparen wollte. Gekränkt und rasend vor Wut warf er Laetitia einen brennenden Blick zu. Diese sah Milo an, und Tränen strömten ihre Wangen hinab.

»Milo, mein Kleiner ...«, schluchzte sie flüsternd.

Das Kinn des Jungen begann zu zittern, und er floh in sein Zimmer. Laetitia setzte dazu an, ihm zu folgen, aber David packte sie mit einer groben Geste am Handgelenk und hielt sie fest.

»Du hältst dich von ihm fern!«, presste er hervor und fixierte sie mit kaum verhohlener Feindseligkeit.

Dann lockerte er seinen Griff und blieb noch einige Sekunden lang stehen, ohne sie aus den Augen zu lassen, bereit sie zurückzuhalten, wenn sie wieder versuchte, zu Milo zu gehen. Laetitia blieb wie erstarrt stehen, mit entsetztem Gesichtsausdruck und offensichtlich unfähig, zu reagieren. Also warf ihr David einen letzten drohenden Blick zu, bevor er die Treppe bis in den ersten Stock hinaufstürmte.

Allein im Erdgeschoss, bewegte sich die junge Frau keinen Millimeter, sie zuckte nur zusammen, als Milos Zimmertür hinter David zuknallte.

Dann senkte sich Stille über sie und schmetterte sie endgültig nieder.

Kapitel 51

Obwohl die Tage kürzer wurden, blieb die Temperatur mild. Und selbst wenn die herbstliche Frische sich bemerkbar gemacht hätte, wäre es Laetitia aufgefallen? Sie hatte das Haus verlassen wie ein Automat, mit dem bedrückenden Gefühl, dass ihre eigene Existenz sie verlassen hatte. Von den beiden Menschen zurückgewiesen, die sie am meisten auf der Welt liebte. Wie in einen Albtraum versetzt, aus dem sie vergeblich versuchte, sich zu befreien, wo jede verstreichende Sekunde einer endlosen Qual gleicht und man sich sagt, dass man gleich aufwachen wird, dass das nicht wahr sein kann und dass alles wieder normal werden muss ... Und in jeder Sekunde muss man sich das Offensichtliche eingestehen: Nein, man ist nicht wieder aufgewacht, aus dem einfachen Grund, dass es sich nicht um einen Albtraum handelt.

Es ist schlimmer: Es ist die Realität.

Dann erfasst einen die Panik wieder, der Verstand versucht in eine andere Wahrheit abzudriften, die richtigen Schwingungen wiederzufinden, die man vor einigen Augenblicken noch nicht in Zweifel zog. Und bald zieht einen die Verzweiflung darüber, die Zeit nicht zurückdrehen zu können, in ihren Teufelskreis.

Laetitia lief lange. Erschöpft von der unerträglichen Spannung, unter der sie ständig stand, versuchte sie wieder ihre innere Ruhe zu finden und hoffte immer noch, dass nicht alles verloren wäre.

Sie hatte David noch nie in diesem Zustand gesehen.

Er, der sie normalerweise vor den Ängsten beschützte, die das Leben manchmal beschert, er, der nie die Stimme gegen sie erhoben hatte, der sie bei jedem Hindernis, bei jeder Prüfung immer unterstützt hatte, angefangen bei dem schrecklichen Verlust ihrer Eltern ... Und jetzt wurde er zu einem Feind, vor dem sie sich schützen musste, der Blick, den er ihr zugeworfen hatte, kurz bevor er die Treppe hinaufgegangen war, ließ sie erschaudern, wenn sie nur daran dachte.

Sie hatte das Gefühl gehabt, in Gefahr zu sein.

Sie hatte erkannt, dass er in der Lage war, ihr wehzutun.

Das konnte nicht wirklich passieren. Das musste ein Albtraum sein.

Aber in der folgenden Sekunde, nachdem sie ein winziges bisschen erleichtert darüber gewesen war, eine Erklärung für die entsetzliche Situation gefunden zu haben, wurde sie aufs Neue und noch heftiger von der Angst gepackt, die sich in ihrem Inneren festkrallte.

Dennoch gelang es ihrer Vernunft im Lauf der Minuten und Schritt für Schritt, den Schrecken zu überwinden.

Langsam bahnte sich eine andere Version der Tatsachen einen Weg in ihren Verstand, und sie hielt sich daran fest: David war von den Nachwirkungen seiner Angst beherrscht. Er hatte Druck abgelassen und den Kopf verloren. Er war nicht er selbst gewesen. Es wäre anderen bestimmt ebenso gegangen. War sie nicht selbst schreiend zusammengebrochen wie eine Besessene, während Milo nur wenige Meter danebenstand? Davids Reaktion war verständlich, das wurde ihr jetzt klar. Er hatte das, was er gesagt hatte, nicht so gemeint ...

Laetitia klammerte sich mit der Kraft der Verzweiflung an dieser Idee fest. Dann, als es ihr gelungen war, sich einzureden, dass es in Anbetracht der Schwierigkeiten, die sie beide gerade durchmachten, nur ein normaler Streit gewesen war, ertappte sie sich dabei, auf eine Versöhnung zu hoffen, den Himmel anzuflehen, dass es David gelingen würde, die Dinge von dem gleichen Standpunkt aus zu betrachten: Wenn der Zorn einmal abgeebbt war und er sich die Zeit nehmen würde, darüber nachzudenken und es vielleicht sogar zu verstehen, dann käme alles wieder ins Lot.

Ihr Spaziergang führte sie bis in die Innenstadt, wo die belebten Straßen sie aus ihrer verzweifelten Grübelei rissen. Sie war ziellos und gedankenverloren losgelaufen und war verblüfft, sich so weit weg von zu Hause wiederzufinden. Da sie sich wieder einigermaßen beruhigt hatte, wollte sie schnell zurückkehren, um das Gespräch mit David wieder aufzunehmen, ihre Überlegungen mit ihm zu teilen und ihn vielleicht sogar um Verzeihung zu bitten.

Und vor allem wollte sie ihren Sohn in die Arme schließen, ihn beruhigen, ihm versprechen, dass alles morgen besser wäre ...

Ihre Uhr zeigte 18:30 Uhr an. Es waren schon fast zwei Stunden vergangen, seit sie das Haus verlassen hatte. Sie wünschte sich nichts sehnlicher, als wieder zu Hause zu sein, ihr Herz klopfte laut, und in ihrem fiebrig heißen Kopf brodelte es. Sie wollte ein Taxi nehmen, aber sie war aus dem Haus gegangen, ohne etwas mitzunehmen, weder ihre Handtasche noch ihren Mantel. Sie hatte keinen Cent in der Tasche und noch nicht einmal ihr Handy dabei. Ihr blieb nichts anderes übrig, als nach Hause zu laufen. In Anbetracht der Tatsache, dass sie auf dem Hinweg ziellos alle möglichen Umwege gemacht hatte, rechnete sie damit, dass sie eine knappe Stunde brauchen würde.

Sich selbst und die Situation verfluchend, machte sie sich mit schnellen Schritten auf den Weg.

Kapitel 52

David und Milo hatten gerade ein auf die Schnelle gebratenes Omelett gegessen, als es an der Tür klingelte.

»Ist das Mama?«, fragte der kleine Junge hoffnungsvoll.

»Wahrscheinlich ... Räum die Teller in die Spüle, Sohnemann, und warte hier auf mich.«

Er wusch sich die Hände, trocknete sie am Küchenhandtuch ab und ging in den Hausflur. Hin- und hergerissen zwischen dem Wunsch, Laetitia heimkommen zu sehen, und der Wut, die immer noch an ihm nagte, konnte er eine gewisse Furcht nicht unterdrücken: In was für einer geistigen Verfassung war sie? Er hoffte nur, dass sie sich ausreichend beruhigt hatte, um ihr Zerwürfnis nicht vor Milo auszutragen.

Als er die Tür öffnete, sah er zwei Männer auf der Türschwelle, von denen einer mit fester, ruhiger Stimme fragte:

»David Brunelle?«

Sie waren beide Mitte vierzig, der eine trug einen Cordanzug und der andere eine Lederjacke. Die Überraschung verschlug David für einige Sekunden die Sprache. Er nickte, zog die Brauen zusammen und schluckte.

»Worum geht es?«, fragte er dann.

»Polizeioberkommissar Petraninchi«, stellte sich der in der Lederjacke vor und zeigte ihm seinen Dienstausweis. »Wir ermitteln im Mordfall Ernest Wilmot. Lassen Sie uns bitte herein.«

Obwohl Ernests Tod ihm verdächtig vorgekommen war, verblüffte ihn die Bestätigung seiner Zweifel.

»Der Mordfall?«, rief er, ohne zu verbergen, wie überrascht er war.

Die beiden Männer betraten das Haus, der zweite, der noch nichts gesagt hatte, reichte David ein Blatt Papier, das er, während er zur Seite trat, damit sie vorbeigehen konnten, mechanisch entgegennahm.

»Wir führen im Rahmen eines Rechtshilfeersuchens eine Hausdurchsuchung bei Ihnen durch. Ich würde Sie bitten, kein Aufhebens ...«

Milos Auftauchen überraschte ihn. Der kleine Junge stand im Türrahmen der Küche und sah die beiden Eindringlinge ängstlich an.

»Hallo, mein Junge«, sagte Polizeioberkommissar Petraninchi. »Wie heißt du?«

Das Kind antwortete nicht und ging rasch zu seinem Vater.

»Alles klar, kleiner Mann«, fügte der andere Polizist hinzu. »Bleib bei deinem Papa, es wird schon alles gut gehen.«

Mit einem vielsagenden Blick versicherte er David, dass die Anwesenheit des Kindes dazu beitragen würde, jegliche Eskalation zu vermeiden. Dann betraten sie die Küche.

David folgte ihnen auf dem Fuß, begleitet von Milo.

Die Durchsuchung war äußerst gründlich: Die Schränke, die Schubladen, der Kühlschrank wurden von oben bis unten durchsucht; jede Dose, jeder Topf, jeder Behälter wurde geöffnet und beschnuppert, nicht zu vergessen die Unterseite des Waschbeckens, der Mülleimer und die Regale der Abstellkammer.

»Leben Sie hier allein mit Ihrem Sohn?«

»Nein, meine Frau lebt auch hier mit uns.«

»Wo befindet sie sich gerade?«

»Sie ...«

David sah Milo verlegen an: Offensichtlich zögerte er, wie er es erklären sollte.

»Wir haben uns gestritten«, erklärte er schließlich und entschied sich somit für die Wahrheit. »Sie ist eine Runde spazieren gegangen, um sich zu beruhigen. Ich dachte im Übrigen auch, dass sie es wäre ... als Sie geklingelt haben. Ich denke, sie wird gleich zurückkommen.«

»Worüber haben Sie gestritten?«, befragte ihn Polizeioberkommissar Petraninchi, ohne seine Durchsuchung zu unterbrechen.

David war so überrumpelt, dass er einige Sekunden brauchte, um zu antworten:

»Sagen wir es so, wir sind gerade in einer schwierigen Phase ...«

Der andere Polizist sah David an, sah zu Milo herab und nickte dann einverständlich.

Danach gingen sie ins Wohnzimmer und suchten weiter.

»Was suchen Sie eigentlich?«, erkundigte sich David nach einiger Zeit.

»Könnten Sie uns Licht im Garten anmachen?«, fragte der Polizeioberkommissar anstelle einer Antwort.

David ging zum Lichtschalter und betätigte ihn, sodass die Terrasse erleuchtet wurde, während der Polizeibeamte schon die Terrassentür aufschob und ein paar Schritte nach draußen trat. Sein Kollege fuhr unterdessen fort, das Esszimmer zu durchkämmen. Die beiden Männer gingen methodisch, ruhig und ohne Eile vor.

Milo und sein Vater blieben im Wohnzimmer. Bald darauf sah David, wie Petraninchi die Taschenlampe nahm, die an seinem Gürtel hing, und in Richtung des hinteren Teils des Gartens davonging, während er mit dem Lichtstrahl die Dunkelheit durchstreifte.

Milo nutzte die Gelegenheit, dass sie beide allein im Zimmer waren, und flüsterte:

»Papa, warum ist die Polizei da?«

»Mach dir keine Sorgen, Großer, es ist alles in Ordnung.«

»Wann kommt Mama wieder?«

»Bald.«

David konnte seinen Sohn nicht so gut beruhigen, wie er das gern getan hätte, und die Anstrengung, die Fassung zu bewahren, nahm ihn voll in Anspruch. Zumal sein Kopf voller drängender Fragen war, die er, weil er auf keinen

Fall seine Angst zeigen wollte, nicht zu beantworten versuchte: Woran war Ernest wirklich gestorben? Warum diese Hausdurchsuchung? Stand er unter Verdacht? Hatte seine kriminelle Vergangenheit etwas damit zu tun? Oder handelte es sich in Anbetracht der Tatsache, dass er eine der letzten Personen war, die Ernest lebendig gesehen hatten, um eine normale Prozedur? Aber warum hatte man ihn dann nicht ins Polizeipräsidium bestellt wie am Tag nach dem Tod des alten Mannes? Suchten die Polizisten nach etwas Bestimmtem oder hofften sie auf einen Zufallsfund, weil ihnen ein Anhaltspunkt fehlte?

Davids Überlegungen wurden kurz darauf von Petraninchis Stimme unterbrochen, der von der Terrasse kam und seinen Kollegen rief:

»Bonaud! Komm mal her!«

Der kam aus dem Esszimmer und schloss sich Petraninchi an. Davids Herz schlug wild in seiner Brust. Was hatte er gefunden? Er wies seinen Sohn an, kurz auf ihn zu warten, und folgte Bonaud.

Aber das Kind wollte ihm nicht von der Seite weichen, sodass David gezwungen war, wieder zurückzugehen.

»Warte hier auf mich, Großer ... Ich komme sofort wieder!«

»Lass mich nicht allein, Papa«

Die Angst, die in seiner Stimme lag, wühlte ihn auf. Und so entschied er sich, ohne die Polizisten aus den Augen zu verlieren, bei seinem Sohn zu bleiben. Einige Augenblicke später tauchten Petraninchi und Bonaud wieder auf.

»Was ist los?«, fragte er in einer Stimme, die für seinen Geschmack zu nervös klang.

»Es ist alles in Ordnung.«

Dann fuhren sie mit ihrer Durchsuchung fort, als wäre das Thema abgeschlossen, filzten den ersten Stock, den Keller und sogar Davids Taxi. Es dauerte noch gute zwanzig

Minuten, dann zog ihn Polizeioberkommissar Petraninchi zur Seite.

»Bitte kommen Sie mit uns ins Polizeipräsidium, Monsieur Brunelle. Wir müssen Ihnen einige Fragen stellen.«

»Ich habe Ihrem Kollegen am Morgen nach der Tragödie schon alles gesagt ...«, protestierte David halbherzig.

Petraninchi musterte ihn mit einem eindringlichen und leicht bedrohlichen Blick.

»Zwingen Sie mich nicht, vor Ihrem Sohn die Handschellen herauszuholen«, flüsterte er schroff. »Können Sie ihn jemandem aus Ihrem Umfeld anvertrauen, bis Ihre Frau wiederkommt?«

Beängstigt über die Entwicklung der Ereignisse, schüttelte David nur den Kopf, aber es gelang ihm nicht, seine Gedanken zu ordnen.

»Wenn dem nicht so ist, müssen wir ihn mitnehmen«, fuhr der Polizist fort. »Aber ich bezweifle, dass das die beste Lösung ist, sowohl für ihn als auch für Sie. Haben Sie wirklich niemanden?«

»Nein ...«

»Keine Verwandten, keine Freunde, keine Nachbarn?«

Die Nachbarn ... David schluckte mit trockenem Mund. Natürlich gab es immer noch die Lösung, ihn Tiphaine und Sylvain anzuvertrauen, aber war das in Anbetracht der Umstände ratsam? Die Zeit drängte, Petraninchi ließ ihn nicht aus den Augen, was jeden seiner Gedanken lähmte.

Nein, nicht zu Tiphaine und Sylvain, Laetitia würde ihm das nie verzeihen.

Dann blieb nur die andere Möglichkeit, Milo zum Präsidium der Kriminalpolizei mitzunehmen und ihn in einem dieser unpersönlichen, kalten, schmucklosen Räume warten zu lassen ... die einem kleinen Jungen von sieben Jahren, der wusste, dass sein Vater irgendwo nebenan war und verhört wurde, eine Heidenangst einjagen konnten. Düstere Erinnerungen aus seiner Jugend überfielen David, die stundenlangen Verhöre, der psychische Druck der Polizisten, die Angst, die Zweifel, der Hass ... manchmal auch die Gewalt ... Die Bilder drängten in seinen Kopf, die Geräusche, Gerüche, alles, von dem er gehofft hatte, es nie wieder erleben zu müssen, selbst in seinen schlimmsten Albträumen ...

Erschüttert von dem Gedanken, Milo das alles zuzumuten, wurde David klar, dass er selbst nicht die Kraft hätte, es zu ertragen, im Wissen, dass sein Sohn da wäre, in einem Zimmer nebenan. Das Kind wäre seine Achillesferse, allein seine Anwesenheit machte ihn verletzlich. Wenn er die Kontrolle über sein Handeln zurückgewinnen wollte, musste er seinen kleinen Jungen dringend an einen sicheren Ort bringen. Oder sich zumindest für die am wenigsten schlimme Lösung entscheiden.

»Die Nachbarn«, sagte er leise.

»Sehr gut. Lassen Sie uns gehen.«

Benebelt ging David zu Milo zurück, kniete sich vor ihn hin und erklärte ihm in wenigen Worten, was er von ihm erwartete.

»Hör zu, Großer, ich muss mit den Polizisten mitfahren. Es wird nicht lange dauern, ich komme bald zurück. Ich werde dich zu Tante Tiph bringen, und du wartest dort, bis Mama dich abholt. In Ordnung?«

»Ich will mit dir mitkommen, Papa«, flehte das Kind mit erstickter Stimme.

»Das geht nicht, mein Herz ... Das ist kein guter Ort für dich ... Bei Tante Tiph bist du besser aufgehoben.«

Der Junge senkte den Blick und Tränen liefen ihm die Wangen hinunter. David nahm seinen Sohn in den Arm und drückte ihn an sich.

»Kommen Sie, Monsieur Brunelle«, drängte Bonaud, der direkt hinter ihm stand.

David stand wieder auf und nahm die Hand des Kleinen. Dann brachte er ihn zu Tiphaine und Sylvain.

Als sie die Tür öffnete, sah man Tiphaine ihre Überraschung an: David auf ihrer Türschwelle zu sehen, noch dazu in Begleitung von Milo und eskortiert von zwei Unbekannten, deren feindselige Haltung sie erahnen konnte, verschlug ihr den Atem.

»Ich habe keine Zeit, es dir zu erklären«, setzte David an, noch bevor sie ihm die geringste Frage stellen konnte. »Ich muss heute Abend weg und Laetitia macht gerade einen Spaziergang ... Sie kommt gleich wieder. Das hoffe ich zumindest. Kannst du auf Milo aufpassen?«

»Natürlich ...«

Sylvain erschien hinter Tiphaine, David nickte ihm zu. David zögerte und fuhr dann fort:

»Laetitia und ich haben uns gestritten ... Sie hat die Tür zugeschlagen und ist aus dem Haus gelaufen. Ich weiß nicht, wann sie wiederkommt. Sie weiß nicht, was hier gerade los ist.«

»Ist alles in Ordnung, David?«, erkundigte sich Tiphaine und sah die beiden Männer an, die hinter ihm standen.

»Ja, ja ... Es geht um Ernests Tod. Nichts Schlimmes. Ich komme heute Abend wieder. Spätestens morgen früh.«

Er streckte Tiphaine seinen Arm entgegen und zwang auf diese Weise Milo, der sich an ihm festklammerte, zu ihr zu gehen. Sie empfing den Kleinen mit aufrichtiger Zärtlichkeit.

David warf seinem Sohn einen letzten Blick zu und zwang sich, ihm zuzulächeln. Ein unendlich trauriges Lächeln.

Kurz bevor er ging, nahm er seinen Haustürschlüssel und hielt ihn Tiphaine hin:

»Laetitia ist unüberlegt aus dem Haus gestürmt, sie hat ihre Schlüssel nicht mitgenommen ... Kannst du auf ihre Rückkehr warten oder ihr einen Zettel an die Tür kleben, damit sie weiß, dass ich dir die Schlüssel gegeben habe und Milo bei dir ist?«

»Ich glaube, dass sie nicht begeistert sein wird ...«

»Ich habe keine Wahl.«

Dann brach er in Begleitung der Polizisten auf, die ihn flankierten und ihn auf der Straße bis zu ihrem Wagen führten.

Tiphaine blieb auf ihrer Türschwelle stehen und folgte ihm mit dem Blick, bis das Auto am Ende der Straße verschwand. Dann schaute sie zu Milo hinab und strich ihm sanft durchs Haar.

»Komm, Milo, lass uns reingehen, sonst verkühlst du dich. Hast du schon gegessen?«

Das Kind nickte. Tiphaine schloss die Tür hinter ihnen.

»Dann bringe ich dich ins Bett ... Warte oben auf mich, ich komme sofort. Wenn du willst, dass ich dir eine Geschichte vorlese, kannst du dir ein Buch aussuchen.«

Das Kind ging auf das Treppenhaus zu und stieg langsam die Treppe hinauf.

Tiphaine und Sylvain tauschten einen Blick aus, der zugleich ungläubig und triumphierend war.

»Jetzt oder nie«, flüsterte sie ihm zu, sobald das Kind weit genug entfernt war, um sie nicht zu hören. »Eine bessere Gelegenheit bekommen wir nicht.«

Laetitia kam zwanzig Minuten später nach Hause.

Da sie ihre Schlüssel tatsächlich nicht dabeihatte, musste sie klingeln.

Niemand machte ihr auf.

Kapitel 53

»David! Bitte! Mach die Tür auf! Wir müssen reden ...«

Laetitia drückte zum zehnten Mal die Türklinke herunter, was jedoch zwecklos war, da die Tür abgeschlossen war. Trotz des Klingelns, trotz des heftigen Klopfens an der Haustür schien David ihr Flehen nicht zu erhören. War er so böse auf sie, dass er sie die ganze Nacht draußen stehen lassen würde? Sie konnte es nicht glauben. Was hatte er ihr denn vorzuwerfen, er konnte sie doch wohl nicht davon abhalten, nach Hause zu kommen!

Verblüfft über dieses nachtragende Verhalten, das sie von ihm nicht kannte, gab Laetitia es bald auf, an die Tür zu trommeln. Die Temperatur war gesunken, als die Nacht hereingebrochen war, und die junge Frau begann vor Kälte und Angst zu zittern.

Was war los?

Wie war es so weit gekommen?

Seit Maximes Tod löste sich das Leben in allen Bereichen in einen Albtraum auf, der kein Ende zu nehmen schien. Als ob der kleine Junge es geschafft hätte, bei seinem Sturz die ganze Welt mitzureißen, in der sie seit Jahren lebten, die ihre ganze Existenz darstellte. Der Verlust von Tiphaines und Sylvains Freundschaft hatte dem zunehmend prekären Glück bereits erheblichen Schaden zugefügt. Aber ohne David und vor allem ohne Milo konnte sie nicht sein.

Erschreckt von dieser ihr unerklärlichen Situation, spürte Laetitia, wie sich Panik in ihr ausbreitete, und schon bald begann sie vor dieser hoffnungslos verschlossenen Tür zu schluchzen.

»David, ich flehe dich an ... Mach mir auf!«

Die Stille im Haus verunsicherte Laetitia. Zwar war es nicht das erste Mal, dass sie sich stritten, und auch wenn dieser Streit ernster war als die anderen, gab es keine Erklärung dafür, warum David nicht zumindest mit sich reden ließ ...

Laetitia unternahm eine riesige Anstrengung, um ihre Verzweiflung zu unterdrücken, sie schluckte ihre Tränen hinunter und stellte sich vor das Esszimmerfenster. Dann legte sie ihre Hände als Sichtschutz um ihr Gesicht und drückte ihre Nase gegen die Scheibe, sie konnte durch die Gardinen keine Bewegung erkennen. Dass das Zimmer im Dunkeln lag, war nichts Außergewöhnliches: Wenn sie keine Gäste hatten, nahmen sie ihre Mahlzeiten gewöhnlich in der Küche ein, die sich an der Rückseite des Hauses befand. Trotzdem. Wenn David in der Küche wäre, müsste ein schwacher Lichtschein aus der Küche durch die Tür des Esszimmers scheinen ...

Offensichtlich war niemand im Erdgeschoss.

Eine schwache Hoffnung erfüllte sie: Die einzige Erklärung für Davids Stille war, dass er im Bad war, vielleicht duschte er gerade. Folglich konnte er nichts hören, weder die Klingel noch das Klopfen an der Tür und noch weniger ihr Rufen.

Sie trat einige Schritte zurück, sah nach oben zu den Fenstern des ersten Stocks. Das Fenster des Badezimmers, rechts, ging auf die Straße hinaus ... Es lag im Halbdunkel und schien so leer wie das Erdgeschoss.

War David in einem der beiden Schlafzimmer? Brachte er Milo gerade ins Bett? Egal, wo im Haus er sich befand, er musste sie hören!

Die Verzweiflung überkam sie wieder: Wenn ihr Mann ihr nicht die Tür öffnete, dann weil er es nicht wollte.

Allein in der Nacht und nur mit einem Pullover und einer Leinenhose bekleidet, die sie nicht im Geringsten vor der herbstlichen Kälte schützten, ohne Ausweis, ohne Geld oder Bankkarte fühlte sie sich hilflos. Sie ging wieder zur Tür zurück, von der sie sich gerade entfernt hatte, ließ sich daran heruntergleiten und gab sich ganz dem Entsetzen hin, fühlte sich verloren, von allen verlassen, im Stich gelassen, verleugnet ... Dann zog sie die Knie an ihren Körper, umschlang sie mit den Armen und begann zu schluchzen.

»Laetitia? Was machst du denn da?«

Die junge Frau erschauderte, hob den Kopf und erkannte durch ihre Tränen die Silhouette von Tiphaine. Tiphaine trat näher, kniete sich vorsichtig vor ihr hin und fragte:

»Hast du deine Schlüssel nicht?«

Zu erschöpft von ihren Gefühlen, um die Person von sich zu stoßen, die sie heute Morgen noch als ihre schlimmste Feindin angesehen hatte, schüttelte Laetitia nur den Kopf.

»Dir ist sicher eiskalt!«, fuhr Tiphaine mitfühlend fort. »Wie kommt es, dass David weggegangen ist und dich so zurücklässt?«

Laetitia hörte abrupt auf zu schluchzen. Sie hob den Kopf und sah Tiphaine erstaunt an.

»David ist weg?«, brachte sie leise und mit gebrochener Stimme hervor.

»Ja«, antwortete Tiphaine ganz selbstverständlich. »Sie sind vor einer guten Stunde aus dem Haus gegangen, vielleicht sogar etwas früher ...«

»Er ... er ist mit Milo weggegangen?«

Mit Laetitias fassungslosen Fragen konfrontiert, tat Tiphaine überrascht.

»Laetitia ... was ist los? Ich habe David mit Milo in sein Taxi steigen und zwei Taschen in den Kofferraum laden sehen. Ich dachte ... ich war fest davon überzeugt, dass ihr verreist, wahrscheinlich wegen mir ... dass ihr Abstand von uns haben wolltet ... Aber anscheinend habe ich mich getäuscht!«

Mehr noch als Davids sture Weigerung, die Tür aufzumachen, erschütterte Laetitia der Gedanke, dass er weggefahren war und ihren Sohn mitgenommen hatte, um ihn von ihr fernzuhalten. Sie schluchzte vor Schmerz, so viel

Leid lastete auf ihrer Brust. Wenn David so wütend auf sie war, dass er ihr das Kind wegnehmen wollte, dann war alles verloren.

»Hier kannst du nicht bleiben, Laetitia, du holst dir noch den Tod!«, sprach Tiphaine weiter.

Den Tod holen? Was macht das schon …

»Komm!«, bat sie, ohne ihren liebenswürdigen Ton abzulegen. »Wärm dich bei mir auf. Und dann kannst du durch den Garten zurück nach Hause gehen, wenn deine Terrassentür nicht abgeschlossen ist.«

Laetitia zeigte keine Reaktion. David war weg, er hatte Milo mitgenommen. Alles andere war bedeutungslos.

Als Tiphaine feststellte, dass Laetitia nicht reagierte, packte sie sie unter den Armen und versuchte sie aufzurichten. Laetitia ließ sie teilnahmslos gewähren. Als sie stand, legte Tiphaine ihr schnell den Arm um die Taille und, einen Schritt nach dem anderen, gingen die beiden auf das Nachbarhaus zu.

Sobald sie drinnen waren, stieß Tiphaine die Tür mit dem Fuß zu.

Sie fiel mit einem unheimlichen Knall ins Schloss.

Wenige Minuten später läutete im Wohnzimmer der Brunelles das Telefon. Nach dem fünften Klingeln schaltete sich der Anrufbeantworter ein und Milos Stimme ertönte in der Stille des Hauses:

»Sie haben bei uns angerufen. Wir sind nicht zu Hause, aber Sie können eine Nachricht nach dem Piep hinterlassen.«

Dann ertönte die wutentbrannte Stimme des Chefs der Taxigesellschaft, für die David arbeitete, ein gewisser Roger Furton, der seinen Zorn hemmungslos herausschrie:

»Brunelle, hier Furton! Sag mal, was sind das für Manieren? Für wen hältst du dich eigentlich? Ich habe gerade einen Anruf von dem Rechtsanwalt einer deiner Kunden bekommen, anscheinend hast du ihn vor Ende der Fahrt aus dem Taxi geschleift und ihn auf dem Bürgersteig liegen lassen. Ich warne dich, er wird Anzeige erstatten! Also hör mir gut zu, Brunelle: Ich bin bereit, mir deine Version der Sache anzuhören, aber wenn sich herausstellt, dass du ihn wirklich mit einem Arschtritt aus deinem Taxi geschmissen hast, vor Ende der Fahrt, dann bist du gefeuert! Ich will keinen Abschaum in der Firma. Also ruf mich an, aber dalli!«

Kapitel 54

Nach seiner Ankunft im Polizeipräsidium hatte man David seine Fingerabdrücke abgenommen, ihm seine Rechte verlesen und nach seiner Beziehung zu Ernest befragt. Da er wusste, wie die Maschinerie des Justizapparats funktioniert, blieb er ruhig und beantwortete die Fragen, die man ihm stellte. Während der Fahrt hatte er sich gezwungen, die Situation zu analysieren, und er hatte sich wieder gefangen: Da er nichts mit Ernests Tod zu tun hatte – weder direkt noch indirekt –, hatte er nichts zu befürchten. Das war das Einzige, was zählte.

Im Lauf des Verhörs wurde ihm schnell klar, dass der Herzinfarkt seines alten Freundes auf eine Vergiftung zurückzuführen war. Laetitia hatte es also richtig erkannt: Ernests Tod war alles andere als natürlich gewesen.

Offensichtlich suchten die Polizisten nach einem Motiv, und aus diesem Grund fokussierten sie ihre Ermittlungen auf die Beziehung, die die beiden Männer einst verbunden hatte. Seine kriminelle und drogenabhängige Vergangenheit gereichte ihm nicht zum Vorteil, das war eine Tatsache. Aber das, was David langsam beunruhigte, war, dass es offenbar Beweismaterial bei ihnen gab, das ihn auf die eine oder andere Weise belastete.

Nur ein Bluff, dachte er. Er war sich sicher, dass er keine illegalen Substanzen besaß und erst recht kein Gift, das einen Herzinfarkt auslösen konnte.

»Dein Plan wäre beinahe aufgegangen!«, warf ihm Polizeioberkommissar Bonaud an den Kopf. »Der Gerichtsmediziner hätte es um ein Haar übersehen. Was du aber nicht wusstest, ist, dass die Scheiße, die du ihm zu essen gegeben hast, bei ihm eine Niereninsuffizienz ausgelöst hat, und das hat nicht zur Diagnose gepasst. Dumm gelaufen, was?«

Da er sich seiner mangelnden Kenntnis der Aktenlage bewusst war, verlangte David einen Rechtsanwalt. Er wusste aus Erfahrung, dass gemäß dem üblichen Spruch »alles, was er sagte, gegen ihn verwendet werden konnte« und dass seine Unwissenheit ihn dazu bewegen konnte, Dinge zu erwähnen, deren Auslegung ihm schaden würde.

Da er keinen Anwalt kannte, wurde ihm ein Pflichtverteidiger zugeteilt.

Während sie auf den Pflichtverteidiger warteten, sperrte man ihn in eine Zelle.

Als er dann allein war, nahm er sich die Zeit, die Angst unter Kontrolle zu bringen, die wieder an ihm nagte, und Bilanz zu ziehen. Die Bullen überhäuften ihn nur so mit Fragen, und er selbst stellte sich mindestens genauso viele. In wessen Interesse war es gewesen, Ernest zu töten? Der alte Mann war seit einigen Jahren im Ruhestand, und er hatte ihm nie über Streitigkeiten mit dem einen oder anderen Ex-Häftling berichtet, um die er sich im Lauf seiner Karriere gekümmert hatte. Zugegebenermaßen neigte Ernest, selbst wenn er in Gefahr war, nicht dazu, anderen sein Herz auszuschütten, und es entsprach nicht seinem Charakter, seine Sorgen mit anderen zu teilen. Aber warum verdächtigte man dann ihn, David, und nicht jemand anderen? War es, weil sein Freund den Nachmittag bei ihm verbracht hatte, oder gab es andere ihm unbekannte Indizien, die konkreter auf ihn hindeuteten?

»Was du aber nicht wusstest, ist, dass die Scheiße, die du ihm zu essen gegeben hast, bei ihm eine Niereninsuffizienz ausgelöst hat, und das hat nicht zur Diagnose gepasst.«

Er schloss daraus, dass Ernest ein Gift zu sich genommen hatte, das tödlich für ihn gewesen war. Man hatte ihm also nichts injiziert ... Aber was war dieses Gift, das gleichzeitig einen Herzinfarkt und eine Niereninsuffizienz provoziert hatte? Wie hatten es die Polizisten bei ihm finden können, wo er doch nur wenige Medikamente besaß, von denen seines Wissens keines irgendjemanden hätte töten können? Ohne weitere Informationen konnte David nicht antworten.

Während er diese Fragen in seinem Kopf drehte und wendete, spürte er, wie die Ruhe ihn nun endgültig verließ. Er hätte gern mit Laetitia gesprochen, ihr erzählt, was gerade geschah, ihr die verschiedenen Informationen mitgeteilt, die er mit Mühe zusammengetragen hatte, und sie gebeten, im Internet zu recherchieren, um mehr herauszufinden. Wenn er wüsste, wo das Gift herkam, könnte er vielleicht Näheres über den Mörder herausfinden.

Die Tür zur Zelle ging auf, was seinen Spekulationen ein Ende setzte. Ein junger Mann, der einen grauen Anzug über einem nicht bis ganz oben zugeknöpften weißen Hemd trug, betrat den Raum und stellte sich vor:

»Ich werde sie vertreten, während sie sich in Polizeigewahrsam befinden. Reinhart Fuchs, Strafverteidiger.«

»Ist das ein Witz?«, fragte David, der trotz der ernsten Lage ein Kichern nicht unterdrücken konnte.

»Ich heiße tatsächlich so«, antwortete der Jurist sofort, der an Witze über seinen Namen gewöhnt zu sein schien. »Lassen Sie uns besser keine Zeit verlieren: Auch wenn mein Name Sie zum Schmunzeln bringt, kann ich Ihnen versichern, dass ich genauso listig bin wie mein Namensvetter Reineke beim werten Goethe. Und dass sich bisher keiner meiner Mandanten darüber beschwert hat.«

Er war zwar jung, aber seine schlagfertige Antwort und sein Selbstvertrauen beruhigten David ein wenig.

»Wir haben eine halbe Stunde, um uns allein zu beraten, bevor Ihr Verhör weitergeht. Ich habe mir schnell Ihre Akte angeschaut«, fuhr der Anwalt fort, ohne Zeit zu verlieren, was neben den anderen Qualitäten auch seine Effizienz zeigte. »Ich brauche nun Ihre Version der Ereignisse. Ich kann Ihnen gleich sagen, dass die Anklagepunkte, die gegen Sie vorliegen, dünn sind, um nicht zu sagen inexistent. Ich habe das Ganze sogar für einen Scherz gehalten! Die haben alles auf eine Karte gesetzt in der Hoffnung, dass Sie unter Druck gestehen ... Sie sind in einer Stunde wieder draußen.«

»Und was sind die Anklagepunkte?«

Monsieur Fuchs lächelte bedauernd.

»Man legt Ihnen zur Last, dass sie einen Topf mit Fingerhut auf Ihrer Terrasse haben.«

»Was?«

»Der Gerichtsmediziner hat Spuren von Digitoxin im Organismus des Opfers gefunden.«

»Digitoxin?«

»Das ist eine stark herzanregende Substanz, die sich aus rotem Fingerhut gewinnen lässt, von dem sie ein schönes Exemplar besitzen und dessen harntreibende Wirkung die Leistung der Niere schädigen kann. Laut dem Gerichtsmediziner ist die Form von Digitoxin, die im Urin des Opfers gefunden wurde, so rein, dass man auf einen direkten Verzehr der Pflanze schließen kann.«

»Das ist kompletter Unsinn!«

»Sie sagen es ... War er Vegetarier?«

»Wie bitte?«

»Das war ein Scherz.«

David konnte mit dem Humor des Rechtsanwalts nichts anfangen. Roter Fingerhut ... Als er seine Erinnerung durchsuchte, spürte er, wie der Boden unter seinen Füßen nachgab. Tiphaine auf der Türschwelle, die in einer Hand eine Pflanze im Blumentopf mit schönen purpurroten, glockenförmigen Blüten hielt und in der anderen ein Geschenkpaket.

»Und das ist für Laetitia. Die kann sie im Garten einpflanzen oder in dem Topf auf die Terrasse stellen, ganz wie sie möchte ... Wir haben sie auf der Arbeit aussortiert, und ich habe in meinem Garten keinen Platz mehr. Sie ist hübsch und blüht den ganzen Sommer über.«

Indem Tiphaine ihnen den Fingerhut schenkte, hatte sie David und Laetitia schlicht und einfach den Beweis für ihre Schuld übergeben.

Er kannte nur eine Person, die eine einfache Blume in eine gefährliche Waffe verwandeln konnte.

Und genau dieser Person hatte er vor einer Stunde seinen Sohn anvertraut.

Kapitel 55

Auf Tiphaines und Sylvains Sofa zusammengekauert konnte Laetitia nicht aufhören zu schluchzen, es gelang ihr nicht, sich zu beruhigen.

Wie hatte David so etwas nur tun können?

Wo hatte er Milo hingebracht?

Was hatte er vor?

Wie würde sie ohne ihren Sohn und ihren Mann überleben?

Jede Minute, die verging, ohne ihr eine Antwort zu bringen, erschien ihr unerträglich, und die Tatsache, dass sie, wie ihr allmählich klar wurde, höchstwahrscheinlich keine Nachricht von ihnen erhalten würde, zumindest nicht heute Abend, machte alles noch schlimmer: Wenn David ihre Abwesenheit genutzt hatte, um fortzugehen, dann nicht, um knapp zwei Stunden nach seiner Abfahrt wieder Kontakt mit ihr aufzunehmen ...

Nun fand sie sich bei ihren Nachbarn wieder, bei den Menschen, die für ihren Absturz in die Hölle verantwortlich waren ... Tiphaine hatte sich neben sie gesetzt und versuchte, ihr mit sanfter und beruhigender Stimme Hoffnung zu geben: »Sie werden zurückkommen, mach dir keine Sorgen. Aus Wut macht man manchmal die unsinnigsten Dinge, das wissen wir doch beide aus eigener Erfahrung. Man muss eine Nacht drüber schlafen, und schon morgen werden sie ganz bestimmt wieder da sein. Du kannst die Nacht hier verbringen, wenn du willst.«

Die Nacht hier verbringen?

Wo?

In Maximes Bett?

Das kommt nicht in Frage!

Und dann ... und dann kamen Laetitia andere Bilder in

den Sinn: das ihres Bettes, leer und kalt, ohne David darin. Das eines unbewohnten Zimmers, eines verlassenen Hauses. Das einer endlosen Nacht.

Da wusste Laetitia, dass sie nicht die Kraft hätte, heute Abend nach Hause zu gehen, und auch nicht den Mut, sich Milos und Davids Abwesenheit zu stellen. In genau diesem Moment gab sie jeglichen Widerstand auf, ihr Schicksal war ihr gleichgültig.

»Ich mache dir einen Tee, der wird dir helfen, ein bisschen zu schlafen.«

Als Tiphaine aufstand, um in die Küche zu gehen, erschien Sylvain im Türrahmen. Tiphaine warf ihm einen eindringlichen Blick zu, auf den Sylvain mit einem kaum merklichen Kopfnicken antwortete.

Als Tiphaine das Zimmer verließ, stellte er sich ihr in den Weg.

»Was willst du jetzt tun?«, fragte er mit nervöser Stimme, sobald sie außer Hörweite waren.

»Was wir geplant haben.«

Sylvain kaute auf seiner Unterlippe herum, blieb angespannt stehen, fühlte sich unwohl. Ohne die Befangenheit ihres Mannes zu beachten, machte sich Tiphaine in der Küche zu schaffen, kochte Wasser, stellte eine Tasse hin, holte eine Packung Tee aus dem Schrank, öffnete eine Schublade, holte ein Teesieb heraus, das sie großzügig mit einer Mischung aus Minze, Lindenblüten und Verbenen füllte. Sylvain hingegen blieb reglos stehen und beobachtete die Handgriffe seiner Frau.

Dann öffnete sie eine andere Schublade, holte ein Röhrchen Lexotanil heraus, öffnete es und schüttete drei Tabletten heraus. Wollte es schon wieder schließen, zögerte … nahm noch eine vierte.

»Schau mal nach, was sie macht!«, befahl sie Sylvain, dessen reglose Gegenwart ihr auf die Nerven ging.

»Tiphaine …«

»Geh zu ihr!«

Er seufzte und tat wie geheißen. Kurz bevor er die Küche verließ, rief sie ihn zur Ordnung:

»Du kannst jetzt nicht die Nerven verlieren, Sylvain!«

Er drehte sich zu ihr um und schaute sie ernsthaft an.

»Wir sind uns doch einig, oder?«, drängte sie ihn in einem schroffen Tonfall.

»Mach dir keine Sorgen.«

Dann ging er zu Laetitia ins Wohnzimmer.

Allein in der Küche, machte sich Tiphaine daran, die vier Tabletten Lexotanil zu Pulver zu zerstampfen, das sie in die Tasse streute. Genau in diesem Augenblick signalisierte das Pfeifen des Teekessels, dass das Wasser kochte. Sie griff sich einen Topflappen, hob den Kessel an und goss das siedende Wasser in die Tasse. Das Lexotanil-Pulver löste sich sofort auf.

Nachdem sie das Teesieb in die Tasse getaucht hatte, wartete sie eine Weile. Da begann Tiphaine in der Stille der Küche zu lächeln. Kein bösartiges und nicht einmal ein triumphierendes Lächeln, nein ... ein gelassenes Lächeln.

Nach fünf Minuten nahm sie das Teesieb wieder aus der Tasse.

Zwei Stücke Zucker.

Nun war alles bereit.

Als Tiphaine ins Wohnzimmer kam, erblickte sie Sylvain auf dem Sofa neben Laetitia, wo sie selbst noch vor einigen Augenblicken gesessen hatte. Laetitia hatte aufgehört zu weinen und starrte mit roten Augen, unter denen sich tiefe Schatten abzeichneten, ins Leere. Sie schwiegen. Sylvain schaute auf seine Füße und sah immer wieder mit betretenem Blick zu Laetitia auf, die nichts davon zu bemerken schien.

Für einen Augenblick glaubte Tiphaine, Sylvain hätte ihrer Nachbarin etwas gesagt, und die Angst vor dieser Möglichkeit füllte sie mit Entsetzen. Sie ging eilig zu ihnen und versuchte, durch ihre Anwesenheit die Aufmerksamkeit ihres Mannes auf sich zu ziehen. Der hob den Kopf und ihre Blicke trafen sich.

An seinem Blick erkannte sie, dass er nichts verraten hatte. Und dass er ihr bis zum Ende folgen würde.

»Hier Laetitia. Trink das. Das wird dir beim Einschlafen helfen.«

Die junge Frau erzitterte und schien aus einer anderen Wirklichkeit zurückzukehren, während sich Tiphaine zu ihr hinunterbeugte und ihr die Tasse hinhielt.

»Was ist das?«, fragte sie mit rauer, fast betäubter Stimme.

»Ein Kräutertee. Minze, Lindenblüten, Verbenen. Das wird dir guttun.«

Sie nahm die Tasse, führte sie zu ihren Lippen, trank einen winzigen Schluck. Dann wollte sie die Tasse wieder abstellen.

Mit einer Handbewegung forderte Tiphaine sie auf, noch mehr zu trinken.

Laetitia gehorchte, ohne Widerstand zu leisten, gleichgültig ihrer ganzen Umgebung gegenüber. Sie nahm einen weiteren Schluck, diesmal einen größeren und noch einen, immer noch von Tiphaine ermutigt, die sie sanft, aber hartnäckig dazu bewegte, die Tasse an ihre Lippen zu führen.

»Du musst alles leertrinken«, murmelte sie mit beruhigender Stimme. »Danach wird es dir viel besser gehen.«

Und Laetitia trank die Tasse aus bis auf den letzten Tropfen.

Sie sah Tiphaines Gesicht, das ihr freundlich zulächelte, ganz nah an ihrem. Sie sah, wie sie ihr die leere Tasse abnahm und diese vorsichtig auf den Wohnzimmertisch stellte. Direkt daneben ein Heftchen. Ein Mutter-Kind-Pass. Auf dem der Name Maxime Geniot stand.

Die Erinnerung an den kleinen Jungen, den sie nie wieder in ihre Arme schließen würde, den sie nicht mehr lachen sehen würde, dem sie nicht mehr beim Schlafen zusehen würde, lag ihr so schwer auf der Brust, dass sie glaubte, dass sie ersticken würde. Dann, in einem Augenblick, der ihr wie eine Ewigkeit erschien, vermischte sich Milos Gesicht mit dem von Maxime, im Schleier ihrer Tränen verformten sie sich zu einem einzigen. Sie dachte einen Moment lang, dass ihr Verstand ihr einen Streich spielte. Dann wurden ihre Augenlider bleischwer, und wenige Minuten später schlief sie einen tiefen und traumlosen Schlaf.

Als sie sicher war, dass Laetitia so bald nicht wieder aufwachen würde, lief Tiphaine in die Küche, um einige Augenblicke später mit Tablettenröhrchen und -schachteln in den Händen zurückzukommen, Zolpidem, Tafil, Venlafaxin sowie eine Tupperdose mit einem grauen, selbst zusammengemischten Pulver. Eine Mischung, die Laetitia keine Chance geben würde, das wusste sie.

»Komm, hilf mir«, bat sie Sylvain.

Er saß immer noch neben Laetitia, als würde er sie überwachen. Er stand auf, ging zu seiner Frau hinüber, die begann, die Tabletten eine nach der anderen aus ihren Aluminiumblistern herauszudrücken. Sie fügte noch eine großzügige Menge an Paspertin hinzu, das für seine Wirkung gegen Übelkeit und Erbrechen bekannt ist.

»Hol mir die Whiskyflasche.«

Sylvain leistete Folge. Sobald sie die Flasche in Händen hielt, schüttete Tiphaine die bernsteinfarbene Flüssigkeit in ein Glas, fügte das Pulver aus den Tabletten und das aus der Tupperdose hinzu und vermischte alles.

»Richte sie wieder auf.«

Sie sprach mit einer konzentrierten Stimme, ganz ohne Emotionen oder Aggressivität. Sylvain ging zu Laetitia, die noch immer zusammengesunken auf dem Sofa lag, fasste sie bei den Schultern, zog sie in eine sitzende Position hoch.

Tiphaine kam dazu.

Mit unendlicher Sorgfalt flößte sie der jungen Frau mit kleinen methodischen Schlucken ihr tödliches Gebräu ein, hielt ihr nach jedem Mundvoll den Kopf nach hinten, um der Flüssigkeit zu helfen, die Speiseröhre hinunterzufließen.

Als das Glas leer war, betrachteten Tiphaine und Sylvain neugierig Laetitias reglosen Körper. Sie schien tief zu schlafen, ihr Gesicht war unheimlich blass und von einem Schweißfilm überzogen, der ihren fahlen Teint noch unterstrich.

Nach und nach wurde ihre Atmung unregelmäßig, ihre Brust hob sich ruckartig und ungleichmäßig, während die Pause zwischen den Atemzügen im Lauf der Sekunden immer länger wurde.

Nach ungefähr zwanzig Minuten hörte sie ganz auf zu atmen.

Kapitel 56

David, den seine schrecklichen Befürchtungen in Panik versetzten, flehte seinen Rechtsanwalt an, ihn da rauszuholen, sagte, er müsse seinen Sohn dringend abholen. Der Jurist versuchte sich Klarheit zu verschaffen bezüglich der Unschuldsbeteuerungen seines Mandanten und den Anschuldigungen gegenüber seiner Nachbarin, der gleichen, zu der er sein Kind gebracht hatte, bevor die Polizisten ihn abgeführt hatten ...

»Warum haben Sie Ihren Sohn einer Person anvertraut, von der Sie vermuten, dass sie einen Mord begangen hat?«

»Da wusste ich noch nicht, dass Ernest vergiftet wurde!«

»Was macht das für einen Unterschied?«

»Tiphaine ist eine Pflanzenspezialistin, sie kann Tränke mischen, die in wenigen Minuten ein Pferd umbringen ...«

Und David fasste den Vorfall zusammen, der Milo vor zehn Tagen beinahe das Leben gekostet hätte.

»Moment mal ... Hat Ihr Sohn etwas gegessen, das er nicht hätte anrühren dürfen, oder hat Ihre Nachbarin ihn vergiftet?«

»Meine Frau meint, dass sie ihn vergiften wollte.«

»Und Sie?«

»Ich war vom Gegenteil überzeugt. Aber jetzt, nach dieser Geschichte mit dem Digitoxin, glaube ich ...«

»Nehmen wir an, dass dem so ist. In diesem Fall ist die Frage ganz einfach: Was war ihr Motiv, Ernest Wilmot umzubringen?«

Von dieser ausgesprochen berechtigten Frage überrascht, schwieg David für eine Weile und suchte nach Tiphaines Motiv.

»Ich weiß es nicht«, musste er nach einem Moment zugeben. »Aber ich weiß, dass ich unbedingt hier raus muss.«

»Ich kümmere mich darum.«

Der Rechtsanwalt trommelte laut gegen die Zellentür. Dem Polizisten, der ihm die Tür aufmachte, erklärte er, dass sein Mandant das Verhör wieder aufnehmen wolle. Sie wurden also in einen anderen Raum geführt und mussten noch einen Augenblick warten, bevor die Polizeioberkommissare Petraninchi und Bonaud eintraten.

Fuchs hatte recht behalten: Die Anklagepunkte gegen David waren zu schwach, um ihn in Gewahrsam zu behalten, und die Tatsache, dass er einen Topf mit Blumen auf der Terrasse hatte, giftig oder nicht, stellte keineswegs einen zulässigen Beweis dar.

Fünfundvierzig Minuten später verließ David das Polizeipräsidium und eilte nach Hause.

Kapitel 57

Die Geniots hatten keine Schwierigkeiten, Laetitia bis ins Wohnzimmer zu bringen: Zierlich und leicht, wog sie kaum etwas in Sylvains Armen. Die einzige Schwierigkeit war, sie über die Hecke zu heben, die die beiden Gärten voneinander trennte: Das Risiko, die Straße zu nehmen und vielleicht von einem Nachbarn überrascht zu werden, war zu groß.

Tiphaine überquerte die Hecke als Erste. Mithilfe eines Stuhls schwang sie sich über das Geäst und kam leichtfüßig auf der anderen Seite zum Stehen. Dann hob Sylvain Laetitia bis über den Scheitelpunkt der Hecke, danach nahm Tiphaine sie auf der anderen Seite in Empfang, ohne den Körper zu verletzen. Dann war Sylvain an der Reihe, zu ihr hinüberzukommen. Sobald er drüben war, nahm er Tiphaine den reglosen Körper wieder ab.

Wie erhofft, war die Terrassentür zum Wohnzimmer nicht abgeschlossen, was andernfalls auch nicht dramatisch gewesen wäre, da David ihnen seinen Schlüsselbund anvertraut hatte.

Als sie im Zimmer standen, zögerten sie kurz, wo sie den Körper hinlegen sollten.

Laut Tiphaine war das Sofa die logischste Option.

Sylvain war der gleichen Meinung, er setzte seine Last vorsichtig ab, legte sie aufs Sofa, dann platzierte Tiphaine einige offene Schachteln und Röhrchen mit Barbituraten sowie die inzwischen leere Whiskyflasche daneben.

Schließlich nahmen sie sich einige Minuten Zeit, um durchzuatmen und die Szene zu betrachten, bemüht, kein Detail zu übersehen, das sie überführen könnte oder gegen die These des Selbstmords sprach.

»Warte!«, rief Tiphaine plötzlich.

»Was?«

»Ich komme sofort!«

Sie rannte blitzschnell zur Terrasse und nahm den gleichen Weg in entgegengesetzter Richtung. Ein paar Minuten später war sie mit ihrem Geldbeutel in der Hand wieder da.

»Was machst du?«, erkundigte sich Sylvain zugleich beunruhigt und neugierig.

Ohne zu antworten, öffnete sie die lederne Geldbörse, zog einen einfach gefalteten Zettel hervor und hielt ihn ihrem Mann hin. Der faltete ihn auseinander, bevor er die zwei einfachen Wörter darauf las, die offensichtlich in Laetitias Handschrift geschrieben waren.

Vergib mir.

»Was ist das?«, fragte er ziemlich überrascht.

»Eine Nachricht, die sie mir vor einiger Zeit geschrieben hat ...«

»Warum hat sie dich um Vergebung gebeten?«

»Das erzähle ich dir später. Lass uns nicht länger hierbleiben, David kann jeden Moment nach Hause kommen.«

Sie legte den Zettel auf den Tisch neben dem Sofa und warf einen letzten Blick auf das gesamte Zimmer. Dann verließen die beiden das Haus und schlossen die Terrassentür sorgfältig hinter sich.

Kapitel 58

Tiphaine hatte zu Recht nicht länger im Haus der Brunelles bleiben wollen: Kaum waren sie wieder zu Hause, da klingelte David und trommelte an ihre Tür. Ein wenig hektisch, weil alles so schnell ging, nahm sie sich trotzdem die Zeit, ein großes Stück Baumwolle mit einem starken Schlafmittel zu tränken – wieder eines aus eigener Herstellung –, das sie dann Sylvain reichte, bevor sie zur Tür ging.

»Du musst ihn sofort überfallen, wenn er den Hausflur betritt«, erklärte sie leise. »Wir müssen ihn überraschen, sonst schaffen wir es nicht!«

»Ist gut, ich weiß, was zu tun ist!«

Sylvain bezog so neben dem Eingang Stellung, dass ihn der Türflügel verbarg, sobald die Tür geöffnet wurde. Sie tauschten einen letzten Blick aus, versicherten einander, dass sie bereit waren, dann machte Tiphaine die Tür auf.

Sie hatte keine Zeit, auch nur den Mund zu öffnen, schon stürzte sich David auf sie, packte sie am Kragen ihrer Bluse und drückte sie gegen die Wand des Hausflurs. Er hielt sie dort fest und nutzte den Überraschungseffekt, um seinen Unterarm auf Tiphaines Kehle zu pressen, was den Druck noch erhöhte. Tiphaine konnte sich nur mit beiden Händen an Davids Arm klammern, versuchte verzweifelt, ein wenig Luft zu bekommen.

»Wo ist Milo?«, knurrte er, sein Gesicht nur wenige Zentimeter von dem seiner Nachbarin entfernt.

Da sie nicht sprechen konnte, wand sich Tiphaine so viel wie möglich, in der Hoffnung, seinem Griff zu entkommen. David ließ kurz locker, gerade lange genug, um ihr Zeit zum Antworten zu geben.

»David, was ist mit dir los?«

»Wo ist Milo?«, wiederholte er und verlor das bisschen Beherrschung, das ihm noch blieb.

»Oben ... Er schläft!«, artikulierte sie mühsam.

David verstärkte den Druck seines Arms und bohrte seinen misstrauischen Blick in Tiphaines Augen.

»Hör mir gut zu, du verdammte Schlampe, ich weiß nicht, was du mit Ernest gemacht hast, und auch nicht, warum, aber ich weiß, dass er wegen dir tot ist. Deshalb ...«

Noch bevor er seinen Satz zu Ende bringen konnte, tauchte Sylvain hinter ihm auf. Er packte ihn fest am Hals und hielt ihm das mit Schlafmittel getränkte Tuch vor die Nase. Überrascht ließ David Tiphaine los und versuchte Sylvain abzuschütteln, indem er sich mit einem Ruck umdrehte. Es gelang ihm, Sylvain ein wenig aus dem Gleichgewicht zu bringen, aber nicht genug, um ihn zum Loslassen zu bewegen. Sylvain umklammerte seine Schultern, was ihm ermöglichte, Davids Drehung mitzumachen. Wütend darüber, dass sie ihn überrascht hatten wie einen Anfänger, wehrte sich David voller Rage, bedrängte seinen Angreifer heftig und warf sich immer wieder nach hinten gegen die Wand. Jedes Mal wurde Sylvain zwischen der Wand und Davids Körper eingequetscht, aber er ließ nicht los.

Tiphaine, die sich nun von Davids Attacke erholt hatte, beobachtete entsetzt den Kampf der beiden Männer. Für einen Augenblick war sie in Versuchung, sich einen schweren Gegenstand zu greifen und ihrem Mann zu Hilfe zu kommen, indem sie David bewusstlos schlug, aber ein Schlag gegen den Kopf würde ihren Plan zunichtemachen. Der Kampf durfte auf keinen Fall irgendwelche Spuren hinterlassen.

Schließlich tat das Schlafmittel seine Wirkung: Davids Angriffe wurden weniger heftig, und bald torkelte er mehr, als dass er um sich schlug. Ermutigt von der Aussicht, zu gewinnen, drückte Sylvain fester auf seine Nase.

Nach einer endlosen Minute brach David auf dem Boden zusammen und riss Sylvain mit sich.

Tiphaine stürzte zu ihnen, um ihrem Mann aufzuhelfen: Sylvain hatte den Sturz seines Opfers mehr oder weniger abgefangen.

»Ist alles in Ordnung?«

Sylvain nickte, er schnappte nach Luft und sammelte sich wieder.

»Beinah hätte er alles ruiniert ...«

»Lass uns nicht herumtrödeln! Wir müssen ihn zu sich nach Hause bringen!«

David über die Hecke zu hieven war um einiges schwieriger, als es bei Laetitia gewesen war. So schwierig, dass Tiphaine einen Moment lang darüber nachdachte, den Weg über die Straße zu nehmen. Aber das Risiko war zu groß: Zwar konnten sie und Sylvain vom Bürgersteig aus beobachten, ob jemand vorbeikam, aber es gab keine Möglichkeit sicherzustellen, dass sie nicht einer der Nachbarn durchs Fenster beobachtete. Verdammte Nachbarn! Widerstrebend wurde ihr klar, dass sie keine Wahl hatten. Tiphaine hatte nicht genug Kraft, um David auf der anderen Seite der Hecke entgegenzunehmen, aber wenn Sylvain David fallen ließe, würde dieser auf der Terrasse aufschlagen, was auf seinem Körper verdächtige Hämatome hinterlassen könnte.

»Wir bräuchten etwas, um seinen Sturz abzufedern«, bemerkte Sylvain. »Dann könnten wir ihn gemeinsam über die Hecke heben und ihn auf der anderen Seite fallen lassen.«

»Eine Matratze!«

Diese Idee setzten sie in die Tat um, was die Aktion einfacher machte.

Nachdem sie auf dem Grundstück der Brunelles angekommen waren, mussten sie David noch bis in den ersten

Stock schleppen. Sie trugen ihn an Laetitias auf dem Sofa liegenden Körper vorbei, an den auf dem Boden verstreuten Barbituraten, an dem Zettel, der immer noch auf dem Tisch lag. Als sie im Hausflur angelangten, nahm Sylvain David bei den Schultern, und Tiphaine packte seine Füße.

Der Aufstieg war äußerst anstrengend, aber sie erreichten schließlich das obere Ende der Treppe. Dort verschnaufte Tiphaine, während Sylvain zu Hause ein Seil holte. Sie nutzte die Gelegenheit auch, um wieder ins Erdgeschoss hinunterzugehen und Davids Schlüsselbund auf die Kommode im Hausflur zu legen.

Sobald Sylvain zurück war, banden sie das Seil am Geländer fest, das den Flur bis zu den Schlafzimmern entlanglief, knüpften eine Schlinge und legten dann Davids Kopf hinein.

Dann hoben sie David mit letzter Kraft über das Geländer und stießen ihn in den Abgrund hinab.

Kapitel 59

»Wach auf, Milo, es ist Zeit in die Schule zu gehen ...«

Die Augenlider des kleinen Jungen flatterten. Er gähnte und streckte sich, bevor er ganz wach wurde.

»Hast du gut geschlafen?«

Das Kind nickte.

»Was willst du zum Frühstück essen?«

»Crêpe!«

Tiphaine lächelte.

»Dann machen wir dir Crêpes! Soll ich dir beim Anziehen helfen?«

»Ich kann mich allein anziehen!«, protestierte Milo mit schläfriger Stimme.

»Das glaube ich dir, mein Herz. Komm, steh auf. Ich warte unten auf dich.«

Sie war schon dabei, das Zimmer zu verlassen.

»Wo sind Mama und Papa?«, fragte Milo, dessen Erinnerungen allmählich zurückkamen.

Tiphaine drehte sich zu ihm um und lächelte beruhigend.

»Sie sind noch nicht wieder zurück ... Aber mach dir keine Sorgen, ich bin mir sicher, dass sie bald kommen.«

Der Blick des Jungen verdüsterte sich, sodass Tiphaine sich gezwungen sah, wieder zu ihm zurückzukommen.

»Was hast du, mein Großer?«, fragte sie und streichelte ihm sanft den Kopf.

»Ich will zu meinem Papa und zu meiner Mama ...«

»Ich weiß, Milo ... Hör zu, ich weiß, was wir jetzt machen: Du ziehst dich an, währenddessen mache ich dir leckere Crêpes, ich fahre dich zur Schule, und um vier Uhr holt dich deine Mama dann ab, da bin ich mir ganz sicher. Einverstanden?«

Das Kind fand sofort sein Lächeln wieder.

»Und du hast es doch gut hier, bei Tante Tiph und Sylvain, oder?«

»Ja!«

Sie nahm den Jungen in den Arm und drückte ihn an sich.

»Alles wird gut, du wirst schon sehen«, flüsterte sie und bedeckte ihn mit Küssen.

Als sie wenige Minuten später in die Küche kam, kochte Sylvain gerade Kaffee. Er fragte sofort, wie es dem Jungen ging.

»Er hat gut geschlafen«, fasste Tiphaine zusammen.

»Hat er nach seinen Eltern verlangt?«

»Natürlich. Alles andere wäre erstaunlich gewesen. Aber er wird sich schnell daran gewöhnen.«

Sie ging zu ihrem Mann, der mit dem Rücken zu ihr stand, schmiegte sich an ihn und schlang mit einem wohligen Seufzer ihre Arme um ihn.

»Wir haben es fast geschafft ... Wir müssen nur noch die letzte Etappe überwinden, aber das Schwierigste haben wir überstanden. Bald wird alles wieder wie vorher sein.«

Dann fügte sie mit einem strahlenden Lächeln hinzu:

»Ich habe dir ja gesagt, dass die Gelegenheit kommen würde ... Mit etwas Geduld!«

Sylvain drehte sich um und erwiderte ihre Umarmung.

»Es stimmt, du hattest wieder einmal recht. Aber ich bin immer noch überzeugt, dass Ernests Tod völlig unnötig war«, widersprach er mit leicht vorwurfsvoller Stimme.

»Das stimmt nicht! Ernest war Milos Pate. Wenn er das Sorgerecht gewollt hätte, hätte uns das Ärger gemacht.«

»Ernest hätte niemals Anspruch auf das Sorgerecht erhoben, er hat Kinder gehasst!«

»Ja, aber dieses Kind hat er geliebt. Und ich wollte kein Risiko eingehen.«

Tatsächlich war sie kaum ein Risiko eingegangen: Als Ernest Milos Geburtstagsfeier verlassen hatte, fing sie ihn auf der Straße ab und lud ihn unter dem Vorwand, dass sie mit ihm sprechen müsse, ein, auf einen Kaffee hereinzukommen. Der Fingerhutsaft, den sie in den Kaffee des alten Mannes gemischt hatte, erledigte den Rest.

»Nur weil du Milos Patentante bist, heißt das noch nicht, dass du das Sorgerecht bekommst ...«, wandte Sylvain ein.

»Das weiß ich. Aber er hat niemanden mehr außer uns. Das kann jeder bezeugen.«

»Die Leute wissen, dass wir uns seit einiger Zeit nicht mehr sehr gut verstanden haben ...«

»Die Leute bringen uns mit den Brunelles in Verbindung. In den Augen der Leute, egal ob im Viertel oder in der Schule, sind wir unzertrennlich. Alle Freundschaften haben mal einen Durchhänger. Und es wird allen gut passen, dem Richter und dem Jugendamt. Und wir werden kämpfen, nicht wahr?«

Sylvain sah sie besorgt an. Als er nicht antwortete, wiederholte Tiphaine ihre Frage:

»Wir werden kämpfen, nicht wahr? Wir werden es für Milo tun und für uns, um wieder eine richtige Familie zu werden ...«

»Ja, meine Liebe«, murmelte er schließlich und küsste sie auf die Stirn.

Dann befreite er sich sanft aus der Umarmung und füllte Kaffeepulver in die Maschine.

»Um wie viel Uhr hast du vor, die Polizei anzurufen?«, fragte er und drückte auf den Knopf der Kaffeemaschine.

»Gegen Mittag.«

»Meinst du wirklich, dass sie an den Selbstmord glauben?«

Tiphaine guckte beleidigt und zog die Schultern und Augenbrauen hoch, als wäre das ganz selbstverständlich.

»Ich weiß nicht, zu welcher Schlussfolgerung sie sonst gelangen könnten ...«

Sylvain öffnete den Hängeschrank und nahm drei Teller und drei Tassen heraus.

»Vielleicht hätten wir es wieder mit deinen Wundermitteln versuchen sollen.«

»Zu riskant«, erwiderte Tiphaine, während sie die Milch aus dem Kühlschrank holte und auf den Tisch stellte. »Du hast ja gesehen, was das letzte Mal passiert ist: Milo wäre fast dabei draufgegangen!«

Die junge Frau schauderte bei dem Gedanken an die Tragödie, die geschehen wäre, wenn Milo an der Mischung gestorben wäre, die sie eigentlich für David und Laetitia zubereitet hatte. Eine Paste aus den stärksten und giftigsten Heilpflanzen, die sie besaß. Wie unvorsichtig, dass sie die Schüssel in Reichweite des kleinen Jungen hatte stehenlassen! Um besonders effizient zu sein, hatte sie vorsorglich das Gift zubereitet und es dann in der Nähe abgestellt, um es jeden Moment griffbereit zu haben. Was hätte es schon ausgemacht, wenn David oder Laetitia es bemerkt hätten, in Tiphaines Küche standen immer Schüsseln, Töpfe und Behälter aller Art mit Pulver, getrockneten Pflanzen, Kräutertee, Rinde, Gemüsesaft oder Sud herum.

Sylvain legte ein Messer neben jeden der Teller.

»Du hast recht«, stimmte er zu. »Ich hoffe nur, dass es mit dieser Selbstmordgeschichte keine Probleme gibt.«

»Vertrau mir. Ich habe an alles gedacht.«

Während er den Blick über den Tisch schweifen ließ, um sicherzustellen, dass sie nichts vergessen hatten, bemerkte Sylvain:

»Das perfekte Verbrechen existiert nicht.«

Ihm fiel auf, dass das Brot noch fehlte.

»Man könnte sagen, dass wir es gerade erfunden haben«, verkündete Tiphaine und legte ein Baguette in die Mitte des Tischs.

Dann drehte sie sich um, machte den Kühlschrank wieder auf und sagte seufzend:

»Hm, wo ist denn der Crêpe-Teig geblieben?«

Kapitel 60

Tiphaine rief gegen Mittag bei der Gendarmerie an.

Sie hatte nichts mehr von ihren Nachbarn gehört, sehr enge Freunde, die ihr ihren Sohn für den Abend anvertraut hatten. Sie machte sich Sorgen. Dem Paar ging es in letzter Zeit nicht gut, sie stritten ununterbrochen, Tiphaine hatte oft durch die Wand gehört, wie sie sich gegenseitig niedermachten. Gestern, nach einem weiteren ziemlich heftigen Streit, hatte Laetitia sogar mit schlagenden Türen das Haus verlassen. Ihre Freundin war seit einigen Wochen depressiv, reagierte oft exzessiv, manchmal an der Grenze zur Paranoia, und ihrem Ehemann fiel es immer schwerer, das zu ertragen. Und gerade gestern war ihr kleiner siebenjähriger Sohn infolge des konstanten Verfolgungswahns seiner Mutter von zu Hause weggelaufen. Die Polizeioberkommissare Chapuy und Delaunoy konnten Laetitias angeschlagenen geistigen Zustand sowie die angespannte Beziehung zwischen dem Ehepaar Brunelle bezeugen. Als man das Kind gefunden hatte, war die Auseinandersetzung eskaliert, und das Paar hatte sich wieder gegenseitig die Schuld zugeschoben, was dazu führte, dass Laetitia das Haus verließ. Das Problem war, dass später am Abend zwei Polizeioberkommissare bei den Brunelles zu Hause vorbeigekommen waren, um sie zum Tod eines Freundes zu befragen, und David musste sie aufs Polizeipräsidium begleiten. Er hatte ihr also seinen Sohn, Milo, anvertraut und seine Schlüssel, für den Fall, dass seine Frau zurückkäme.

Laetitia war gegen 20:30 Uhr nach Hause gekommen und klingelte, weil die Tür zu ihrem Haus verschlossen war, ganz selbstverständlich bei ihren Nachbarn. Als Tiphaine ihr die Tür aufmachte, fand sie ihre Freundin in einem elenden Zustand vor: mit roten Augen, abgespannt, erschöpft, ihre Stimmung auf einem Tiefpunkt ... Tiphaine teilte ihr mit, dass zwei Polizeibeamte David mit aufs Revier genommen hatten wegen etwas, das mit Ernests Tod zusammenhing. Diese Information versetzte Laetitia völlig in Panik, und sie verlangte die Schlüssel, um nach Hause zu gehen. Tiphaine händigte sie ihr aus. Dann beruhigte sie Laetitia bezüglich Milos Verbleib und versicherte ihr, dass er im ersten Stock schlief. Laetitia zog es vor, ihren Sohn nicht aufzuwecken und ihn ruhig bis zum Morgen weiterschlafen zu lassen.

Dann war sie nach Hause gegangen ...

Seitdem hatte Tiphaine nichts mehr gehört. Weder von Laetitia noch von David.

Am anderen Ende der Leitung erklärte der Gendarm Tiphaine, David und Laetitia seien volljährig und keineswegs verpflichtet, Tiphaine über jede ihrer Bewegungen zu informieren. Und man könne nach wenigen Stunden der Abwesenheit noch keine Vermisstenmeldung aufgeben.

Tiphaine erwiderte, sie hätten aber vereinbart, dass der eine oder die andere den Jungen schon am nächsten Morgen abholen würde, um ihn zur Schule zu bringen. Davids Taxi stehe noch immer in einer Seitenstraße neben dem Haus. Und als sie bei den Nachbarn geklingelt habe, habe ihr niemand aufgemacht. Außerdem sei keiner der beiden telefonisch erreichbar, weder zu Hause noch auf dem Handy. Wenn man ihr also noch nicht helfen könne, wäre es dann immerhin möglich, ihr mitzuteilen, ob sich David noch in Gewahrsam befinde oder, falls nein, wann er entlassen worden sei.

Man ließ sie einen Moment warten.

Dann sagte man ihr, dass David das Polizeipräsidium gestern am späten Abend verlassen hatte.

Tiphaine gab sich erneut sehr besorgt. Warum hatte er ihr nicht wie versprochen Bescheid gegeben, sobald er die

Untersuchungshaft verlassen hatte? Und warum hatte heute Morgen keines der beiden Elternteile das Kind abgeholt?

Der Gendarm informierte sie, sie müsse zum zentralen Polizeirevier oder zur nächstgelegenen Dienststelle der Gendarmerie gehen, wenn sie eine Vermisstenmeldung aufgeben wolle. Tiphaine bedankte sich bei ihrem Gesprächspartner, legte auf und machte sich bereit auszugehen. Je schneller die Sache entdeckt würde, desto früher könnten sie einen Schlussstrich ziehen und ihr normales Leben wieder aufnehmen.

Das unerklärte Verschwinden eines Paares, das sich eigentlich bei seinem Kind hätte melden müssen, zog sofort die Aufmerksamkeit der Polizisten auf sich. Laetitias depressive Verfassung trug viel dazu bei, dass sie schnell reagierten: Die Polizeibeamten Chapuy und Delaunoy bestätigten den labilen psychischen Zustand der jungen Frau. Eine zweiköpfige Polizeistreife begleitete Tiphaine also zum Haus der Brunelles.

Ob sich Tiphaine sicher sei, dass sie gesehen hatte, wie Laetitia ihr Haus betrat?

Diese bestätigte ihre Aussage ohne das geringste Zögern: Sie hatte ihre Nachbarin zum letzten Mal von ihrer Hausschwelle aus gesehen, Laetitia hatte die Schlüssel ins Schloss gesteckt, die Tür geöffnet und war dann im Inneren ihres Hauses verschwunden.

Nachdem sie erfolglos geklingelt und an die Tür geklopft hatten, entschieden die beiden Polizisten, einen Schlosser zu rufen.

Wenig später drangen sie ins Haus der Brunelles ein.

Die Hypothese des Selbstmords wurde schnell bestätigt, und aus Sicht der Polizeioberkommissare Bonaud und Petraninchi wirkte der Suizid sogar wie ein Schuldgeständnis von David Brunelle.

Und Laetitia Brunelle, war sie Komplizin oder einfache Zuschauerin gewesen? Im einen Fall wie im anderen hatte sie das Gewicht der Schuld, ihrer eigenen oder der ihres Ehemanns, nicht mehr ertragen. Zurück zu Hause, nachdem sie erfahren hatte, dass ihr Mann von der Polizei mitgenommen worden war, und geschwächt durch ihre Depression, war sie sicher in Panik geraten und hatte dann ihrem Leben ein Ende gesetzt. Der von ihrer Hand geschriebene Zettel, den man direkt neben ihr gefunden hatte, bestätigte das.

Als David anschließend nach Hause gekommen war, brach ihm der Boden unter den Füßen weg: Er hatte mit Sicherheit den leblosen Körper seiner Frau gefunden, den an ihn gerichteten Zettel mit der Entschuldigung, die auf dem Teppich verstreuten Schlafmittel. Durch die belastende Untersuchungshaft war er zweifellos schon schwer angeschlagen. Die Furcht, überführt zu werden, die Angst, wieder ins Gefängnis zu müssen ... Als er nach Hause zurückkam, lag das Schlimmste noch vor ihm: Seine Frau hatte sich umgebracht, und sein Chef hatte ihn entlassen, wie aus einer Nachricht auf dem Anrufbeantworter hervorging.

Er hatte alles verloren.

Und anstatt den Versuch zu wagen, gegen diesen Schicksalsschlag anzukämpfen, hatte er sich dann auch das Leben genommen.

Kapitel 61

In Anbetracht der Notlage machte Justine Philippot schnell einen Termin frei, um den kleinen Milo in Begleitung seiner Patentante und ihres Mannes so schnell wie möglich zu empfangen. Sie hatte von der Tragödie erfahren, die dem Jungen widerfahren war, und auch wenn es sie überraschte, einen Anruf von Tiphaine zu erhalten, beruhigte es sie doch, dass dieser die geistige Gesundheit ihres Patenkinds am Herzen lag. Außergewöhnliche Situationen erfordern außergewöhnliche Maßnahmen: Die Kinderpsychiaterin bot Tiphaine und Sylvain ein kurzes Gespräch ohne den kleinen Jungen an und wollte sie danach zu dritt empfangen, um eine Langzeittherapie zu beginnen. Tiphaine nahm das Angebot erleichtert an.

»Für ein Kind ist die Trauer um seine Eltern ein sehr intimer Prozess«, begann Justine Philippot das Gespräch sofort, sobald sich Tiphaine und Sylvain gesetzt hatten. »In Milos Fall ist die Situation noch komplexer, weil sie nach zwei anderen Todesfällen in seinem engen Umfeld auftritt. Die Tatsache, dass sich seine Eltern das Leben genommen haben, wird die Sache nicht leichter machen ... Was wird mit ihm passieren? Ich meine damit: Wo wird er hinkommen? Wer wird sich um ihn kümmern?«

»Im Moment ist er bei uns«, antwortete Tiphaine ganz einfach. »Wir haben uns entschieden, einen Adoptionsantrag zu stellen.«

»Das ist gut. Ihn aus seinem Umfeld, seinem Viertel, seiner Schule herauszureißen, aus allem, was ihm an Stabilität und Vertrautheit bleibt, wäre katastrophal. Sie müssen wissen, dass zwar jedes Kind seine eigene Herangehensweise an den Trauerprozess hat, dass es aber tendenziell seine Lebensweise an die seiner nahen Umgebung anpasst. Ihre

Reaktionen auf den Tod seiner Eltern sind also in den nächsten Wochen von größter Bedeutung. Was haben Sie ihm erzählt?«

»Dass seine Eltern einen Unfall hatten«, gestand Sylvain.

»Ein grober Fehler!«, rief die Kinderpsychiaterin schonungslos. »Sie müssen ihm die Wahrheit sagen! Sie müssen ihm alles genauso erklären, wie es vorgefallen ist, mit Worten, die seinem Alter angemessen sind, aber ohne ihn anzulügen. Das ist unerlässlich. Sein Trauerprozess kann nicht auf einer Lüge aufbauen!«

»Wie soll denn ein kleiner Junge verstehen, dass seine beiden Eltern entschieden haben, sich das Leben zu nehmen?«, widersprach Tiphaine.

»Das ist aber das, was geschehen ist. Und je schneller er es versteht, desto schneller wird er Fortschritte machen können. Aber Sie müssen ihn auch beruhigen: Ein Kind, das vor Kurzem beide Eltern verloren hat, wird Ängste im Hinblick auf sein eigenes Überleben entwickeln. Wer wird ihm zu essen geben, wer wird ihn zur Schule fahren? Sie müssen ihm unbedingt ein Gefühl der Sicherheit geben und all seine Fragen beantworten, ihm versichern, dass er weiterhin geliebt wird und dass Sie sich um ihn kümmern werden.«

»Das machen wir jeden Tag«, bestätigte Sylvain.

»Noch etwas«, fuhr Justine Philippot fort. »Milo wird wahrscheinlich Angst haben zu sterben: Für ein Kind in seinem Alter, das auf so heftige Art und Weise mit dem Tod konfrontiert wird, erscheint es, als wäre der Tod eine ansteckende Krankheit. In Milos Fall trifft das umso stärker zu, da er schon Angehörige verloren hat. Er wird sich also bedroht fühlen. Er kann außerdem dazu tendieren, sich wie seine Eltern zu fühlen, und in dieser Hinsicht müssen Sie sehr wachsam sein: Sagen Sie ihm, dass der Tod nicht ansteckend wie eine Krankheit ist, und sagen Sie ihm vor allem, dass er anders als sein Papa und seine Mama ist.«

Tiphaine und Sylvain stimmten beide mit einem Kopf-nicken zu.

»Glauben Sie, dass er darüber hinwegkommen wird?«, fragte Tiphaine, ohne zu verbergen, wie beunruhigt sie war.

»Wenn Sie da sind, um ihm zu helfen, wird er darüber hinwegkommen. Aber, und das sage ich Ihnen ganz direkt, der Prozess wird lang und schwer sein. Er wird sich für all die Todesfälle verantwortlich fühlen, die in so kurzer Zeit um ihn herum geschehen sind, er wird das Gefühl haben, anders als die anderen Kinder in seinem Alter zu sein, und wenn er nicht in jeder Phase seiner Trauer von Menschen unterstützt wird, die ihn lieben und für ihn da sind, kann das zu ernsthaften psychischen Problemen führen.«

»Wir werden alles tun, was nötig ist«, verkündete Sylvain, ergriff die Hand seiner Frau und drückte sie fest. »Wir sind bereit, eine Therapie mit ihm zu beginnen.«

»Das wird notwendig sein. Aber mit viel Liebe, Geduld und Verständnis wird er darüber hinwegkommen.«

Justine Philippot sah sie ernsthaft an und lächelte dann traurig und mit einer Spur Fatalismus. Anschließend sagte sie leise:

»Der kleine Mann hat Glück, dass er Sie beide hat.«

7-8 Jahre

Sie müssen Ihr Kind wissen lassen, dass Sie sich für seine schulischen Leistungen interessieren und seinen Lehrern vertrauen. Zögern Sie nicht, sich mit ihnen auszutauschen.

M. entwickelt wieder Interesse für die Schule. Fortschritte bei der Therapie mit der Kinderpsychologin. Guter Schlaf. Der Appetit lässt noch zu wünschen übrig ...

Ihr Kind sucht sich seine Freunde selbst aus. Erlauben Sie ihm, sie außerhalb der Schule zu treffen und sie zu sich nach Hause einzuladen, auch wenn dadurch Unordnung entsteht.

M. scheint sich für Lola, ein Mädchen aus seiner Klasse, zu interessieren ... Verliebt? M. ist eher diskret und weicht meinen Fragen aus.

M. wird regelmäßig zu Geburtstagen eingeladen. Kontrolluntersuchung bei Dr. Ferreira: alles in Ordnung.

Auszufüllen durch den Kinderarzt:
Gewicht: 23,5 kg   **Größe:** 125 cm
Notizen:
Warze auf der Fußsohle.
Vitamin-D-Mangel: Dekristol 1× /Monat für 4 Monate.
Guter gesundheitlicher Allgemeinzustand.